悠悠茶马情

臧全业燕赵历史小说系列

臧全业 ◎ 著

河北出版传媒集团

花山文艺出版社

图书在版编目（CIP）数据

悠悠茶马情 / 臧全业著. —石家庄：花山文艺出版
社，2015.9
ISBN 978-7-5511-2438-6

Ⅰ.①悠… Ⅱ.①臧… Ⅲ.①长篇历史小说—中
国—当代 Ⅳ.①I247.5

中国版本图书馆CIP数据核字(2015)第148920号

书　　名:	**悠悠茶马情**	
著　　者:	臧全业	
策划统筹:	张采鑫	
责任编辑:	卢水淹	
责任校对:	李　鸥	
封面设计:	景　轩	
美术编辑:	胡彤亮	
出版发行:	花山文艺出版社（邮政编码：050061）	
	（河北省石家庄市友谊北大街330号）	
销售热线:	0311-88643221/29/31/32/26	
传　　真:	0311-88643225	
印　　刷:	大厂回族自治县正兴印务有限公司	
经　　销:	新华书店	
开　　本:	700×1000　1/16	
印　　张:	13	
字　　数:	190千字	
版　　次:	2016年5月第1版	
	2016年5月第1次印刷	
书　　号:	ISBN 978-7-5511-2438-6	
定　　价:	25.00元	

目　录

第一章　俺答发誓封贡互市

一

明朝推翻元朝后，元朝末代皇帝妥欢帖睦尔北遁大漠，元朝遂告灭亡。北逃后的妥欢帖睦尔政权，历史上称其为北元。妥欢帖睦尔奔逃大漠后仅两年，便死于应昌，其子爱猷识理达腊即北元皇帝位。爱猷识理达腊在位八年，然后由其弟脱古思帖木儿继任。脱古思帖木儿在位十年，为北元将领也速迭儿弑杀，也速迭儿自立为汗。也速迭儿乃阿里不哥的后裔，阿里不哥乃拖雷幼子，忽必烈之弟。

也速迭儿自立为汗后，下令去北元国号，称鞑靼。鞑靼蒙古属成吉思汗黄金家族的正统集团辖地，主要分布在漠南和漠北的广大地区。在漠西，还有瓦剌蒙古。瓦剌蒙古其先世为"斡亦剌惕"，原居于叶尼塞河上游八河地区，分为绰罗斯即准噶尔、和硕特、杜尔伯特、土尔扈特四大部，另有辉特等小部。成吉思汗时，斡亦剌惕在蒙古一直享有"亲视诸王"的特殊地位。

北元和鞑靼共历时二百六十七年，即从明洪武元年至清太宗皇太极天聪十年，共经历了二十任大汗。由于也速迭儿称汗不久便去世了，因此二十任大汗并不包括他。在经历爱猷识理达腊和脱古思帖木儿前两任大汗后，后任大汗便开始在蒙古内部激烈地争斗中，从忽必烈系、阿里不哥系、窝阔台系中，不断地轮换着产生出来。

也速迭儿去世后，他的儿子恩克卓里克图即位。五年后，忽必烈系

悠悠茶马情

额勒伯克从恩克卓里克图手中夺回了汗位，从而结束了也速迭儿父子称汗的局面。在额勒伯克统治时期，阿里不哥系坤帖木儿举兵，杀死额勒伯克汗，汗位再次转到阿里不哥系手中。永乐元年，窝阔台系鬼力赤登上汗位。鬼力赤汗的领地在甘肃河西一带，他为了占据和林，在阿鲁台太师的支持下同瓦剌部巴图拉丞相屡次作战，大败对方，占据兀鲁班答迷河流域，并不断向东南推进，曾一度控制了哈密，毒杀了明朝所封的忠顺王安克帖木儿。不久，鬼力赤汗与太师右丞相马儿哈咱、太傅左丞相也孙台、太保枢密知院阿鲁台之间产生矛盾。也孙台被部下杀害，马儿哈咱往归瓦剌部，阿鲁台迁居海剌儿海，即今海拉尔河，鬼力赤被部下所杀。

永乐六年，忽必烈系本雅失里在鬼力赤汗旧臣阿鲁台太师支持下即汗位。本雅失里汗即位之前，由于战乱曾跑到帖木儿帝国避难。帖木儿死后，他离开撒马尔罕前往蒙兀儿斯坦。永乐五年，在阿鲁台的支持下，回归蒙古本土即位。蒙古汗位由窝阔台系手中再次回到忽必烈系手中。本雅失里汗与知院阿鲁台，东面征服了兀良哈，西面控制着河西、哈密等地。瓦剌部马哈木为了保存自己的实力，支持阿里不哥系德勒伯克即汗位。永乐十三年，马哈木又拥立阿里不哥系额色库即汗位。宣德元年，合撒儿系阿岱在阿鲁台支持下夺取汗位，汗位由阿里不哥系转移到合撒儿系手中，蒙古皇族内部争斗又增添了新内容。

脱古思帖木儿汗以后至阿岱汗以前，蒙古汗位更替频繁，汗位继承权权从忽必烈系转到阿里不哥系，以后又转入窝阔台系，继而又转移到合撒儿系手中。阿里不哥与忽必烈同属拖雷系，他们之间的矛盾属于拖雷家族内部的争斗。窝阔台系争夺汗位，是窝阔台系与拖雷系争夺汗位争斗的继续。合撒儿则与成吉思汗诸子有区别，因为他是成吉思汗的兄弟，合撒儿系的加入打破了只有成吉思汗直系后裔继承汗位的传统，从而使争斗更加复杂化了。

由于被逐出中原的元朝残余势力依然强大，明太祖朱元璋便多次派兵进攻北元，促使其分裂。明成祖朱棣即位后，一面努力致力于明蒙之间的和平，一面对蒙古的侵扰，进行无情打击。永乐七年，本雅失里、阿鲁台杀害明朝使节郭骥。明成祖朱棣为牵制鞑靼，封瓦剌首领马哈木为顺宁王，太平为贤义王，把秃孛罗为安乐王。之后任命淇国公丘福为大将军，率十万大军讨伐本雅失里、阿鲁台。由于丘福轻敌冒进，只率千余骑兵渡过胪朐河，即今蒙古克鲁伦河，落入鞑靼重兵埋伏之中，丘福全军覆没。

明成祖朱棣得知消息后不禁大怒，决定亲自率军北征。永乐八年，朱棣命皇长孙朱瞻基留守北京，自率大军进行了第一次亲征蒙古。大军经兴和即今河北省张北，一直到达胪朐河边。看到河水可饮，朱棣改胪朐河为饮马河，又为河上地定名为平漠镇。大军继续前进至兀古儿札河，即今蒙古乌勒扎河时，本雅失里仓皇逃走。明成祖追至斡难河，将本雅失里打得大败，只率七个护卫渡河逃走。在回军的路上，明成祖又在阔滦海子，即今内蒙古呼伦湖大败阿鲁台。

永乐十二年，明成祖朱棣第二次亲征蒙古。这次是征讨瓦剌蒙古，因为成祖册封为王的瓦剌首领马哈木、太平，把秃孛罗等人，不停地率兵扰乱边境。五月，明军在忽兰忽失温，即今蒙古乌兰巴托东，与马哈木、太平，把秃孛罗率领的三万瓦剌大军激战。明军斩瓦剌王子十余人，部众数千人，瓦剌元气大伤。第二年，马哈木遣使向明朝谢罪，进贡马匹。两年后，马哈木死去，明朝让他的儿子脱欢继承爵位。

阿鲁台在阔滦海子被成祖打败后，他开始向明朝进贡马匹。成祖亲征瓦剌时，他率领部众前往拜见，并就势继续进攻瓦剌，还遣使向明朝献瓦剌俘虏，但时间不长，阿鲁台又背叛明朝。永乐二十年，阿鲁台大举进攻兴和，杀死明将王祥。由此，明成祖朱棣进行第三次亲征蒙古。永乐二十年三月，成祖率大军经鸡鸣山、云州、独石、威远至沙珲原。阿鲁台得知后甚是惧怕，将辎重、马畜弃于阔滦海子，向北逃去。成祖命焚其辎重，收其马畜。回师时，将暗通阿鲁台的兀良哈三卫击溃，斩部落酋长数十人，虏获牛羊十余万只，带回京师。

第二年，明成祖得知阿鲁台又要侵犯边境，决心再次御驾亲征。九月，成祖到达沙城，即今河北省张北西北，从前来投降的鞑靼首领阿失帖木儿等人口中得知阿鲁台刚被瓦剌打败，暂不会有南下的意图。但明成祖仍率大军到达胪朐河附近，接受了鞑靼王子也先的归降，然后才班师回朝。

永乐二十二年初，阿鲁台率兵进攻大同。明成祖率大军第五次亲征。五月，明军到达开平，阿鲁台吓得远遁而逃。明成祖率大军到祥云屯、翠云屯，再到答兰纳木儿河一带，即今内蒙古伊尔施西南中蒙边境地区，分

悠悠茶马情

兵搜索，但未见阿鲁台的踪迹。明成祖担心粮草接济不上，决定班师。七月，明成祖病逝于途中的榆木川，即今内蒙古乌珠穆沁东南。

永乐朝先后六次北征，极大地削弱了蒙古的军事实力，但始终没有使蒙古臣服。在武力征讨的同时，明朝不得不同时采取了积极防御的措施，这便是从洪武年间就开始全面防御布置，直至永乐时期一直在修筑的东起鸭绿江、西到嘉峪关，绵延万里的明代长城。明代万里长城，先后设置辽东、大同、宣府、榆林、蓟州、太原、宁夏、甘肃、固原九个重镇，合称"九边"。并在长城以北建立了大宁卫、开平卫、东胜卫三个军事重点，合称"三卫"。各边镇卫所驻扎重兵，朱元璋的九个儿子坐镇九边，称"塞王"。但永乐年间，朱棣采取削藩政策，相继削废一些亲王为庶人，由此造成了北部边防空虚。

朱棣之后，明朝已无力大规模北征，北部防线处于日渐衰微的境地。宣德五年，明朝迫于蒙古压力不得不放弃开平卫，迁开平卫到独石，作为第二防线中心的宣府、大同，已变成处于最前线的军事要塞。宣德以后，更是每况愈下，只是沿边修筑防卫而已。继宣宗之后，明英宗低估蒙古实力，亲率五十万大军征讨蒙古，遂导致了正统年间的"土木堡之变"。

在蒙古内部，瓦剌部首领马哈木死后，其子脱欢袭任明朝封赐的顺宁王。宣德九年，脱欢袭击阿鲁台，并有其众。正统元年，他又杀明朝所封的贤义王太平、安乐王把秃孛罗，并尽有其众，瓦剌三部至此并为一部。做完这些后，脱欢还想做蒙古大汗，但各部落不予认可。脱欢见状，只好立忽必烈后裔脱脱不花为汗，自为丞相。脱欢和脱脱不花联军杀了阿岱汗后，同明朝建立了使臣来往和互市贸易关系，向明朝赠送马匹和贵重毛皮，明廷也回赠彩缎、银币等物，并允许留驻边境的蒙古使臣和当地汉族人民进行交易活动。

脱欢死后，其子也先嗣父之职，称太师淮王。比起其父，也先更为深谋远虑，也怀有更大的抱负和雄心壮志。他吸取父亲即汗位失败的教训，不急于以实力夺取汗位，而是同脱脱不花大汗合作，联合统治，利用黄金家族的威望，最终实现自己的目的。他把原来受阿鲁台太师和阿岱汗节制的大兴安岭以西的蒙古诸部和岭东的兀良哈地区的蒙古诸部，交给脱脱不花直接统帅，自己统帅瓦剌四部，并协助济农管辖右翼蒙古。

在也先和脱脱不花的联合统治下，蒙古内部空前团结，实力不断壮大，连已经取消的中书省下属的吏、户、礼、兵、刑、工六部也得以恢复。

也先在进一步加强对蒙古统治的同时，继续维持其父脱欢同明廷建立的友好往来和互市关系，但明廷为了限制蒙古的发展，曾三令五申，要也先减少使臣人数和限制蒙汉人民的交易范围，特别是对兵器和铜铁等金属器物的交易，严加禁止。也先对明廷的限制和禁令采取针锋相对的措施，他将派往明朝的使臣人数由原来的几十人增加到几百人乃至上千人，利用明朝内部上至朝臣，下至边官、百姓都喜欢蒙古良马及其他畜产品的心理，尽量扩大贸易额。在明朝太监王振的指使下，明朝采用刁难和欺骗的做法，来报复蒙古对互市贸易中不遵守限制和禁令的强硬做法。正统十四年，也先派遣三千使臣到明朝，王振借口蒙古虚报使臣人数，单方面实行大幅度削减马价，并扣留蒙古使臣。王振还暗中让人将交换蒙古马匹所用的绸缎一匹剪为两匹出售给蒙古人，引起蒙古人的极大愤怒。此外，驻在蒙古汗廷的明朝大臣曾经答应也先，愿将明朝公主嫁予其子。当也先遣使携带聘礼前去迎娶公主时，明廷竟矢口否认此事，有意违背婚约。于是，也先大怒，率领各部蒙古大军，发动了对明朝的进攻，由此发生了明英宗朱祁镇被蒙古俘获的"土木堡之变"。"土木堡之变"是明朝由盛转衰的标志。

"土木堡之变"后，也先杀脱脱不花，自立为蒙古大汗，号大元天圣大可汗，建年号添元，以示继承元朝的大统。但也先称汗诸部不服，称汗的第二年便被阿剌知院所杀。也先死后，蒙古诸部分裂，瓦剌部衰落，部众西迁至天山以北伊犁河流域放牧。

二

脱脱不花和也先两位大汗之后，蒙古社会陷入纷繁跌宕的政治争斗达二十多年，争斗的焦点依然是汗权的争夺。其间，蒙古汗位名义上仍由黄金家族占据，但是，几位拥有实权的太师，如孛来、毛里孩、亦思马因等先后登台，使蒙古的统治核心多次发生政变和内讧，君戮臣，臣弑君的情

悠悠茶马情

况交互出现，致使蒙古社会动荡不安。

也先汗死后，原为脱欢属部的哈剌慎部的首领孛来，扶立年仅七岁的脱脱不花幼子麻古可儿吉思即汗位，尊称乌珂克图汗，孛来自任太师淮王。他借口臣弑君，于次年起而攻杀阿剌知院，任命阿哈剌忽为枢密院知院，取代阿剌。当时，也先之子阿失帖木儿雄踞和林一带，实力还相当强大。孛来、阿哈剌忽同阿失帖木儿结为联盟，控制着南临明朝大同边墙，西至黄河，东达宣府边外的蒙古草原。但孛来很快露出了自己不可一世的本性，对外炫耀自己是蒙古最强的为首者。他的这些举动引起了大汗和朝臣的不满，不久，孛来便害死了麻古可儿吉思汗。此后，毛里孩实力逐渐强大，他以弑杀大汗而将孛来击杀，然后扶麻古可儿吉思汗的兄长摩伦为大汗，自任太师。没过几年，毛里孩受鄂尔多斯部的蒙哥和哈答不花的挑拨，误将摩伦汗战败并致其身死。摩伦汗死后，成吉思汗黄金家族的孛罗忽等人拥立满都鲁即大汗位，孛罗忽任济农。济农即大汗的副手，且是大汗继承人。满都鲁任大汗时年已四十，但在掌握实权的加思兰太师面前，却显得过于软弱。在奸人的挑拨下，满都鲁与孛罗忽互相猜疑，孛罗忽被满都鲁逐出汗廷，满都鲁则被加思兰战败出走而死。

满都鲁汗死后，加思兰把持汗廷大权，为所欲为。其族弟亦思马因联合蒙郭勒津部首领脱罗干，将加思兰逐出汗廷，亦思马因称太师，脱罗干任枢密院知院。

满都鲁虽然四十多岁才死去，但他没有子嗣，满都鲁死后，汗廷只好由其夫人满都鲁哈屯执掌大权。只因满都鲁哈屯执掌汗廷大权，才扶起了一个被誉为蒙古历史上的"中兴之主"达延汗。有了达延汗的中兴，也才有了后来的蒙古右翼土默特万户首领俺答汗，与明朝执着地坚持封贡互市的故事。

满都鲁大汗死去时，满都鲁哈屯还不到三十岁，丰满的身材，白皙而端庄的面容，秋水般明亮的两只大眼睛，浓浓的乌发，使得她格外美丽动人。满都鲁逝世一年后，科尔沁部的诺延博罗特便开始向她求婚。聪睿的满都鲁哈屯明白，诺延博罗特之所以向她求婚，不仅仅是贪恋自己的美色，更重要的是因为自己手中执掌的蒙古汗廷的大权。如果答应他的求婚要求，无疑意味着将大汗的宝座让给了他。于是，满都鲁哈屯拒绝了诺延博罗特的求婚。

又过了两年，满都鲁哈屯觉得自己应该扶持一个能振兴蒙古的英主，让他来出任蒙古大汗，而自己去辅助他成就振兴蒙古的大业。于是，她果断选择了她收养的一个孩子。原来，当初拥立满都鲁出任蒙古大汗的孛罗忽，是满都鲁的侄子。孛罗忽被奸人挑拨出逃后，他的儿子巴图蒙克被人收养，小小的巴图蒙克几经辗转，受尽苦难。后来，满都鲁哈屯得知巴图蒙克被唐古特部的特穆尔哈达克收养，便派人将巴图蒙克接到自己身边，担负起抚育他的职责。在满都鲁哈屯的精心抚育和教养下，小小的巴图蒙克很懂事，说话做事都像个大孩子。明成化十六年，满都鲁哈屯扶立巴图蒙克即蒙古大汗之位，尊称达延汗，满都鲁哈屯以身相许，成为达延汗的夫人。这一年，达延汗七岁，满都鲁哈屯三十二岁。

达延汗即位之初，由于年幼，仍由满都鲁哈屯在蒙古舞台上继续发挥着重要作用。达延汗即位的当年，满都鲁哈屯便率军出征瓦剌部。满都鲁哈屯认为，太师辈出的瓦剌部，是黄金家族统治的最大威胁。雄踞哈密北山一带的瓦剌部，自脱欢和也先时代以来，其实力经久不衰，当时，加思兰和亦思马因等瓦剌出身的太师，仍然拥有很强的实力，长期占据和林的阿失帖木儿虽已死去，但其残余势力被加思兰所控制。满都鲁哈屯在满都鲁任蒙古大汗期间，耳闻目睹了瓦剌部太师专权的危害，特别是加思兰对满都鲁的迫害，使她充满了仇恨。

满都鲁哈屯在塔拉斯河和博尔塔拉袭击了瓦剌军队，然后她又率兵追击，与瓦剌军队在得格得涅厮杀，取得了征讨的胜利。在班师归来不久，满都鲁哈屯又偕年幼的达延汗，率领察哈尔和土默特两部人马征讨加思兰。在做好了充分的侦察准备后，满都鲁哈屯挥大军突袭而至，将加思兰斩杀，并接收了他的部众，然后凯旋。回师后，她又积极为征讨太师亦思马因作准备，两年后，她派出了以郭尔罗斯部托郭齐少师为首的二十余名将军征讨亦思马因。托郭齐少师挥戈征战，几乎横扫了东起兀良哈，西至哈密北山的蒙古草原，击败了亦思马因的军队。亦思马因率残兵败将西逃瓦剌小厄鲁特部。三年后，托郭齐少师再次率军征讨亦思马因和小厄鲁特的联军，亦思马因被托郭齐少师亲手射杀，达延汗的威胁势力至此都被消除了。

悠悠茶马情

　　稳定了社会秩序并巩固了黄金家族的统治地位后，随着达延汗年龄的增长，满都鲁哈屯与丈夫商议，决定对蒙古社会进行改革。改革的首要内容是废除太师和丞相职位，恢复济农制。太师一职本来在元代并无多大实权，忽必烈时代就经常空缺。元朝末年，黄金家族汗权日益衰微，太师开始逐渐控制汗廷的实权。有时太师直接兼任中书省右丞相，使其在蒙古政治生活中处于举足轻重的地位。瓦剌部的脱欢、也先父子任太师时，就曾兼任中书省右丞相。他们大权在握，任命自己的亲信担任枢密院知院和御史台大夫，几乎垄断了蒙古汗廷行政、军事和监察大权，大汗实际上被架空。因此，达延汗和满都鲁哈屯果断地决定撤销中书省、枢密院和御史台三个机构，废除太师、丞相、知院和御史台等职位。

　　与此同时，达延汗重新恢复了蒙古传统的济农制。济农相当于副汗，是大汗的助手，其职责是秉承大汗旨意管辖蒙古右翼政务。达延汗规定，济农一职，一般由大汗的嫡长子担任，实际上也是大汗的汗位继承人。

　　达延汗的这一改革，不仅简化了蒙古汗廷机构和精减大臣，也适应了根深蒂固地存在于蒙古人之中的对成吉思汗黄金家族崇拜和无比信赖的心理。

　　达延汗改革的第二项内容是重新划分领地。蒙古自成吉思汗建立国家，实行领地分封制度后，由大领主兼任万户长和千户长。这些大领主或出自黄金家族，或出自成吉思汗所封功臣。元朝建立后，蒙古地区虽然也曾设立过行省，但仍保留了成吉思汗家族及其功臣的领地。蒙古退守大漠后，由于内部兼并领地，使原来领地分封制度有了很大变化，原来的传统封建秩序已经被打乱。因此，重新划分领地已经势在必行。达延汗运用其汗权的地位，下令对太师、丞相和所有领主的领地，进行整顿与合并。在这一基础上，达延汗将蒙古重新划分了六个万户。这六个万户又分为左右两翼，左翼三万户为察哈尔万户、兀良哈万户和喀尔喀万户。右翼三万户为鄂尔多斯万户、蒙郭勒津万户和永谢布万户。左翼三万户由大汗直接统辖，大汗驻帐于察哈尔万户；右翼三万户由济农代表大汗行使管辖权，济农驻帐于鄂尔多斯万户。

　　达延汗十六岁开始亲政，此时夫人满都鲁哈屯已经四十出头。在满都鲁哈屯有限的生育期内，夫妻二人一连生了七个儿子。在达延汗划分的六个万户中，除兀良哈万户之外，达延汗将其余五个万户都封给了自己的儿子领有，极大地加强了大汗的封建集权地位。

达延汗的改革从根本上改变了过去太师专权、汗权旁落的局面，黄金家族和大汗名副其实的统治地位得到保证，连日后大汗的产生也消除了黄金家族各系之间的争夺，出现按达延汗嫡系传承的稳定局面。

在达延汗的统治下，全蒙古，即六万户蒙古、四瓦剌和大兴安岭东西的蒙古诸部，都在达延汗的统一指挥和号令下行动。达延汗的改革也遇到了阻力和困难，被剥夺特权的太师等人，不甘心退出政治舞台，他们发动叛乱，企图恢复旧秩序，但都被达延汗所镇压。

明正德五年，为蒙古中兴辅助达延汗做出重大贡献的满都鲁哈屯病逝，享年六十二岁。七年后，"中兴之主"达延汗病逝，时年四十四岁。

达延汗逝世后，他的长孙卜赤汗继承蒙古大汗，在位三十年，接着，卜赤汗长子库登汗即位，在位十年，之后是库登汗之子土蛮汗继位，在位三十五年，然后土蛮汗之子彻辰汗继任，在位十年，最后是彻辰汗长孙林丹汗继任，在位三十年，被清朝皇帝皇太极所灭。

三

在达延汗封的五个万户儿子中，其中第三子巴尔斯博罗特任济农，管辖右翼三万户。

达延汗之所以让第三个儿子任济农，是因为长子图鲁博罗特早逝，次子乌鲁斯博罗特在平定右翼叛乱时被害，三子巴尔斯博罗特成为事实上的长子。

济农管辖下的右翼三万户中，开始时，以鄂尔多斯万户最为强盛，它在全蒙古的地位举足轻重。鄂尔多斯万户的疆域不仅包括鄂尔多斯高原，而且包括贺兰山以西，甘肃河西走廊以北的广大地区。永谢布万户由永谢布、阿苏特和哈剌慎三部组成。达延汗划分的右翼三万户另一个万户是蒙郭勒津，明代汉籍叫作满官嗔。蒙郭勒津万户位于明朝大同以北和东、西一带，原来归达延汗第四子阿尔苏博罗特所有。

达延汗三子巴尔斯博罗特济农有三个儿子，长子为衮必里克，次子叫

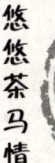

悠悠茶马情

格根，三子叫剌布克台吉。衮必里克曾接任父亲出任过济农，后来早逝。格根便是本书重要的主人公，后来被明朝封为顺义王的俺答汗。

格根十五岁的时候，被其父巴尔斯博罗特济农安排到蒙郭勒津万户辖下的土默特部任首领。剌布克台吉与二哥格根关系甚好，兄弟二人平日形影不离。因此，剌布克台吉拒绝了父亲对他的安排，跟随哥哥格根一起到了土默特。

土默特部位于蒙部勒津万户的核心地带，即今内蒙古呼和浩特一带。格根与剌布克台吉到了土默特部后，下决心要像他们的祖父达延汗一样，踏踏实实做事，带领土默特的蒙古牧民一道，兴盛土默特，把土默特建成蒙郭勒津万户乃至全蒙古最富庶的部落。剌布克台吉见二哥胸怀大志，脑筋灵活，也主动想事谋事，自觉当起二哥的参谋和助手。

这日，格根对剌布克台吉说："三弟，你说咱们要把土默特部建成蒙郭勒津万户乃至全蒙古最强最富的部落，能实现吗？"

剌布克台吉使劲瞪起自己那细长的眼睛，眼珠转了两圈，然后点了点头说："我说能！"

格根笑了笑，眯起自己那类似弟弟的细长眼睛说："你就那么自信？"

剌布克台吉使劲点了点头说："小弟之所以自信，是觉得二哥有些别人不具备的长处，因此能把土默特部建大建强。"

格根又笑了笑："是吗，那三弟说说看，为兄有什么长处？"

剌布克台吉说："这第一，就是二哥脑筋灵活，能想事，别人想不到的二哥能想到。第二，二哥敢干事，不仅胆大，心还细。就拿二哥来到土默特部来说，过去谁也没想也没去干，要把土默特部建成蒙郭勒津万户乃至全蒙古最富最强的部落，可二哥来后就想到了，也开始干了。第三，二哥还有个一般部落首领不具备的条件，这就是二哥是蒙古济农的儿子，济农是什么，是副汗哪，说什么事做什么事谁不听，谁不让着二哥呀！"

格根说："为兄看还有一条，这就是有三弟这么个能与我想到一起、干到一起的得力干将！"说完，兄弟二人都笑了起来。

笑完后，格根又说："三弟说的这些为兄也不客气，为兄的确敢想敢干，想干成点事，但仅仅靠我兄弟二人可能还远远不够，我们还要再网罗人才。"

剌布克台吉点点头说："二哥说的对，但网罗哪些人才呢？"

格根说："为兄以为，我们眼下必须先网罗两个人，一个是孛格，一个是汉人，精通熟悉中原情况的汉人。这两个人对我们部落的发展强大至关重要。"

"孛格"是蒙古族人自己对萨满的称呼。萨满教是蒙古民族古老的宗教。萨满教主张万物有灵，是一种多神教的宗教，崇拜日、月、水、火等自然物，相信鬼魂的存在和对祖先的崇拜，其核心是对天神的崇拜。

剌布克台吉点头说："二哥说的对，我们蒙古人崇拜长生天，相信天上有九十九尊天神，长生天是领袖天神。现在二哥作为部落首领，今后要祭天，而且要有专门祭天的仪式。还要占卜，每逢遇到重要事情时，都要向孛格问问凶吉，看什么事该做，什么事不该做。因此，孛格其人的确缺不了啊。至于了解中原情况的汉人，二哥是否要了解汉人情况，以便入境行抢啊？"

格根说："入境抢汉人的东西，可能在我们强盛部落的过程中难免，但为兄想网罗个了解情况的汉人，主要还是想日后与中原汉人互市交易，做点买卖，用我们的牲畜、毛皮、从汉人那里换回我们需要的东西。"

剌布克台吉点头说："二哥想的太好了，那就抓紧寻找这两个人才吧。"

格根说："好，你我都注意着点，让部落的人也都留点心。"

自此，格根与剌布克台吉兄弟带领土默特部牧民，大量放牧牲畜，并起早贪黑，到数百里外去寻找好马种，经常请外部落放马养牛的能手来部落传授秘诀。不到五年，土默特部的牛羊马驼已经遍布部落各处，且越繁殖越多，手下的牧民经常向格根反映，说牲畜多得已经无处存放，放牧牲畜的人手也越来越紧张。格根和三弟剌布克台吉商议，并报请万户首领同意，将自己部落的牲畜输送到附近部落去放养，每年送给这些部落一定数量的牲畜作为报答。又经过几年，附近那些小部落纷纷要求归并到土默特部落。格根见地盘大了，放养牲畜的条件更好了，便花更大的本钱，去请方圆千里之内的养牲能手，前来指点传授秘诀，或不远千里去寻求种牛种马。如此又过了数年，除多罗土蛮部尚由阿尔苏博罗特之子不只吉儿台吉

悠悠茶马情

领有外，蒙郭勒津万户的其他地盘，已经都归于土默特部领有。渐渐地，人们连蒙郭勒津这个万户名也淡忘了，而土默特这个名字越叫越响，后来干脆将蒙郭勒津万户改叫土默特万户。

由于格根年轻有为，又是成吉思汗黄金家族成员，所以远近的蒙古美女都倾慕格根，在格根不到二十岁时，便娶了一个美丽的妻子，叫一克哈屯。一克哈屯一连给格根生了六个儿子，而且每个儿子都像格根一样壮实能干。大约在格根三十岁的时候，蒙古大汗卜赤汗将格根由部落首领封为土默特万户汗，称阿勒坦汗，意为黄金家族可汗。受封阿勒坦汗后，格根便与三弟重新整合并划分，将土默特万户分为十二部，让自己的儿子们择其主要部落作为领主。

阿勒坦汗统帅的土默特万户，领有大同边外，大青山、昭君墓、丰州滩，西至黄河与鄂尔多斯万户为邻，东至宣府洗马林边外一带。其驻牧地点为丰州滩，即今内蒙古呼和浩特一带。

阿勒坦汗的儿子们领有的部落为：长子辛爱黄台吉领有的黄台吉部。其部驻牧于宣府边外之兴和，即今河北省张北县以北之小白海、马肺山一带，位于土默特万户的最东边；次子不彦台吉领有的摆腰部。该部驻牧于大同府的天城卫，即今山西省天镇县、阳和卫，即今山西省阳高县边外；三子铁背台吉领有的铁背台吉部。该部驻牧于山西省偏头关所边外西北之哈朗兀；四子丙兔台吉领有的畏兀慎部。该部驻收于山西省偏头关所边外；五子把林台吉领有的巴林部。该部驻牧在大同阳和正北边外的歹颜那失机；六子哥力台吉所领的打喇特部。该部驻牧在大同得胜堡边外垛兰我肯山山后。除此之外，阿勒坦汗也给三弟剌布克台吉分配了一个兀慎部，其驻牧地点在大同镇边堡边外正北克儿一带，只是阿勒坦汗一直将三弟留在身边，很少让他去兀慎部。阿勒坦汗的孙子辈诞生后，阿勒坦汗又相继将其他一些部落配给他们，让他们出任领主。

四

受封阿勒坦汗后，阿勒坦汗在整合和划分部落的同时，又在考虑使土默特万户进一步富强的措施和办法。这日，阿勒坦汗将三弟剌布克台吉和李格都剌请到自己的府中，与他们共商兴盛富强土默特的大计。阿勒坦汗说："在两位兄弟和部众的努力下，我土默特由部落变成万户，又蒙大汗封我为阿勒坦汗，我格根既感激卜赤汗，更感激二位兄弟和土默特万户的全体蒙古兄弟。受封为汗后，我一直在想，如何使万户全体牧民过上更好的日子。虽然有一些想法，但不知能否实现，因此想请两位兄弟好好指点指点。"阿勒坦汗在十多年的部落首领生涯中，既熟练地掌握了如何命令人、指使人，也学会了善于与别人商议事情，特别是善于让人说话，而自己虚心地倾听。

剌布克台吉与阿勒坦汗虽然是亲兄弟，在相互共事上却像一对天生的搭档，既有商议，又有争论，但最后总是按二人统一的意见行事。听了二哥的话，剌布克台吉说："小弟最近也在想如何使土默特更加强大起来，但不知想的与二哥是否合拍。小弟认为，二哥当上阿勒坦汗后，应该继续像当年富强土默特部落那样，不断发展牛羊马驼的数量和品种，使我土默特万户拥有的牲畜数量最多，品种最优，在全蒙古都数一。为此，小弟还和几个小部落的头头一起议论过，众人都认为，眼下我土默特万户牲畜的数量，可能已在全蒙古排第一啦，但品种和质量上，我们还不敢说第一，甚至还不敢说第二，不管是蒙古左翼，还是蒙古右翼，都有比我们万户更优良的牲畜品种，既包括马，也包括牛羊和骆驼。因此，小弟认为，我们应派人到其他万户去，细细走上一遍，将所有好牲畜品种都买回来，改良我们现有较为劣质的品种。小弟甚至还想，我们应到西域大宛去，大量引回那里的汗血宝马品种。如果这种宝马在我们这里多起来，什么样的能人我们这里都会多起来，因为我们蒙古人自来就喜欢向优良品种的宝马牧地靠拢。"

阿勒坦汗听了剌布克台吉的话，点了点头说："小弟说得好，要进一步富强我们土默特万户，的确首先要在放养牲畜上做强做优，特别是引回汗血宝马之事，要抓紧做起来，且不惜花大本钱。此事就由小弟全权去做吧。"剌布克台吉点头领命。

李格都剌欠了欠身说："在下也来说点想法，刚才阿勒坦汗说您已经有了一些想法，剌布克台吉大人刚才说的这些，在下认为一定是阿勒坦汗想法之中的一部分，在下想再说点其他方面的想法。在下以为，除了我

悠悠茶马情

们自身努力发展畜牧业，以便拥有更多的优质牲畜之外，我们的眼界还要再宽阔再长远起来。具体说，就是有了数量众多、品种优良的牛羊马驼之后，要能换回我们需要的其他东西，特别是汉人有而我们蒙古人没有的东西。不知在下这个想法是否符合阿勒坦汗的想法？"

阿勒坦汗高兴地站起身来说："阁下继续说下去，慢慢说，详细说，本汗想的和要听的，正是这方面的想法。"

孛格都剌是兴和人，当初得知阿勒坦汗和剌布克台吉寻找两种急需人才之后，便只身前往丰州滩，向阿勒坦汗自荐担任孛格。阿勒坦汗和剌布克台吉经过与都剌攀谈，一致认为都剌不仅精通萨满教的古老教义和种种规矩，还善于占卜，且懂医术。而且对明朝情况和汉人的社会也很了解。因此，阿勒坦汗与都剌第一次见面后，便同意都剌出任土默特万户的孛格，充当万户的首席大萨满。经过一段接触后，阿勒坦汗觉得都剌不仅聪明伶俐，而且心地善良，于是将他像剌布克台吉一样，当作亲兄弟对待。平时与他说话时，阿勒坦汗都是以兄弟相称，从不以"本汗"之类的口气说话。

今日自己说了想法后，看到阿勒坦汗站了起来，又一改平日对自己的称呼和自我称呼，孛格知道，阿勒坦汗的确高兴了。听到阿勒坦汗让自己慢慢说，详细说，孛格又欠了欠身说："据在下得知，我蒙古族自古便与汉人密不可分，在我太祖建立蒙古国之前，蒙古人便与汉人通商互市，互通有无。蒙古国建国后一直到大元的一百多年更不用说，就是在我蒙古退守大漠后，虽然蒙明前期相互征战，但相互之间的通商互市也在断断续续地进行着。一直到九十年前的'土木堡之战'，明朝皇帝被我蒙古俘获，明朝彻底恼怒，双方通商互市才彻底中断。但在下认为，蒙古与汉人是一家人，尤其是蒙古国、大元朝历经之后，两个民族是一家人更是不言而喻。眼下虽然兄弟俩打打杀杀，暂时闹翻了，但本质上的一家亲是任何人也割不断的。况分久必合，经过这近百年的离别，两个民族心里都有一种离愁别恨。明朝失去了大元时代对大漠疆域的统辖权，领土一直没得完整，他们都有一种愧对祖宗的感觉。而我蒙古族，离开汉族之后，连正常的日子过得都艰难了。现在，蒙古各部人口都在增长，但铁锅还是那么多，甚至不慎打破一口后，再也没地方找去。好的地方多少人共用一口锅，还有多少人连锅都用不上。在下在兴和时曾见过一次，一个负责保管几家共用一口铁锅的蒙古包在搬家时，不慎把铁锅打破，几个蒙古包的牧民，拿着碎铁片在一起哭。我们蒙古人盼望与汉族人团圆共生啊！"都剌说到这里，竟激动地哭了起来。

阿勒坦汗一看，连忙赶到都剌面前，用羊皮袖子替他擦了擦眼泪，然后点了点头说："阁下说得对，我们蒙古人的确离不开汉人，但眼下两个民族又走不到一起，没法再组成一个国家，因此必须通商互市。"

都剌似乎犹言未尽，他将阿勒坦汗让回原座又说道："再说穿的吧，如果和汉人在一起，我们蒙古人像可汗这样的贵人，穿的都是丝绸、锦缎，平常人也都有布匹做的各式衣服，哪有这大热天还穿羊皮衣的。现在倒好，不穿皮衣就得光着膀子。男人倒也罢了，光着膀子就光着吧，可那些女人就更难了，大热天也得把羊皮衣穿在身上，弄得女人们都不敢靠近生人，生怕身上捂出来的怪味熏着别人。因此，可汗快与汉人通商互市吧，以我们蒙古人众多的良马，肯定会从汉人老大哥那里换回我们蒙古人需要的锅、丝绸、布匹，还有我们蒙古人更离不开的茶叶和粮米。如果把这些事都办了，我们蒙古人该有多幸福，我们的万户该多富强，牧民们该多高兴啊！"都剌说到这里，又激动起来。

剌布克台吉在都剌说话时，不时地点头赞成，等都剌说完后，剌布克台吉用拳头狠狠往木墩上一砸，然后说："二哥，字格说得太好了，你就尽快传令吧，我们土默特万户首先躬下腰来，乞求明朝或哪个府，哪个卫，和我们通商互市，哪怕我们付出点什么代价也行。"

阿勒坦汗使劲地点了点头说："好，都剌阁下说得的确太好啦，说到了我的心头上。我这一段一直在想的，就是这件事。不瞒两位小弟说，为兄在想这件事时，也多次激动，甚至是流泪，而且不知这种激动和泪水是恨自己还是恨别人，是恨我们蒙古人，还是恨大明朝。除了都剌阁下刚才说的我们蒙古人缺铁锅、缺布匹的情况外，为兄下决心想和汉人通商互市的缘由还有两件事，一件是我八岁那年，父亲带我去看望祖父达延汗。祖父抚摸着我的头对我和父亲说，他用了近三十年的时间，废除太师，重新恢复济农制，重新划分领地，巩固了黄金家族的统治地位，稳定了蒙古天下的秩序，彻底结束了黄金家族各系之间，黄金家族与太师族之间的杀

悠悠茶马情

打局面。可就是有一样，蒙古人没有锅煮肉，没有丝绸和布匹做衣服，甚至大汗帐前连面旌旗都挂不起，因为没有旌旗的制作绸料啊。我记得祖汗深情地对我和父亲说：'看来我这一代是不可能与明朝通商互市了，你们父子日后谁有本事就认真去做这件事吧，如果做成，其功绩不亚于我对蒙古的改革。'还有一件，不知你们知不知道，元末明初施耐庵、罗贯中师生二人，曾著有《水浒》《三国演义》《隋唐志传》《三遂平妖传》四部著名小说，我们蒙古人最喜欢看，或听这些故事。从四部小说问世以来，我们蒙古人不知从汉人那里买了多少书，这四部书不知陪伴了我们多少蒙古人。可是，'土木堡之战'以后，蒙汉不再往来了，我们蒙古人再也买不到这些喜欢看或听的书了。老人们手中的书破碎、磨损、毁坏的越来越多，保存在世的越来越少。现在，连我这个可汗想借本《水浒》都难上加难啦，谁手里如果有本四大名著，那简直就是难得一见的珍物啦。与此同时，蒙古人想听四大名著故事的人似乎越来越多。有的人甚至雇抄书先生，想去抄写四大名著，但除了借不到四大名著，甚至连纸张都讨不到，因为我们蒙古人不会造纸。前几天，还有个曾当过教书先生的老人和我说，如果蒙古人再和汉人分离下去，日后连写蒙古历史的人都没有了。"阿勒坦汗说到这里，不禁连叹了两口长气。

剌布克台吉和都剌还要说话，阿勒坦汗突然像一头雄狮一样吼道："我发誓，我一定要和汉人通商互市，就是年年月月给明朝进贡磕头，我也心甘情愿！"

第二章　严嵩误国激化矛盾

一

阿勒坦汗发誓要与明朝通商互市的第二天，便开始准备派遣使臣前往明朝，请求并商议通商互市事宜。阿勒坦汗坐在府中独自思考了一上午，觉得还是有一些事拿不准。于是，草草吃了午饭，便让人再次将三弟剌布克台吉和字格都剌请来议事。

阿勒坦汗对二人说："为兄昨夜思考了半宿，今天上午又琢磨了半天，还是没有把与明朝通商互市事宜想清楚。因此，还要靠二位小弟和为兄一起再商议一些事情。为兄想，争取与明朝通商互市，用我们的马匹和其他牲畜去换汉人的铁锅、丝绸、布匹、茶叶、粮食、书籍、纸张等物，这一点我们坚定不移，不达目的誓不罢休。但具体去做时，为兄还有几个事拿不准，一个是派使臣去明朝，究竟是我土默特万户派，还是应该由蒙古大汗派。二是如果由我土默特万户派使臣去明朝，究竟应该去大明京师，还是去他们的布政使司或者是各府。三是前往为使的，究竟是蒙古人好，还是汉人好。四是带礼物好，还是不带礼物好。如带礼物，那么带什么礼物好。为兄翻来覆去，也没想好，两位小弟就说你们的想法。"

剌布克台吉看了看阿勒坦汗，又看了字格都剌，然后笑着说："还是都剌阁下说说吧，阁下见多识广，比我说得好。"阿勒坦汗也笑着点了点头。

都剌见状，欠了欠身说："承蒙可汗赏识和首领阁下的信赖，那在下

悠悠茶马情

就说说我的意见。在下认为，眼下还是由我土默特万户派遣使臣为好，因为如果由蒙古大汗遣使前往明朝，需要一定时间去向卜赤汗报告，且卜赤汗持何态度我们又不得而知，即便卜赤汗愿意，但明朝那面什么态度，又是个未知数。而由我们万户出面，较为灵活，不涉及更多的事情，只是双方互市而已。其次，我们遣使去明朝，还是应该直接前往大明京师，因为一旦互市，我们土默特万户与大明的边境横跨他们的大同府和宣府两地。多府同市，显然要朝廷同意才行。再次，是蒙古族人当使臣好，还是汉人当使臣好，在下也觉得不好说，大概应该是各有各的好处吧。在下倒是认为前往明朝当使臣的，应该蒙古族人和汉人都有，共同组成使团。最后，至于带不带礼物，带什么礼物，在下认为，鉴于眼下大明闭关封锁，拒绝与我们通商互市的情况，还是先不带礼物。如果此次大明有互市的意愿，我们再带礼物前去拜访并作具体商谈不迟。在下一已所见，不知符合可汗意愿否？"

阿勒坦汗看了看剌布克台吉，剌布克台吉点了点头。阿勒坦汗也点了点头说："都剌阁下说得好，那咱们就按都剌阁下刚才说的意见，立即遣使臣前往大明，申请明朝边境府州或卫所，与我土默特万户通商互市。现在就需要进一步落实一个事，这就是使臣由谁担任，蒙古人和汉人各选谁去。"

剌布克台吉说："前来投奔我土默特万户的那伙白莲教的首领们，可否充任此事？"

阿勒坦汗摇了摇头说："不可。一来是这些白莲教的首领们，长期与大明朝廷对抗，皇帝和臣僚们都恨透了这些人，如果让他们去充当使臣，不但成不了事，反倒会把事搞砸了。二来是这一段看，那几个白莲教首领可能不是什么好东西，这些人除专门与朝廷作对外，全然不顾天下的稳定，百姓的安生。因为他们与大明作对，我们收留了他们，但我们心里要有数，不可让他们随意胡闹，再乱了我蒙古人的天下。"剌布克台吉和都剌都连连点头。

原来阿勒坦汗当初要寻找了解汉人情况的人才传出去后，被白莲教的首领们得知，加之明廷被白莲教闹得不安宁，正在打击白莲教，白莲教几个首领赵全、李自馨、王廷辅、吕西川、张彦文、刘天麟等人便越境，逃到了土默特万户。白莲教起自宋朝，一直到民国，被历朝历代定为邪教。

都剌说："当初与赵全等人一起来投奔可汗的，有个叫石天爵的人，在下这一段与他有过几次接触，一起探讨汉人文化，感到此人不错，多有正义感。不知让他当使臣如何？"

剌布克台吉点头说："此人我也熟悉，人品不错，值得信赖。"

阿勒坦汗说："既然有此与赵全等人不一样的人，就委任他作为首使，带几个蒙古人去大明京师出使。两位小弟先与这位石天爵谈谈，然后我再见见他，如他同意出使，我等三人设宴为他饯行。"剌布克台吉和都剌领命。

石天爵得知阿勒坦汗让他作为使臣出使明朝，知道这是蒙古首领对自己的信任，很是感动。他来到蒙古几年来，亲眼看到蒙古人缺少铁锅、布匹、茶叶等基本生活品，也很是同情，因此很痛快答应了出使大明的使命。阿勒坦汗与他见面后，也很高兴，并当场赏赐了他数十只牛羊。石天爵率五位蒙古人前往北京出发前，阿勒坦汗用烤羊肉宴为他饯行。

"土木堡之变"后，明景泰皇帝朱祁钰替代被蒙古俘获的正统皇帝朱祁镇，八年后，朱祁镇被蒙古放归，复辟继续当皇帝，定年号为天顺。天顺帝之后，成化帝朱见深当政，之后是弘治帝朱樘，接着是正德帝朱厚照。朱厚照后，十五岁的朱厚熜继位，这便是嘉靖皇帝。阿勒坦汗派遣石天爵为使前往大明，已是嘉靖二十年。此时离"土木堡之变"已经整整九十年。

朱元璋废丞相制后，先后设置"四辅官"和"殿阁大学士"，让他们协助皇帝批阅奏章，处理政务。朱元璋以后的历代皇帝，不断提高殿阁大学士的地位，使其逐渐变成了"内阁"。内阁从最初的文字侍从机构，逐渐演化成凌驾于府、部、院、寺之上的中枢机关。随着内阁权势的提高和阁臣品级的尊崇，阁体内部也发生了变化。内阁大学士多时达六七人，少时也有三四人。从明朝中叶起，随着内阁开始掌握代替皇帝起草批文意见的"票拟"职权，逐渐形成了在阁臣中挑选一人，担任内阁首领的"首辅"制度。

阿勒坦汗派遣石天爵出使大明时，此时明朝内阁首辅为夏言。夏言字公谨，正德进士。嘉靖帝即位后，他上疏建议革除弊政，并奉诏核减淘汰

悠悠茶马情

冗员，将被强占的庄田从官府手中夺回，还田产于民。且夏言劾贪鄙不畏权贵，救被诬不避嫌疑，甚为百姓敬重。嘉靖十五年，夏言由礼部尚书进武英殿大学士，入参机务，不久便任首辅。

本来，蒙古遣使臣来京师要求通商互市这样的事，应由礼部报内阁来决断处理。虽然阿勒坦汗只是一个万户之汗，但毕竟蒙明已有近百年不通使不通商，现在蒙古使臣来京，也要报告内阁首辅知道。但此时的大明朝廷，偏偏就没有这样做，石天爵等人来京师出使之事，到了时任礼部尚书兼翰林院学士严嵩的手中，便被截住了。

严嵩字惟中，弘治进士，嘉靖七年任南京礼部尚书。他奉命去湖广承天府祭告嘉靖帝生父陵墓，回来后他活灵活现地报告说，祭祀宝册一放到神床上，立即雨过天晴，同时发现石产枣阳、群鹳集绕、碑人汉江、河流骤涨的吉祥征兆。严嵩因此建议朝廷撰文刻石，以纪天眷。嘉靖皇帝听后大喜，当即答应。严嵩由此升任吏部左侍郎，晋南京礼部侍郎。嘉靖十五年，严嵩调入京师任礼部尚书兼翰林院学士。

严嵩与夏言同为江西老乡，科第早于夏言，而位居夏言之下。起初，严嵩非常倚重夏言，与夏言相处时甚是低调而恭敬。夏言知道他这个同乡人品不好，便不愿与严嵩过密接触。严嵩为了讨好夏言，曾在家里摆好酒席，亲自到夏言家中邀请，但夏言推辞不去。严嵩见状，便在地上铺上席子，打开准备好的请柬，跪在地上诵读起来。夏言见到这种场面，便认为严嵩已确实甘居自己之下，于是不再怀疑严嵩。

嘉靖十八年，夏言与严嵩一同随嘉靖皇帝去湖广祭陵。祭陵完毕后，严嵩又请表贺。夏言却催嘉靖帝回京，嘉靖帝甚是不高兴。严嵩见状，赶紧再次请求可否表贺，嘉靖当即同意了严嵩的意见。自此，嘉靖帝开始疏远夏言。嘉靖帝平日信奉道教，经常戴香叶帽，还命人仿制五顶小香冠，赏赐给夏言和严嵩等人。夏言以"非人臣法服"为由，不戴小香帽，而严嵩专门在面见嘉靖帝时将小香帽戴上。嘉靖帝见了，更加亲近严嵩。严嵩见嘉靖帝不喜欢夏言，便开始落井下石，向嘉靖帝数落夏言的种种不是，嘉靖帝越发疏远夏言。

严嵩将石天爵等人来明朝出使之事截住后，不向内阁报告，更不向首辅夏言报告。他让石天爵等人在驿馆等了数天，然后派人向石天爵传话，说大明朝廷不同意蒙明之间通商互市，并让蒙古使臣尽快离开京城。

石天爵见这么简单便要将蒙古使臣打发走，很是不解，也很不情愿。但前来传话之人一再说，这是礼部尚书严嵩大人传达内阁的意见。石天爵知道礼部是朝廷主管外事礼仪的衙门，是正宗的主管机构，只好不情愿地表示尽快离开京师。但石天爵当天并没有离开北京，当天晚上，他打扮成京师人的模样，前往皇宫附近的酒肆，对严嵩其人和朝廷情况，仔细打听了一番。第二天一早，石天爵带领那几个蒙古人，快快离开了大明京师北京城。

严嵩打发走蒙古使臣后，担心夏言一旦得知情况后，在皇帝面前提起，对自己产生不利影响，便在面见嘉靖皇帝时，若无其事且轻描淡写地向嘉靖帝说了几句，然后自己马上将话头岔开。

二

石天爵等人回到丰州滩后，连忙向阿勒坦汗请罪，并报告了出使不果的情况。阿勒坦汗听完情况后，呆呆地望着窗外，一句话也不说。

第二天，阿勒坦汗将三弟刺布克台吉和字格都刺请来，向他们述说了石天爵等人出使明朝的情况。刺布克台吉听了，只是摇头和叹息，但都刺听了摇摇头说："似乎不应该这样，在下一直认为，大明朝建国后，失去了大元时代北方辽阔的疆域，或说大明朝并未真正统一中华大地。在这种情况下，有为之君和有责任的内阁，都应该企盼蒙古使臣的到来，哪怕仅仅是要求通商互市，因为这毕竟是双方接触的开始啊，难道大明皇帝还在恨当年的'土木堡之变'吗！"

阿勒坦汗说："是啊，我也不理解。大明疆域辽阔，物产丰富，先进发达，什么都有，不像我们蒙古人缺锅，缺布，缺茶，可如果和我们互市，将蒙古良马、优质的毛皮换去，也总归会有用处吧，更何况他们还在想着统一北方领土的大事呢！因此，我也在想，是否这其中还有什么我们不知道的内情？"

刺布克台吉说："蒙明双方近百年不来往，我们受到大明严格的封锁，就是有什么内情，我们也无法了解到。"

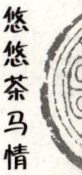

都剌说："石天爵为人机灵，有心计，明朝这么简单就将他们打发了，难道石天爵就没了解一下这其中是否有何内情？"

阿勒坦汗说："昨日石天爵向我述说情况时，我一听明朝拒绝通商互市，心情一下子沉重起来，也没问问石天爵是否还掌握其他情况。"说完，他立即让侍人去请石天爵。

不一会儿，石天爵便来到阿勒坦汗等人面前，听阿勒坦汗说明找自己的缘由后，石天爵说："在下当时也极不理解，也不情愿就这样离开大明京城。因此在听到拒绝之语后，在下当晚便前往皇宫附近的酒肆，与一些吃酒之人闲叙，从他们的口中，倒听说了不少有关礼部尚书严嵩的情况。"

阿勒坦汗高兴地说："阁下真是有心计，快说来听听！"

石天爵说："在下在酒肆接触的那些饮酒之人，毫无顾忌，他们都说，当今的大明皇帝，是个喜欢小人，而不喜欢忠谏之臣的人，具体说，是喜'严'而不喜'言'。"看到阿勒坦汗和剌布克台吉不解的样子，石天爵解释说："就是说，皇帝喜欢严嵩，而不喜欢内阁首辅夏言。"

都剌说："这可能就是可汗刚才说的内情，如果严嵩果然是酒肆之人说的那种小人，则很可能是严嵩一个人的意见，就这样轻而易举地就把我们的使臣打发了。"

阿勒坦汗说："那怎么办呢？"

石天爵说："在下也在想，明年在下继续充当蒙古使臣，前往大明京师要求与大明通商互市，但我们不再去找严嵩，而直接去找夏言，这样不就可以了吗！"

都剌说："阁下想法的确好，但大明负责这类事务的衙门口是礼部，你们越过礼部直接去找内阁首辅，恐怕不是件容易事。弄得不好，还容易生出枝节来。"

阿勒坦汗说："如果石天爵阁下觉得可以直接去找内阁首辅，不妨可以试试。我们顾及了严嵩，可严嵩不顾我们，我们要求通商互市的迫切性，已经顾不了那么多了。"

过了大年，很快又来到春暖花开的季节。这日，阿勒坦汗对剌布克台吉和都剌说："我这心里呀，天天都在想尽快再出使大明，天天都在盼尽快与大明通商互市。现在又是春暖花开之季，再让石天爵与那五位蒙古兄弟前往大明京师，去请求大明与我们通商互市，二位小弟以为如何？"刺布克台吉和都刺都点头赞成。

阿勒坦汗又说："也不知道这次出使的情况究竟能怎样！都刺阁下不是会占卜吗，干脆占上一卜，看看此行情况如何？"

都刺说："那在下这就回去占卜。"

阿勒坦汗说："阁下就在这汗府之中占卜吧，也让我亲眼看看结果。"

都刺叹了一口气说："可汗盼望与汉人互市真是快盼出火来了。好，在下就在这里占上一卜，以看顺否。"

阿勒坦汗说："阁下占什么卜，需什么卜具？"

都刺说："在下就来个'酒盅卜'吧，正好可汗的府中有神鼓，再找来三个酒盅即可。"

阿勒坦汗听了，连忙让侍人拿来三个青铜酒盏，然后与刺布克台吉、石天爵等人一起，赶到放置神鼓的神鼓殿。

原来"酒盅卜"是蒙古萨满常用的一种占卜之术。占卜时，将三个酒盅置于神鼓之上，然后用鼓鞭轻轻敲击鼓面，使其面上的酒盅跳动，观察酒盅跳动的方向、时间，或扔盅后观看盅口的朝向，以此来卜其所问。

只见都刺熟练地将三个酒盏放于鼓面之上，又拿起两只鼓鞭轻轻敲击起来。不一会儿，三个酒盏便跳到了鼓面的边上。都刺看了一会儿，突然双手将三个酒盏一起捧起来，然后扔向墙角。都刺向墙角走了两步，仔细看了看被扔在地上的三个青铜酒盏在地上的朝向，然后不由得摇了摇头。

阿勒坦汗连忙问道："怎么样阁下，此次出使能否成功？"

都刺知道，从卜象看，是属极不吉利之象。但看到阿勒坦汗那种炽热的期盼眼光，都刺笑了笑说："可汗，这一卜似乎看不出什么吉顺，就别让它去扫我们的兴了，只管让石天爵阁下按期启程前往大明好啦。"

阿勒坦汗点点头说："好！"

石天爵说："我们这次不找礼部而直接找内阁，肯定不会太顺利，但可汗和诸位大人放心，我等此去一定努力拼搏，至死方休！"

都刺听石天爵说出了他不愿去想的那个死字，心里一阵难受，但他连

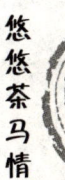

悠悠茶马情

忙说道："阁下言重啦。"看着石天爵走去的背影，都剌不知不觉地流下了泪水。

当天，石天爵带领五个蒙古兄弟，再次踏上南去的出使之路。

石天爵等人到达大明京师北京城后，在驿馆住下后，便立即前往皇宫，以便寻机面见内阁阁僚，特别是首辅夏言。

事有凑巧，正当石天爵带着两个蒙古人，在宫门与守门将军交涉要面见内阁首辅事宜时，恰巧被从宫中出来的权臣严嵩碰到。看到眼前三人的衣着打扮时，严嵩立即敏感地意识到，眼前之人很可能是再次要求通商互市前来出使的蒙古人。他令轿夫将轿子停在一旁，然后让一个侍从悄悄上前询问情况。不一会儿，那个侍从回来向严嵩报告说，据守门将军说，正在与其交涉情况的几个蒙古人，正是去年已来过的要求面见内阁首辅的蒙古使臣。

严嵩听了，又向那侍从小声吩咐了几句，那侍从点了点头向另一个方向走去，严嵩喝令起轿，回到礼部府衙。

石天爵等人向皇宫守门将军交涉了一会儿后，见守门将军突然态度变得蛮横起来。石天爵只见有人从一台大轿前走过来与守门将军说了什么，却哪里知道是严嵩在捣鬼和使坏，他见守门将军突然变得蛮横起来，只好与两个蒙古人一起回到驿馆。那三个在驿馆等候的蒙古人听石天爵等人述说遭守门将军蛮横拒绝后，都低着头不停地发出叹息声。

石天爵与五位蒙古兄弟草草吃了晚饭后，又在驿馆商议起办法来，准备第二天继续到皇宫去找内阁首辅夏言。

可就在几人说话的时候，突然闯进十多个带刀武士，不出分说，便将石天爵和五个蒙古兄弟绑了起来，不知推往何处。当天夜里，石天爵和五位蒙古兄弟全部被杀死在京师郊外。

三

阿勒坦汗自石天爵等人启程前往大明京师后，便天天算着时间，期盼着使臣的归来。这日，阿勒坦汗正与三弟剌布克台吉在府中议论着石天爵出使的种种可能时，孛格都剌心情沮丧地来报，说守卫边境的军士收到明朝边境军士的书信，刚才传信的军士将书信送到了自己手里。阿勒坦汗看着都剌沮丧的神情，自己还未来得及绽开的笑容霎时也消失了。他一把抓住都剌的手说："到底怎么啦，阁下快说！"

都剌展开那封信念道："穷寇来使，名为通商，实为乞食，今皆斩之，已化野鬼。本朝重申，自今日始，悬赏重金，购格根首。国人奋力，贼人当心。"下面还有"大明嘉靖二十一年"的落款。

阿勒坦汗听完，突然狂喊道："长生天哪，这是要逼死我格根呀！"喊完，竟跪在地上放声痛哭起来。剌布克台吉和都剌也跟着哭了起来。哭了一会儿，阿勒坦汗起身从墙上摘下自己的佩刀，"嗖"的一声将刀抽出来，一下将自己的木案台砍掉一角，然后狠狠地说："明朝的皇帝老儿，你们欺人太甚，我格根若不报此冤仇，誓不为人！"

都剌连忙说："可汗息怒，石天爵等人惨死，在下有责任，走前的卜象明明是凶卜，可在下没有阻挡，可汗先治在下之罪吧。"

阿勒坦汗此时稍稍镇定下来，他对都剌说："阁下好心热心，与我一样，哪里有罪，有罪的是大明朝廷，是他们欺人太甚啦！"

剌布克台吉说："二哥不要难过，究竟什么情况，石天爵等人是怎么死的，我们现在还不知情，还是了解一下详情，再作打算吧！"

阿勒坦汗听了，似乎又要咆哮起来说："不管石天爵等人是怎么死的，反正是明朝杀害的，首先可以肯定，那个嘉靖皇帝是个昏君，礼部尚书严嵩是个狗官，连首辅夏言也是个不尽职尽责的糊涂官。面对这些昏君恶臣，我要不报复他们，怎能出了这口恶气！"剌布克台吉听了，不再说话。

三个人又沉默了许久，阿勒坦汗说："不报复明朝，他们会继续小瞧我们，也不会拿我们当回事。从现在起，我们开始组织练兵，练他一年后，明年大军长驱直入，把大明朝闹他个天翻地覆，掠他们个遍地精光。到那时，我们再遣使要求通商互市，看明朝答应还是不答应。"

自此以后，阿勒坦汗与三弟剌布克台吉，天天组织土默特万户的牧民们练习骑射。牧民们听说可汗已下决心要攻略大明，知道肯定会掠得铁锅、布匹、茶叶稀缺之物，因此一个个摩拳擦掌，天天都卖力苦练。许多有心人还特意制作了装载铁锅、丝绸、布匹、茶叶、粮食、书籍、纸张等

物资的专门容具，届时便于装载和运输。

转眼又是一年。看看过了大年，正是用兵时节，阿勒坦汗与三弟剌布克台吉将土默特万户各部落的首领召至丰州滩，准备发兵抢掠大明。此时，阿勒坦汗的儿子们，最大的长子辛爱黄台吉已经十七八岁，连小儿子哥力各台吉也已十岁。每个部落的首领，都是万户的一员大将。在十几个部落的将领中，只有多罗土蛮部首领不只吉儿台吉，是阿勒坦汗四叔阿尔苏博罗特的儿子，是和阿勒坦汗同辈人，年龄也相差无几，其他部落的将领们大多都是些不满二十岁的孩子。

阿勒坦汗与剌布克台吉、不只吉儿台吉两位弟弟认真商议了进攻和抢掠的地点和路线，决定由大同南下，越雁门关直捣太原，然后进攻沁州（即今山西省太原南）、汾州（即今山西汾阳市）、襄垣（即今山西襄垣县）、长子（即今山西长子县等诸州县），然后经忻州（即今山西忻县）、崞县、代州（即今山西代县），出雁门关返回蒙古。

大军出发前，阿勒坦汗召集众将领宣布军令。阿勒坦汗说："我蒙古大军此次南下，目的是报复明朝杀我使臣，置我通商互市请求于不顾，让他们知道我蒙古大军的厉害，最终逼迫明朝与我们通商互市。我们的任务只有一条，这就是抢掠我们需要的东西。至于我们需要什么，诸位都清楚，并做了专门的容具，以便装载和运输。除了掠抢我们需要的东西外，本汗之意，人我们也要抢一些来。但本汗要向诸位讲清楚，抢人的目的是要使我们蒙古人今后身边多些汉人先生，多些能做我们蒙古人不会做的事情的能手，如造纸、教书、织布、炼铁等能人。如果不属于此类之人，一个也不要抢。本汗还要说的是，我大军所过之处，除抢我们需要的东西之外，其他东西，哪怕是金银，也不许抢。不许杀人，也不许伤人，更不许奸淫妇女。对待那些生活困难的百姓，尽量不抢他们的东西，抢掠的主要对象是官府和官仓官库。如若违令，本汗得知后，必将以违反军令处置。"众将喏喏领命。

这日早晨，阿勒坦汗率领五千精骑作为前锋，迅速突破明军的防守，进入明朝之境。接着，各将领督率本部骑兵紧随其后，进入明朝地盘。然后由大同南下，抢占雁门关，直逼太原。蒙古大军刚进入明境后，明朝各地守军和百姓十分惊慌。但两天后，人们见蒙古军只抢铁锅、布匹、茶叶等物，其他东西一概不碰，甚至有的蒙古兵将百姓家的铁锅揭走，还扔下牲畜作抵补，对百姓们也是客客气气，便不再惊慌，有的百姓得知蒙古兵到来，干脆提前将自家铁锅揭下来放至门前，将多余布匹、茶叶等物放到锅里，等待着蒙古兵装车。

就这样，阿勒坦汗率领的数万蒙古骑兵，带着抢掠来的越来越多的东西，自太原奔沁州，从沁州再奔汾州，然后进襄垣、过长子，前后共抢掠了三十八个州县，抢掠铁锅等物资无数。最后数万大军集结一起，浩浩荡荡经忻州、崞县、代州，出雁门关返回蒙古。明军在雁门关本想截杀蒙古军，但看到威风凛凛的蒙古骑兵，还是悄悄闪开关口，将蒙古军放出关外。

这一路抢掠，历时一个多月，但蒙古军没杀一人，也没折损一人。铁锅、布匹、丝绸、茶叶、书籍、纸张，样样都获丰收。文人、书生、铁匠，也抢了上百人。

回到丰州滩，阿勒坦汗下令优待所抢汉人，让他们住好帐篷，不愿住帐篷的，为他们建造汉式房屋，然后让他们发挥各自长处，并让蒙古人拜他们为师，与他们友好相处。

阿勒坦汗的蒙古骑兵深入大同府、太原府等地抢掠之事，很快报至京师。此时，由于权臣严嵩捣鬼，内阁首辅夏言已被赶出了内阁，而严嵩以武英殿大学士之衔入值文渊阁。此时严嵩已年过六十，但他精神矍铄，而且朝夕值班于西苑柏房，从不歇息，嘉靖帝几次说严嵩勤恳，并赐予严嵩"忠勤敏达"银记，加太子太傅之衔。严嵩此时虽然还不是内阁首辅，但已经在履行首辅之责。

阿勒坦汗率蒙古军入境抢掠之事报至严嵩案台后，严嵩看了数遍。但他非但不为蒙古兵的行为所动，反而以内阁的名义，传令边境明军，对蒙古采取"烧荒""捣巢""赶马"等手段进行报复。

此后，每逢春秋两季顺风时，明军都在蒙明边境放火，以图烧尽蒙古境内的枯草，让蒙古人放养的牛羊马驼无草可吃。有时，明军趁蒙古人不备，突然袭击边境的蒙古包，将其捣毁，并将其放养的牲畜赶走，以断蒙古人的生路。

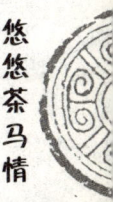

悠悠茶马情

四

蒙古军深入明境抢掠，而明军对蒙古采取"烧荒""捣巢""赶马"等报复手段，使蒙明双方隔阂进一步增大。明朝内阁阁员严嵩在入值文渊阁后两年，便当上了内阁首辅。严嵩当上内阁首辅后，恶狠狠地要求朝廷与各地要"困死蒙古"。因此，明朝朝廷与府州，谁也不去响应蒙古人的通商互市要求。

在蒙古军深入明境抢掠过了三年后，土默特万户阿勒坦汗又率先提出了再次遣使前往明朝，申请与大明通商互市问题。阿勒坦汗在这个时候再次提出与明朝通商互市，不仅是由于蒙古军抢掠已过去了三年，而且也是获知了权臣严嵩的首辅职务被嘉靖帝解除，夏言又重新入阁出任首辅。

原来，严嵩刚当了一年首辅，便显露出贪横的本相。嘉靖帝得知后，复命夏言入阁，出任首辅。由于阿勒坦汗在抢掠大同、太原时，掠走一些文人，这些文人与明境亲朋不断地通信联系，夏言复出的情况，也就被阿勒坦汗很快获知。

阿勒坦汗对剌布克台吉和都剌说："这两年我们才搞清楚，阻挡我们与大明通商互市的，主要是严嵩这个老贼。原想严嵩老贼当了首辅，我们通商互市的希望可能破灭了，不想皇帝老儿还没昏到那个程度。近日听我们掠来的汉人文人说，嘉靖老儿将严嵩老贼的内阁首辅撤了，重新让夏言出任首辅。这样，我看我们与大明通商互市的希望还是有的。我的意见，我们再次向大明派遣使臣，要求通商互市，二位小弟以为如何？"

都剌说："可汗睿智，在下赞成再次向大明派遣使臣，但在下以为，虽然严嵩老贼不当首辅了，但做起阻挠破坏之事，难说他就没有本事了。当初他阻挠破坏时，也不是内阁首辅。因此，此次遣使前往，还是要防备严嵩使坏。"

阿勒坦汗点头说："阁下言之有理，但我们怎么防老贼呢？"

都剌说："在下以为，带些大块头的礼物，比如带些驼、马，这样我们的使臣一到大明京城，人们就都知道蒙古使臣来了。既然满京城的人都知道蒙古使臣来了，那严嵩老贼要使坏也须收敛着点。"

阿勒坦汗高兴地说："阁下好主意，正好石天爵等人当初两次前往北京，也没带过礼物，这次也应该带些礼物才好。"

剌布克台吉说："我们蒙古人一直有个讲究，这便是将送九匹白马，作为最大最好礼物。这次不妨选九匹白色好马，送给明朝。"

阿勒坦汗说："单送九匹白马，我看块头还不够大。依我看，白色马匹我们送他九匹，白色骆驼，还有白色奶牛，我们也各送他九头，这样，块头和动静岂不是会更大吗！"剌布克台吉和都剌都拍手赞成。

很快，阿勒坦汗让人选出九峰白骆驼、九匹白马、九头白牛。又选定了十人作为使臣，准备前往北京，出使明朝。使臣临出发前，阿勒坦汗将自己保存的一个金锅、一个银锅拿出来，对剌布克台吉和都剌说："这两个金锅、银锅，是当年达延汗亲手赠给我的父亲的，父亲临终前，又赠送给我，我一直没舍得用一次。今大明虽然与我蒙古作对，但大明毕竟是天朝。给天朝送礼，仅送马牛驼还是轻了些，干脆将这对金银锅，也一同作为礼物送给大明朝。"

剌布克台吉叹了口气说："二哥乞求大明通商互市这份情，不知能否感动夏言和皇帝老儿。"说完，亲手将金银锅装到精制的皮囊中。

阿勒坦汗对十名蒙汉使臣说："你们这次出使大明，一定要力争将通商互市之事办妥。如果明朝皇帝和内阁的大员们心里还有气，他们怎么惩罚我们，我们都认。特别是对我蒙古军入境抢掠之事有气，你们就跟天朝说，我蒙古土默特万户愿接受惩罚，同时愿包赔汉人的损失。如果需要本汗去认罪，我可以去大明京师跪上三天三夜！"

使臣们见可汗如此说，都一下子跪到地上，两个年龄大的蒙古人还擦拭着眼泪。

使臣们赶着白马白驼白牛从丰州滩出发后，阿勒坦汗便开始计算着使臣离开的天数。他让侍人从河滩捡来一筐石子，每天早晨起床第一件事，便是向一个木桶中丢进一粒，以算计着天数。这日，阿勒坦汗突然觉得使臣们走的时间够久了，怎么还不回来呢。他亲手将木桶的石子倒在地上，然后亲手一粒一粒地数了起来。数到最后，阿勒坦汗叹了一声，呆呆地坐在那里一动不动。因为阿勒坦汗看到，木桶里的石子已经六十多粒。阿勒坦汗算计着，使臣前往大明京师时，因为驼、牛走得慢，就算走上一个月，在京师再呆上十天，而回来的时候，由于驼、马、牛都送给了大明

悠悠茶马情

朝，连半个月都用不上。如此算来，两个月的时间，应该回来了。但现在一点音信都没有，分明是出使不成功的象征啊。

阿勒坦汗又苦苦盼了十天，这天侍人来报，说出使大明使臣已经回到丰州滩。阿勒坦汗从侍人的表情上看，已经知道出使没有成功。但他还是急速问道："快带我去见使臣们！"侍人听了连忙说："他们都在府外候着呢。"阿勒坦汗听了，起身向外跑去。

到了汗府之外，只见九峰白驼、九匹白马、九头白牛，都在一边吃着青草，那两个装金银锅的精制皮囊，整齐地摆在一个木凳上。再看那十位使臣，齐刷刷地跪在地上，一副请罪的样子。

原来，夏言重新出任内阁首辅后，对严嵩背后捣鬼使坏的小人之举，知道得一清二楚，因此，重新当上首辅后，独专票拟，对严嵩及其党羽当面痛斥指责，甚至是谩骂。严嵩见夏言对自己这个样子，心里什么都明白了，他一面忍气吞声，任凭夏言斥责谩骂，且装出不敢见夏言的样子，一面暗暗思索着重新扳倒夏言的毒计。终于，严嵩找到了扳倒夏言的突破口。

锦衣卫都督陆炳素与夏言交恶，严嵩通过请客、送礼和吹捧陆炳，很快与陆炳打得火热。没用多久，严嵩便与陆炳勾结在一起，开始阴谋将夏言从内阁首辅的位置上驱逐出去。同时，严嵩使尽一切手段，来扭转嘉靖帝对自己贪横的不良印象。

时值年终岁尾，嘉靖帝让宦官同时去找夏言和严嵩，总结当年朝廷国政，筹划明年主要国政。夏言复出后由于心中有气，见宦官前来，又气不打一处来，所以刚一看到宦官那副阴阳怪气的样子，便怒不可遏，狠狠地盯着宦官，并不时地纠正和驳斥着宦官。宦官虽然心里恨夏言，但表面上却装出心悦诚服的样子。宦官到了严嵩的办公房后，严嵩却手拉着宦官让座，并亲自倒茶，还将一个金锭塞进宦官的手中。回到宫中，那宦官尽说严嵩如何勤恳敬业，如何为大明和皇帝分忧，还故意流出了感动的泪水。而对夏言，那宦官说夏言不仅盛气凌人，而且复出后不仅不感激皇恩，还对皇帝满腹牢骚，对国政根本不负责任。说完，还不无担心地说，千万可莫耽误了陛下为国为民的善举呀。

宦官又及时将向皇帝奏报情况秘密告诉了严嵩，严嵩又很快指使锦衣卫都督陆炳，让陆炳捏造事实和谣言，诬陷夏言。嘉靖帝得知宦官和陆炳对夏言的一些不满后，虽没有马上做出反应，但心里又渐渐对夏言冷淡起来，而对奸臣严嵩又开始信任起来。

蒙古使臣带着九白牲畜进京出使情况，严嵩及时获知。严嵩眼珠转了几圈后，吩咐侍从打着内阁的旗号，每日都陪蒙古使臣喝酒吃肉。一连吃喝数天后，这日侍从突然告诉蒙古使臣，说内阁首辅夏言心情不好，对与蒙古通商互市事宜不感兴趣，还是请蒙古使臣回大漠吧。几位蒙古人哪知又是严嵩从中作梗，见内阁的侍从如此热心，又如此惋惜，只好赶着三种九白牲畜返回丰州滩。而这些善良的使臣和阿勒坦汗，直到此时也不知道还是奸臣严嵩在其中捣鬼，只是认为首辅夏言办事不用心。

五

转眼又是一年过去。阿勒坦汗既对与大明通商互市事宜感到灰心，又不死心，因此，每日自觉不自觉地总是在思考着这个问题。这日，他自言自语道："转眼六七年过去了，与汉人互市问题毫无进展，是不是还是自己眼下这个做法有毛病呢？"他沿着这个想法想了一会儿，觉得应该换个想法，同时也换个做法，以便使与汉人通商互市的想法真正能变成现实。想到这里，他连忙让侍人将剌布克台吉和都剌请来议事。

剌布克台吉和都剌见阿勒坦汗高兴的样子，也都高兴起来。这些年，二人总是跟着阿勒坦汗高兴的情绪而高兴，同时也跟着他的郁闷心情而郁闷。剌布克台吉笑着说："看来二哥又有什么好想法或好消息？"

阿勒坦汗叹了口气说："一天天、一年年都是这样瞎琢磨、瞎折腾，的确为兄又想出一个新办法。"刚说完，阿勒坦汗又连忙否认说，"不是新办法，是个旧想法，因为我们第一次商议此事时，就这个事情。简单说，我又想到，与汉人通商互市问题，可能还得蒙古大汗出面才管用，我们一个万户可能地位太低了，两位小弟看是否如此？"

剌布克台吉和都剌二人这些年已经有些麻木了，不知到底怎样才能打开与明朝通商互市的通道。听了阿勒坦汗的话，剌布克台吉和都剌二人相互看了看，又不约而同地点了点头。然后剌布克台吉对阿勒坦汗说："那

就试试吧。"阿勒坦汗看了看都剌，都剌也说："对，那就试试吧。"

阿勒坦汗说："好，那这两天我就启程，去趟察哈尔，面见蒙古大汗卜赤汗，向大汗报告一下我们的想法，请他出面，与大明启动通商互市事宜。"剌布克台吉和都剌点头。

剌布克台吉和都剌正要退出汗府，恰在此时，阿勒坦汗的侍人来报，说卜赤汗的蒙古大帐派人来通知，卜赤汗已病危，让所有万户可汗前往察哈尔大汗驻帐之地，大汗有后事托付。

阿勒坦汗说："那我现在就启程前往察哈尔蒙古大帐，面见卜赤汗。如果卜赤汗还能理政，顺便将我们的想法报告大汗，也好以大汗名义再与大明交涉双方通商互市事宜。"

剌布克台吉说："二哥前往察哈尔聆听大汗之命要紧，眼下不知大汗病情如何，如不行就先别提与汉人通商问题啦。"

阿勒坦汗听三弟这样说，似有歉意地说："唉，为兄让通商互市折腾成魔怔啦，好，到时看情况再说。都剌阁下与我一同去察哈尔，小弟在丰州滩坐镇。走！"一边说，一边拉着都剌出汗府去了。

阿勒坦汗和都剌在几位蒙古后生侍陪下，每日早起晚宿，不停地赶路，只用了两三天，便赶到了察哈尔万户。

卜赤汗驻帐的察哈尔万户各部的驻牧地，在明朝正北的可可的里速一带，也叫大沙窝，其具体地理位置大致为今内蒙古锡林浩特以南，苏尼特右旗以东，镶白旗北部和克什克腾旗以西广袤的沙漠地带。察哈尔万户包括八部，即克什克腾部、浩齐特部、敖汉部、乃蛮部、苏尼特部、乌珠穆沁部、阿剌克卓特部、主亦惕部。

达延汗逝世时，其长子图鲁博罗特先于父汗而逝，蒙古大汗之位便由达延汗长孙博迪台吉继承，汉籍叫作卜赤汗。当时，巴尔斯博罗特济农借口博迪台吉年幼，遂自立为蒙古大汗。但两年后，博迪台吉在汗廷大臣的支持和拥戴下，迫使其叔父让出汗位。阿勒坦汗对自己的父亲自立为汗并不赞成，认为那样做既破坏了达延汗时定的规矩，也违背蒙古人的意愿。因此卜赤汗继位以来，阿勒坦汗甚是尊重他，多年来他积极响应卜赤汗的号召，曾多次率军出征，维护卜赤汗的汗位和权威。

当阿勒坦汗拜见卜赤汗时，卜赤汗已病入膏肓。但看到阿勒坦汗前来拜见，卜赤汗非常高兴，他让侍臣将阿勒坦汗引至自己榻前，拉着阿勒坦汗的手说："爱卿是我蒙古诸万户中最能干的可汗，且正义秉直，公正无私，万户发展得最有生机，本汗感激你。对于本汗来说，爱卿有三大功绩，其一是没因你父亲自立蒙古大汗，而在你我之间产生隔阂。其二是爱卿多次出兵征讨兀良哈，为蒙古的统一和稳定做出了贡献。虽然兀良哈万户被本汗撤销，但蒙古左翼现有的察哈尔和喀尔喀两个万户，比过去的三个万户更强大、更团结、更稳定了。其三，由于蒙古和明朝已有百年不来往了，我们缺少汉人提供的铁锅、布匹、茶叶、书籍等基本生活品，是爱卿五年前那次抢掠，解了我们蒙古各万户之围，而你们抢掠之后，自己万户并没留下几口铁锅，全部支援了各万户，包括汗廷也受益。"原来，那次阿勒坦汗掠得铁锅等物资后，卜赤汗得知后便让阿勒坦汗将铁锅、布匹等物救济一下其他万户，阿勒坦汗得知卜赤汗亲自为铁锅之事说话，便将全部掠得的铁锅和大多数丝绸、布匹都分给了其他万户。

阿勒坦汗见卜赤汗说到这里，又见卜赤汗病成这样，心想如不抓紧说，可能就说不成了。想到这里，阿勒坦汗连忙跪在地上说："大汗恕臣之罪，臣有一事想请求大汗，不知可否？"

卜赤汗说完上述话后，已经累得出了许多虚汗。他有气无力地点了点头，并示意阿勒坦汗站起来说话。

阿勒坦汗站起身来后，很简略地述说了这几年出使明朝的情况，并希望卜赤汗同意，以蒙古大汗的名义向大明皇帝致信，要求明朝同意通商互市。

卜赤汗眼睛时睁时闭，但一直听完阿勒坦汗述说的情况。稍稍有了点精神后，卜赤汗又说："阿勒坦汗要求与明朝通商互市的这份执着，本汗听了感动啊！"他说到这里，对专管大汗语言记录的侍臣说："爱卿代本汗给明朝皇帝写封信，就说本汗召集了鄂尔多斯济农诺延达喇、土默特阿勒坦汗、哈喇慎巴雅思哈勒等蒙古大臣会议，君臣一致，愿与明朝和谈通商，世代友好，成为事实上的一家人。蒙古保证，对东起辽东，西至甘肃的明朝边境，不再进行任何骚扰活动，为双方通商互市奠定基础。"歇息了约一刻钟后，卜赤汗又说："阿勒坦汗爱卿可与记事官好好将写与明朝皇帝的信件认真商议一下，提些具体措施和办法，使臣前往明朝送信时，

悠悠茶马情

要给明朝带足礼物。爱卿们好好商议去吧，本汗实在说不动啦。"说完，便昏睡过去。

阿勒坦汗看了看已睡着的卜赤汗，然后拉起记事官来到旁边的小屋，与他具体商议起如何写好大汗给明朝皇帝的信件。那记事官是个精明的蒙古人，当即对阿勒坦汗述说了自己起草大汗信件的想法，且让阿勒坦汗感到十分满意。阿勒坦汗说了声："阁下辛苦啦，我在外面等你，不打扰你了。"说完，便出了小屋。

不到半个时辰，那个蒙古记事官拿着一张熟理平整的羊皮信，递给阿勒坦汗说："可汗看大汗这封信件这样写可否？"

阿勒坦汗接过羊皮信看时，见记事官是用汉文书写的书信，字迹工整，语文流畅，表达清楚。大汗提出的要提些具体措施和办法，也说得井井有条，切实可行。在携带礼物上，信件提出蒙古向明朝赠送黑头白马一匹，白骆驼七峰，骟马三千匹。阿勒坦汗连忙点头说："好，阁下写得好，就这么定吧。"

那记事官说："那下官去盖上大汗玉印，便给可汗，剩下的事只能麻烦可汗接着办下去了。"

阿勒坦汗说："多谢阁下，让你辛苦啦！"

不一会儿，记事官将盖有大汗玉印的羊皮书信北至阿勒坦汗手中，阿勒坦汗看时，羊皮信外面又多了个精制的羊皮紧口袋。

第二天，卜赤汗将所有前来领命旨的各路大臣召至面前，要求众臣扶持其长子达赉逊继承汗位，并对达赉逊和众大臣提了殷切的期望。然后，卜赤汗病逝。第二年，达赉逊即大汗位，是为库登汗。

阿勒坦汗参加完卜赤汗后事的料理后，便辞别了尚未正式即位的达赉逊和其他汗臣，与都剌回到丰州滩。

第三章　蒙古大军兵临京师

一

回到丰州滩后，阿勒坦汗立即请三弟剌布克台吉和孛格都剌，一起商议以蒙古大汗名义再次出使明朝事宜。

阿勒坦汗说："卜赤汗病逝得太早了，他真是个一心为了蒙古的好大汗，竟在病逝的头一天，对与明朝通商互市事宜倾注了如此的热心，想来真让人感动啊！"

剌布克台吉笑了笑说："卜赤汗的确是蒙古的好大汗，一生致力于蒙古的统一、稳定和兴旺发达，可刚才小弟听都剌阁下说，是二哥硬向卜赤汗报告，卜赤汗又没拒绝，因此才有了现在这种结果的。"

阿勒坦汗也笑着摇了摇头说："唉，在大汗病重那种情况下，按说不应再向大汗报告这种情况了，可为兄怎么也扳不住啊。过后想来，也觉得不近人情，对不起卜赤汗哪！"

剌布克台吉说："如果此次出使明朝成功，也算告慰大汗的在天之灵吧。"

阿勒坦汗说："是啊，有大汗在天之灵的保佑，此次出使说不定会成功。"

剌布克台吉说："二哥快布置任务吧。"

阿勒坦汗说："因卜赤汗作了吩咐后便病逝了，而新任大汗又没有正式即位，所以出使明朝的事情就得由我们继续做下去。因为出使明朝已不

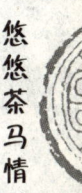

悠悠茶马情

是第一次了，别的都不打紧，现在有几个事我想了想，还没想明白，两位小弟看应该怎么办？"

看到刺布克台吉和都刺胸有成竹的样子，阿勒坦汗笑道："可能两位小弟已经猜到我要说什么啦，就是三件事：其一，此次的使臣是代表蒙古大汗出使明朝，而这次的使臣只能由我土默特派遣，我们派谁去？其二，关于那三千匹骟马如何送往明朝问题。大汗给明朝皇帝老儿的信中说，我蒙古共赠送明朝三件礼物，即黑头白马一匹、白骆驼七峰、骟马三千匹。黑头白马和七峰白骆驼由使臣驱赶前往，并无大碍，但三千匹骟马怎么办，如果明朝一旦再次拒绝互市，三千匹骟马如何处理。也就是说，三千匹骟马这次带还是不带，如果明朝答应互市再专门送去可否。其三，卜赤汗已逝，不知明朝是否已得知此情况，我们的使臣是否需向明朝言明卜赤汗已逝的消息。二位对此有何看法？"

刺布克台吉对都刺说："还是阁下说吧。"

都刺欠了欠身子说："在下以为，此次遣使出使明朝，与以往的确有所不同，因为是作为蒙古大汗使臣的名义，所以领衔的使臣要有点身份和地位。依在下看，在可汗的诸位公子中选出一位最为合适。关于三千匹骟马带不带问题，在下以为必须带，否则别让明朝以为蒙古人在欺骗他们。进入大明地界，大明边将或府州官员一定会对庞大马群的来往有个说法，可汗不必担心。至于卜赤汗给大明皇帝写信后病逝，纯属自然，明朝官员如问起大汗情况，我们则实言相告，如不问，我们也不用说起。"

刺布克台吉点了点头说："小弟赞成都刺阁下的意见。只是在诸位侄儿中，究竟以谁为使，二哥再酌定一下。"

阿勒坦汗也点了点头说："好，就按都刺阁下所说办理。领衔使臣就由我的三子铁背台吉出任，如何？"

刺布克台吉说："二哥的这六个儿子中，小弟最喜欢这个老三，他不仅人长得帅气，而且有才气，文武全才。让他去的确合适。"

阿勒坦汗说："那小弟就派人去铁背台吉部，将铁背台吉召回丰州滩，让他准备出使明朝。铁背台吉部的事务，小弟这一段照应一下就是。"刺布克台吉领命。

铁背台吉接到父汗出使明朝的通知后，立即离开部落，驰马回到丰州滩。此时的铁背台吉刚刚二十岁，英气勃发，彪悍而不失文雅。看到儿子那副帅气模样，阿勒坦汗高兴地说："我儿第一次出使明朝，方方面面都要小心谨慎。我儿出使这一段，部落事务为父让你三叔父帮助照应一下。只是我孙刚生下来几个月，是否需要将他们母子接回丰州滩，由你的母亲帮助侍候和照料一下。"

铁背台吉说："儿部落所在的哈朗兀之地很好，我们夫妻二人在那里很习惯，儿子虽然几个月，但长得很好，似乎也很适应那里的气候。父汗不必挂怀。"

第二天，铁背台吉将大汗的信件拴在羊皮衣内，带着三十多名随从，牵着那匹黑头白身宝马，七峰高大稀有的白骆驼，驱赶着三千匹骟马，浩浩荡荡奔大明的大同府而去。进入大同府地界，早有明军将铁背台吉一行的情况报至宣大总督翁万达。

翁万达字仁夫，嘉靖五年进士，阿勒坦汗率蒙古军抢掠大同、太原后，明朝为加强防卫，让翁万达出任宣大总督，总督宣府、大同、山西、保定诸镇军务。宣大总督一职设于明正统年间，是明朝后期由朝廷派出节制宣府镇与大同镇兵员与粮饷的重要官员，巡抚、总兵，都要服从其节制。翁万达就任宣大总督后，立即上书朝廷，请修边墙。在他的努力下，修筑了宣府西路西洋河、洗马林、张家口等处边墙六十四里，敌台十个，斩崖削坡五十里，极大地加强了宣大一线的长城防务。

蒙古土默特万户这些年向明朝遣使情况，翁万达都了解，但由于蒙古是出使京师，且使团规模较小，翁万达并未干预。这次，翁万达得知蒙古使团驱赶了三千匹骟马，准备进京，便觉得似乎不妥。在得知蒙古使臣进入大同地界的第三天，翁万达便会见了铁背台吉，与他商议如何更好更稳妥地进京出使问题。

翁万达向铁背台吉提出，鉴于三千匹骟马不便驱赶，又不知朝廷动意如何，因此建议铁背台吉将赠予明朝的黑头白马、白驼和骟马，全部暂时留在大同境内放养，铁背台吉的三十多名随从，留下二十人在大同照看并放养牲畜，其余十人随铁背台吉进京。为了使朝廷了解情况，不至于怪罪蒙古使团在向明朝赠送礼物上打诳语，翁万达表示他将向朝廷亲笔上疏，一来言明蒙古赠送礼物的真实情况，二来也向朝廷建议，接受蒙古通商互

悠悠茶马情

市的要求，自此双方和好，造福蒙汉百姓。

铁背台吉听了翁万达的话后，十分高兴和感激。翁万达的为人和政绩，铁背台吉早有所闻。因此，铁背台吉千恩万谢，一切按翁万达的意见办理。在大同住了两天后，便带领十名随从，在翁万达派出的给朝廷上疏的两位总督府侍从的陪同下，轻骑快马，向大明京师北京城驰去。

此时，明朝的内阁又经过了新的震动，奸臣严嵩再次出任内阁首辅。原来严嵩见夏言复出为首辅后，知道过去自己那些卑劣的行为夏言都已掌握，如不把夏言驱逐走，自己肯定会永远不开心，甚至为夏言剪除。因此，严嵩用尽所有伎俩，来诋毁、中伤、诬陷夏言。而自己则处处投嘉靖皇帝所好，顺着嘉靖皇帝的心思去做事。夏言和严嵩都以善写青词而得宠，但夏言的青词多为幕僚代为起草，他自己看都不看，因此经常重复进献，嘉靖帝看了气得扔在地上。而严嵩因有宦官通风报信儿，皆是投嘉靖帝所好，因此所撰青词格外博得嘉靖皇帝的欢心和宠信。严嵩窥得夏言在皇帝那里已失宠，而自己则又重新得势，遂抓住时机，对夏言实施了致命的诬陷和打击，嘉靖二十五年，以兵部侍郎总督陕西军备的曾铣，曾建议在河套修筑边墙抵御蒙古，但为严嵩所阻。但夏言得知后，认为曾铣的建议有道理，因此大力支持曾铣。严嵩得知后，连忙到嘉靖帝那里去攻击夏言，说夏言支持曾铣，意在对皇帝曾罢免自己的内阁首辅表示不满。昏庸的嘉靖皇帝听后，立即传旨再次罢免夏言的内阁首辅之职。严嵩见夏言被罢免首辅之职，便进一步诬陷说，曾铣克扣军饷并贿赂朝廷大臣，而且此事与夏言有关。嘉靖帝听说后，传令将曾铣和夏言捉拿入狱。不久，夏言和曾铣被杀，而严嵩则第二次成为首辅，且一干就是十四年。

铁背台吉带着蒙古大汗给明朝皇帝要求通商互市的信件，及宣大总督翁万达赞同接受蒙古要求的上疏情况，报至严嵩案台上时，恰值严嵩刚刚第二次成为首辅没几天。严嵩将蒙古大汗的信件和翁万达的上疏看了一遍后，将两封书信弃之于地，并吩咐党羽秘密将蒙古使臣除掉。可怜铁背台吉及其十位随从，竟一点察觉没有便被杀死。翁万达派出的那两位总督府侍从，见铁背台吉及随从不知去向，知道可能已遭严嵩党羽毒手。又等了几天，见铁背台吉毫无音信，便连夜返回大同，向翁万达报信去了。翁万达得知后跌首顿足，但又无法说什么，只得对铁背台吉留在大同看管牲畜的那二十位随从说，铁背台吉下落不明，生死未卜。那二十位随从知道不是翁万达的事情，虽然一头雾水，只好驱赶着牲畜返回丰州滩，向阿勒坦汗报告情况。

阿勒坦汗听完那些回来报信儿的随从们的话后，知道铁背台吉多半是重蹈了石天爵的覆辙，他不禁大叫了一声："长生天哪，怎么会是这样啊！"然后便昏死过去。

二

阿勒坦汗昏死过去后，剌布克台吉和字格都剌等人连忙施救。好在都剌对待这类情况，都是手眼精熟，很快便将阿勒坦汗救了过来。但阿勒坦汗虽然苏醒过来，手脚却失去知觉，浑身动弹不得，且数月不起。剌布克台吉和都剌日日陪在床头。

这日，阿勒坦汗对都剌说："阁下代我给明朝的昏君奸臣写一封信，就说如果明朝继续拒绝与蒙古通商互市，我蒙古大军将挥师南下，兵临明朝京师顺天府抢掠。将此信写成最后通牒的样式。"

都剌不解地问道："可汗是想出出气，解解恨，吓唬一下明朝，还是真想出兵抢掠明朝京师？"

阿勒坦汗说："两个意思都有。如果吓唬他一下他们还继续不理不睬，我们就出兵抢掠顺天府一次。"

都剌说："可汗如果有抢掠顺天府的想法，干脆就别写这个最后通牒，免得明朝早有准备。如今在下也看明白想明白了，这明朝的昏君奸臣也太可恨了，平白无故杀我蒙古使臣两次，真是欺人太甚啦，干脆对顺天府用一次兵，好好报复他们一次。"

剌布克台吉说："让咱们的字格有这种报复心理，还真不是容易的事情。"

都剌说："在下也是实在看不下去了，为了追求通商互市，可汗十年如一日地苦苦熬煎着，如今连自己的儿子都搭上了，而明朝还是这样不理不睬，不教训一下昏君奸臣，的确出不了这口气呀。但在下还是认为，可汗如真要出兵明朝京师，这个最后通牒还是不下为好。"

悠悠茶马情

刺布克台吉说："阁下这么聪明，怎么这个时候倒糊涂起来了，你没看清吗，如果此时明朝真是回心转意，同意互市通商，咱们的可汗照样还是会不计前嫌的。"

都刺说："唉，真是难为了我们的可汗哪，在下这就去写这封最后通牒。"说完，起身去了。

阿勒坦汗又对刺布克台吉说："小弟从明日开始，组织我万户各部落的蒙古兵，训练长途征战和骑射本领。待将兵练得棒棒的，如果明朝还是无动于衷，我们大军便开始进攻顺天府。"

刺布克台吉说："小弟还是每日陪伴在二哥的身边为好，待二哥身体彻底恢复了，我们再练兵不迟。"

阿勒坦汗摆摆手说："小弟不必惦记为兄，为兄觉得我这身体近来血脉开始连通了，手脚也有知觉了，似乎用不了两个月，为兄很可能就会照常骑马征战。但如果两个月后再练兵，是要耽误时光的。"

刺布克台吉听了，点点头说："好，明日小弟便先将各部落首领召至一起，向他们传达二哥的汗令，然后开始大举练兵。"

两人还在说着，字格都刺走了进来。他将一封羊皮书信递给阿勒坦汗说："通牒信件在下写好了，可汗看看妥否？"

阿勒坦汗说："还是阁下念念吧，正好我和刺布克台吉二人都听听。"

都刺从阿勒坦汗的手中将羊皮信又拿了回来，然后念道："明军边关将士转皇帝老儿：蒙汉两族，本系一家。先祖失心，被驱大漠，天各一方，二百载矣。后世子民，追悔莫及，盼镜重圆，泪涟相思。今欲通商，互利互市，有益双边，先祖子嗣。然你汉明，不通情理，杀我使臣，无视礼仪。今射箭书，权作通牒，若不互市，兵戎相见。大漠发兵，直指大都，京师遭劫，切莫追悔！蒙古土默特万户阿勒坦汗。"

阿勒坦汗听了连连夸赞道："写得好，写得好！这么多年，不知阁下有此好文采。"

刺布克台吉说："阁下真是好文采，还一下子写成了汉文。"

都刺说："在下只是学着汉人写信言事的样子，写了这么几句而已，只要是把可汗的意思写出来，在下也就满足啦。"

阿勒坦汗说："已把我的意思表达得非常清楚啦。"

剌布克台吉说："小弟将此书信派人从边境射往大同明军营，让他们往皇帝老儿那里传送去吧。"

阿勒坦汗说："还是从东边的宣府镇那里射入明军兵营吧，这样可以使这封信更快地送至京师。"

剌布克台吉点头说："小弟现在就去布置。"说完起身出汗府去了。

第二天，剌布克台吉便按照阿勒坦汗的要求，开始组织土默特万户的蒙古军士进行大规模练兵。阿勒坦汗在都剌的陪护下，一边在恢复着身体，一边在等待着明朝的动静。

转眼两个多月过去了，阿勒坦汗的身体已有了很大的好转，可以自由下地活动了。阿勒坦汗当即来到练兵场，与军士们一道练兵，权作恢复身体运动。军士们见可汗身体已经恢复并与他们一道练兵，一个个欢呼雀跃，军威大振。

这日，阿勒坦汗和剌布克台吉正与军士们在大草地上对练厮杀，侍人来报，说明军已传过信来，对阿勒坦汗的通牒信有了态度。

阿勒坦汗忙问："怎么说，是否同意通商互市？"

那侍人摇了摇头说："听军士说，明朝的态度就两个字：诡言。"

"诡言？什么诡言？"阿勒坦汗不解地问。

那侍人说："就是欺诈、奸滑的意思。"

阿勒坦汗说："明朝是说，我写给明朝的信都是欺诈，是这样吗？"

侍人说："明朝就是这个意思。"

阿勒坦汗此时很是镇静，他对剌布克台吉说："小弟，走，回府去，将众部落首领聚到一起，商议进攻明朝京师事宜。"

剌布克台吉让几个军士分头通知众部落首领，然后陪阿勒坦汗回可汗府去了。

众部落首领们得知即将进攻明朝京师北京城，个个欢欣鼓舞，且都按时走进了可汗府的议事厅里，等候阿勒坦汗的训示。

阿勒坦汗向众将点了点头说："各位将领，本汗给你们十天准备时间，在这十天之内，各位将率兵出征的一切准备都做好，等候着出征的号令。这些天，本汗还要与剌布克台吉、都剌两位阁下认真商定进军路线和

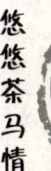

悠悠茶马情

一些具体事宜，待大军出征前再通知诸位，各位只管做好率兵出征的准备就是。"众将听了，都各自散去。

阿勒坦汗与剌布克台吉、都剌继续商议出兵的具体事宜。阿勒坦汗说："我们这次出兵，与七年前那次大有不同，那时，明朝的防守还很薄弱。这一次，由于明朝吸取了那次的教训，不但在兵力上加强了防守，还派遣了翁万达这样难以对付的宣大总督，同时我们进攻的目的和地点也不同于那次。因此，我们需认真研究些应对之策。有关这些，都剌阁下有何高见？"

都剌自代阿勒坦汗给明朝皇帝写通牒时，就开始思考蒙古大军进攻明朝京师的相关对策。听了阿勒坦汗的话后，有礼貌地欠了欠身说："可汗刚才说得很对，如今明朝的边境防守，已经比前些年坚固多了，我们不能再像上次那样大摇大摆闯入明朝境内，而必须有所算计，虚实结合，采用诱敌深入、埋伏突袭、声东击西、乘势进攻等办法，否则，很难得手，特别是大同一带的防线，很难攻破。"

阿勒坦汗听了，高兴地抓住都剌的手说："我们的字格真了不起，现在简直已经成了本汗的军师啦，快说说具体的想法。"

都剌从怀里掏出一块羊皮地图，放在阿勒坦汗的案台上说："在下这一段反复琢磨了好几次，才画出了这张进军图。图画得不好，但大体位置还是准确的。可汗看按这张图所设计的路线进军可否。"

阿勒坦汗看时，见羊皮上画着山川河流，标注着兵营关隘，还写着密密麻麻的汉字。特别是明朝修筑的边墙，即长城，画得格外清晰而醒目。阿勒坦汗高兴地对剌布克台吉说："小弟，想不到都剌阁下还有这样的才能，将地图画得如此精致。为兄看，以后就让都剌当我们的军师好啦！"

剌布克台吉说："小弟看完全可以。"

都剌连忙说："可汗信任在下，在下就这么一个人瞎琢磨，不知是否能行，还是在下详细说说进军路线，可汗再看是否可以。"说完，便一边指点着羊皮地图，一边说出了此次蒙古军进军明朝京师北京城的具体路线和想法。

阿勒坦汗听完后高兴地说："就这么定啦！"

三

　　按照都刺设计的进军路线和想法，阿勒坦汗迅速向众将作了布置。第二天，担负各种任务的各路人马，便纷纷开始出动。几路人马都出发后，阿勒坦汗才与镇守万户的三弟刺布克台吉辞行，与军师都刺率一万精骑，踏上出征的路程。

　　铁背台吉出使明朝下落不明后，明朝宣大总督翁万达立即告诫大同总兵府，让他们加强警戒，防止蒙古军复仇突袭。大同总兵张达得到翁万达的指示后，立即加强边境防守，以备迎击蒙古军。可过了半年，还不见蒙古军有一点儿复仇的迹象。张达虽然嘴上不说，但实则是放松了警惕。

　　这日，张达正在总兵府乘凉，忽报蒙古军闯入大同镇行抢。张达一听，立即提枪上马，率领两千明军出府迎战。到了大同街市后，张达见有数百蒙古军，在街面上策马乱跑，大街上的市民早不知躲往何处去了。张达大喝一声，跃马挺枪，冲向蒙古军。蒙古军见有明军前来迎战，立即拨转马头，向城外跑去，张达率兵一直追出大同城外。此时，张达看得分明，虽然蒙古军胯下的坐骑都是善于驰骋的好马，但坐在马上的蒙古兵，却是些老弱之兵。当下张达向自己的两千人马喊了声："追，将这些鞑子都给我杀光！"说着，一马当先，继续向蒙古骑兵冲去。

　　正当张达率两千人马追得起劲时，忽见两边沟壑之内万箭齐发，一齐射向明军。张达一看，只好拼命打马向前逃去。跑了一会儿，回头看身后自己的两千人马时，跟着自己逃生的不到三分之一。

　　张达的身上也被射中了一箭，好在只是射在大腿上，虽然出了许多血，但还不影响逃命。可他正在狂奔时，却猛见前面一支蒙古军立于路中，挡住了去路。为首一员蒙古小将，手持两只大锤，坐下枣红马，威风凛凛，列好了厮杀的架势。张达见已无路可逃，便忍痛喝问道："眼前鞑将姓甚名谁，为何在此送死？"

　　只见那蒙古小将说道："我是土默特万户阿勒坦汗第六子哥力台吉是也，你是何人，如此口气！"

　　张达说："爷爷乃大同总兵张达是也，看枪！"说着，一枪刺向哥力

台吉。

哥力台吉用大锤一磕，差点将张达的大枪磕飞，张达料自己不是哥力台吉的对手，虚晃一枪，拨马便走。哥力台吉马快，他从后面赶上张达，只一锤，将张达打落马下，一命呜呼。

其他明军来不及逃跑，都被哥力台吉率领的蒙古兵及沟壑中冲出来的蒙古兵围杀。

哥力台吉与张达的这次接战，是都剌特意为阿勒坦汗设计的一次试探战和诱惑战。大同总兵张达阵亡后，明朝立即任仇鸾为大同总兵，并加强大同的防守力量。

仇鸾任大同总兵两个月，并未见蒙古兵再有进犯的迹象。正当大同明军摸不着头脑时，东线滦河一带的蒙古军，却闪电式地南下，直逼古北口。原来，这是都剌为阿勒坦汗设计的第二步进攻方案。哥力台吉滋扰大同，其目的是将明军的注意力紧紧吸向大同方向，而阿勒坦汗则率主力大军从蒙古境内移至滦河、以马吐河和以逊河流域驻扎，以便从古北口突破明军防线，进入明朝京师。当下阿勒坦汗将集结于滦河、以马吐河、以逊河流域的两万蒙古精骑集中后，顺潮河川南下，直逼古北口而来。

明朝古北口守将王汝孝见蒙古大军突然出现在古北口之外，连忙率军前来迎战。可当王汝孝出古北口后，蒙古军却连忙退去。王汝孝不知是计，便率军追去。正在此时，却见阿勒坦汗率精骑从明军防御薄弱的黄榆沟破墙而入，从明军的背后掩杀过来。此时佯作溃退的蒙古军又折返杀回，与阿勒坦汗率领的骑兵形成前后夹攻之势。王汝孝拼命突围，但怎奈蒙古军数量既多于明军，又勇猛善战，没过半个时辰，明军被杀得精光，王汝孝只拼得单枪匹马，落荒而逃，不知逃往何处去了。

阿勒坦汗占领古北口后，清点自家兵马，伤亡甚小。只是由于山路崎岖，辎重车上的两口铁锅被撞破。阿勒坦汗跌首顿足地说："唉，破点什么不好，偏偏要砸我最为珍贵的铁锅呀！"

都剌连忙劝道："可汗莫心疼，越过长城，到了明朝境内，铁锅就不值钱啦，一会儿我们抢几口补上就是啦！"阿勒坦汗听了，这才笑了。越过长城后，阿勒坦汗率蒙古大军经怀柔、顺义，抵达通州。稍事休整后，便从通州渡河向西，到达大明京城北京城安定门北面的教场驻扎，并很快掠抢了北京城近郊的西山、黄村、沙河、大榆河、小榆河等地，掠得大量铁锅、茶叶、丝绸和书籍。

阿勒坦汗率蒙古大军到达通州时，消息早已报至嘉靖皇帝那里。嘉靖皇帝连忙下诏调集各地驻兵，保卫京师。经首辅严嵩的推荐，嘉靖帝任命大同总兵仇鸾为大将军，统帅各路人马，分别把守京城各城门。仇鸾得到信后，连夜从大同赶回京师赴任。

阿勒坦汗并没有真正想攻打北京城的打算，直到现在，他仍然期望通过兵临京师，促使明朝下决心通商互市。因此，他率大军到达通州时，并没有挥军直指京城，而是休整了两三天才行动，实际上是给明朝留出了思考和选择的时间，也为其调集守兵留出了充足时间。到达安定门驻扎在北面的教场后，更没有去攻城，而是在京城周边实施了掠抢，再次期望明朝能有所选择，或是给明朝调集兵力守卫京城，进一步留出时间。阿勒坦汗虽然要将蒙古大军兵临大明京城，只不过要使明朝君臣明白，蒙古军要进攻大明京师，不是不可能之事。

李格兼军师都剌早就看透了阿勒坦汗的心思，并顺着阿勒坦汗去做相关安排部署。看到京师各城门的明军都已严阵以待，防御着蒙古军，都剌笑着对阿勒坦汗说："在下在可汗出兵前的策划中，只策划到我大军兵临京师城下，不知下步可汗要做什么？"

阿勒坦汗对都剌的心思也十分了解，二人可谓心照不宣。听了都剌的话，阿勒坦汗也笑道："我们这一步步进兵，一步步进逼明朝，都是阁下安排好的，现在走到这一步，下步还用本汗去说吗！"

都剌听后说："好，那在下知道怎么做啦。"

第二天一早，都剌拿着一封书信，并让两个军士押着一个明朝内官，一起来到阿勒坦汗的大帐。都剌对阿勒坦汗说："这个人叫杨增，是一名大明朝廷的御厩内官，是我军军士昨夜在东直门外搜捉到的，不知让此人给皇帝老儿去送信可否？"

原来都剌明知阿勒坦汗在大明京师城外驻扎，现在立即要办的，是找个合适的人去向明朝皇帝送信，逼明朝尽快通商互市。因此，便让军士在京师城外抓了一个给皇帝管理车马的内官，同时连同给皇帝的信一并写好，送给了阿勒坦汗。

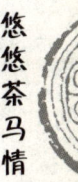

悠悠茶马情

阿勒坦汗一听眼前之人是明朝宫内给皇帝管理车马的内官，连忙点头说："好，这种身份之人，回去给皇帝老儿送信，再合适不过了。"说完，接过信看了看。阿勒坦汗见都剌这次写的信和上次的通牒信，在内容和口气中都差不多。便连连说道："好，阁下辛苦，信写得好，送信之人选得也好。"

说完之后，阿勒坦汗叫侍人取过十两黄金，对御厩内官杨增说："我便是这次蒙古军军事行动的头领阿勒坦汗，现在本汗请阁下回宫给你们皇帝老儿送封信，你可愿意？"

那杨增自昨夜在茅屋中被捉后，正不知蒙古军如何处置自己，现在见让自己回宫给皇帝送信，连忙说："小人愿意！"

阿勒坦汗亲手将信和那十两黄金递给杨增说："好，信在这里，阁下保管好，这十两黄金是本汗送给阁下的辛苦费。"

杨增连忙推辞说："小人怎敢要可汗的辛苦钱！"

阿勒坦汗说："去吧，如果送信成功，本汗日后还会有赏。"

杨增收下黄金，揣好书信，由那两个押解进帐的蒙古军士送出帐外，骑上一匹御厩宝马，从安定门进入京城去了。

四

杨增虽然是一名管理皇帝车马的内官，但对蒙古近年来要求与明朝通商互市的情况，却了如指掌，且他本人对蒙古人的要求一直持同情态度。这次，他亲眼看到蒙古军首领善意的样子，心里很是感动。回到皇宫后，杨增借着自己见皇帝的方便条件，亲手将阿勒坦汗的信呈给了嘉靖皇帝。嘉靖帝问明情况后，便展开信件看了起来。连看了两遍后，嘉靖帝陷入了沉思。

思考了一会儿，嘉靖帝传令召内阁首辅严嵩、礼部尚书徐阶、大将军仇鸾、兵部尚书丁汝夔，进宫议事，听取众人对蒙古军兵临京师及要求通商互市的意见。

嘉靖皇帝是成化帝朱见深之孙，袭父兴献王朱祐杬之位。正德皇帝朱厚照死后无嗣，内阁首辅杨廷和等以遗诏迎他入继大统。即位初期，下诏尽革正德弊政，诛钱宁、江彬等佞臣，朝政为之一新。可时间不长，"大礼"之议兴，朝议沸腾，致使幸臣窃柄，正直大臣有廷杖致死者，有陷大狱者，有贬谪斥逐者，杨廷和等皆相继去职，弊政复兴。嘉靖帝还好兴作，喜欢神仙老道之术，营建繁兴，斋醮不断，而政事却越来越荒怠，兵备废弛，帑藏耗竭。特别是让严嵩擅权，加之内忧外患不断，使大明朝没落的步伐大大加快。

几位与会的大臣参拜后，嘉靖帝将阿勒坦汗写给他的信往众臣面前一丢说："看看吧，我大明朝该如何应对？"

严嵩先接过信件看了一遍。他脑子里立即闪现出来的，是这封信似曾相识，但他立即想到，上次他看过的那封与此封不一样，上次那封是用羊皮写的，而这封信用纸写的。想到这里，他若无其事地将信件传给徐阶。徐阶接过信件说："为了使仇大将军和丁大人与臣一起知道信的内容，臣还是将此信念上一念吧。"嘉靖点头后，徐阶便将阿勒坦汗的信念了一遍。

嘉靖帝说："严爱卿先说说，我们应如何对待蒙古通商互市要求，因为这件事直接关系蒙古人是否退兵。"

严嵩说："依臣之见，蒙古穷寇此举纯属乞食行为，不足为虑，圣上大可不理。今我守卫大军已遍布京城，区区两三万蒙古军能奈我若何！臣观蒙古军不日必将退去。"

嘉靖帝听了，未置可否，又说："徐爱卿以为如何？"

徐阶字子升，嘉靖进士，在视学浙江、江西后，擢国子祭酒，进礼部尚书。他为政宽平，主张革除弊政，缓和社会矛盾。听嘉靖帝又点自己的名，便说道："臣以为，如我大明准予蒙古通商互市之约，只能说明我天朝大度仁慈，圣上皇恩浩荡，且我铁锅、茶叶、丝绸、书籍之物，取之不尽，用之不竭，相互通商，并无坏处，还可稳住鞑靼、瓦剌滋扰，平息边患，于国于民，皆有利处。因此，臣赞成与蒙古通商互市。"

嘉靖帝听了，仍未置可否，又让大将军仇鸾说说看法。

仇鸾与严嵩关系颇为密切，但他没有和严嵩一个腔调来否决蒙古通商互市的要求，而是支持蒙古通商互市的要求。他说："臣以为，蒙古此次兵临京师，的确是真心实意想要与我大明通商互市，而不是真要侵犯于

悠悠茶马情

我。臣回京师任职这几天，仔细琢磨了蒙古兵进入大明境内后的所作所为和行动部署，觉得这位格根汗的确没想攻略我京师，否则我京师不会像现在这样安稳。"

嘉靖帝听仇鸾说出这样的话，眼睛瞅着仇鸾许久，然后说："这么说，仇爱卿也是赞成与蒙古通商互市啦？"

仇鸾连忙说："正是。"

嘉靖帝对丁汝夔说："丁爱卿什么意见？"

丁汝夔说："臣也赞成与蒙古通商互市。因为臣想这样有几个好处：其一是平息蒙古对我边境的滋扰，减少纷争和国库支出。其二，双方通商互市，我大明从蒙古那里得到的，必然是宝马良驹，这对我大明军民两方面都益处多多。其三，双方通商互市，让蒙汉人民相互增进了解，对日后使两大民族再度融为一体，收复北邦大有裨益。"

嘉靖帝见四位大臣都说了一遍，且各自的观点都很鲜明，反倒为难起来。他想支持与蒙古通商互市，但却想到反对的恰恰是自己最为欣赏和倚重的内阁首辅严嵩。要反对与蒙古通商互市，但其他三位大臣都一致支持此事，而且各自说的都很有道理。想到这里，嘉靖帝说："朕再权衡一下，看究竟如何是好？诸位爱卿且退下吧。"四位大臣听了，都起身离去。

过了两天，嘉靖帝还是犹豫不定，对阿勒坦汗的要求一直不作答复。大将军仇鸾和兵部尚书丁汝夔二人很是着急，便一起去向严嵩请示下步对策。严嵩说："败于边可隐，败于郊不可隐，穷寇饱将自去，唯坚壁为上策。"二人听了，只好起身而去。

从首辅办公房出来后，仇鸾对丁汝夔说："蒙古大军兵临京师城下，我大明既不出兵退敌，又不答应蒙古的通商互市请求，终不成让蒙古兵长期驻扎在城外不成！"

丁汝夔叹道："一边是圣上在作思考，一边是首辅大人的训斥，你我有何办法！"

仇鸾说："听说蒙古兵这两天又抢掠了不少地方，不能再这样下去了，否则你我为将者，便失职于朝廷啦。"

丁汝夔说："圣上对是否与蒙古通商互市之事，还在犹豫，首辅大人又不让我们与蒙古兵接战，在这个时候，在下与大将军又能做什么呢？"

仇鸾说："我有个大胆的想法，不知阁下以为如何？"

丁汝夔说："在下愿听大将军高见。"

仇鸾说："我想独自去见那阿勒坦汗，让他尽快退兵。"

丁汝夔见仇鸾一副认真的样子，知道他不是在开玩笑，便说道："这样行吗？"

仇鸾说："我的这个想法还是受阁下那天在圣上面前说的那番话鼓舞而产生的。在此国家处于重大行动选择之际，不管人们说什么，也不管此举是忠还是奸，本大将军就想这样做啦。"

丁汝夔说："这无疑是对大明朝的忠勇之举，大将军怎么会想到这个奸字呢！"

仇鸾说："但愿人们都这样想吧。"

丁汝夔又说："那阿勒坦汗不会将大将军扣住去作人质吧？"

仇鸾说："不会，我始终认为，阿勒坦汗此次兵临京师，的确是真心实意要逼迫朝廷与蒙古通商互市。我见到他后，当面与他好好叙谈一下，将他的想法了解清楚，并答应他认真向圣上报告。我想，面对这样一个信使，他是绝不会做出过格之举的。"

丁汝夔听了说："大将军此举，在下敬佩不已。还望大将军多多保重！"

仇鸾说："我现在就行动，独闯蒙古军营！"说完，向丁汝夔一拱手，大踏步地走了。

五

阿勒坦汗自让杨增给嘉靖帝送信后，一直在盼望着能很快得到明朝的回音。但一天过去后，阿勒坦汗见还没有动静，便又让大军对顺天府的多处实施了抢掠。这日傍晚，阿勒坦汗正与军师都剌在营中闲叙，侍人报告，说有位自称是明朝大将军的人，要求面见。阿勒坦汗连忙问道："来了多少人？"

那侍人说："只一个人。"

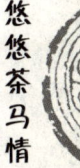

阿勒坦汗说："看来我们让杨增送信的事有回音啦。"

都剌摇摇头说："那怎么会只来一人，而且是个大将军呢！"

阿勒坦汗说："快快有请，见面不就知道了吗！"一面让侍人去请，一面赶出营帐迎接。

仇鸾与阿勒坦汗和都剌相互作了自我介绍后，便开门见山地述说了来意。阿勒坦汗听后，站起身来紧紧抓住仇鸾的手说："先不说大将军能否说动大明皇帝，此举本身便让本汗和全体蒙古人敬重，本汗代表此次征讨的蒙古军士和所有蒙古人，给大将军施礼啦！"说完，拉着都剌，恭恭敬敬地给仇鸾施了一礼。

仇鸾说："自'土木堡之变'至今，已经整整一百年过去了，蒙汉两个兄弟民族，也整整分离对峙了一百年。正如可汗信中所说，天各一方，泪涟相思，但毕竟是彼此伤心，不相往来。正所谓冰冻三尺，非一日之寒，化解厚冰，需有时日呀。因此，还望可汗耐心等待，不可操之过急，更不可继续杀人抢掠。"

阿勒坦汗说："在下自任土默特万户可汗之后，便一心想与大明和好，通商互市，造福蒙古子民，同时也福济汉族兄弟。在整整十年之中，在下遣使数次，将最珍贵的礼物献给大明，但一次次遭拒或被置之不理，更有甚者，朝廷两次杀我使臣，连我心爱的三子也搭上了性命，孩子那时才刚刚二十岁呀！"阿勒坦汗说到这里，不禁眼圈湿了起来。

仇鸾听到这里，又见阿勒坦汗如此动情，心灵受到了极大震动，他的心已完全被眼前这位蒙古可汗所征服。他也紧紧抓住阿勒坦汗的手说："我代表大明朝向阁下致歉，给蒙古兄弟赔礼！"说完，也恭恭敬敬给阿勒坦汗施了一礼。

阿勒坦汗继续说："不错，在下的确两次用兵，都是在大明杀我使臣之后。第一次，尽管朝廷杀了我使臣，但在下只是抢掠了一次，并未伤大明一兵一卒。这次除外，在下一来是雪三子被杀之恨，二来是要兵临京师，让皇帝老儿受些震动，这才开了杀戒。但在下还是留了一手，虽兵临京师，但没攻打京城，没与明军拼命，只不过还是要逼迫朝廷答应与蒙古通商互市而已。望大将军能体谅在下一片用心，也谅解在下的粗鲁与罪过吧！"阿勒坦汗说到这里，眼圈再次湿了起来。

仇鸾紧紧握着阿勒坦汗的手说："可汗快把阁下为什么如此期盼与我大明通商互市的心情和情况，以及如何开展通商互市，详细对我说说，我将向圣上认真作一次禀报，圣上如不答应，我甘愿以死谢罪！"

阿勒坦汗听到这里，大声对侍人说："快去准备酒席，我要将满肚子的话都倒给大将军。"

侍人答应后，阿勒坦汗又说道："再去通知大军，明日一早，拔营起军，返回蒙古。"

不一会儿，丰盛的酒宴便置办上来。阿勒坦汗端起酒杯敬过仇鸾后，便滔滔不绝地讲述起来。他从蒙古人的日常生活情况，讲到缺少铁锅、茶叶、丝绸、布匹、书籍等基本生活品的尴尬和无奈，从他当这个可汗对子民的许诺，讲到爷爷达延汗的期望和追求，从蒙汉各自的优势，讲到蒙汉人民之间鲜为人知的深情厚谊，以及对日后通商互市的展望，还有建议一大堆。仇鸾越听越敬佩这位蒙古人，越听心灵的震撼越强烈，越听越恨不得马上就把自己的谏疏送到皇帝的龙案上。

待阿勒坦汗述说完后，仇鸾看时，已是寅夜时分。仇鸾站起身来说："我是不会让可汗今夜这一席话白说的，也不会让可汗从小就期望的事情落空的，更不会让蒙古兄弟的心继续凉下去的！"说完，手一拱，大踏步出帐而去。

阿勒坦汗追出营帐喊道："大将军保重，我蒙古军明日一早就撤回蒙古！"

果然，第二天天刚亮，阿勒坦汗率领的蒙古军，便从古北口和白羊口分路撤回了丰州滩。

由于阿勒坦汗率蒙古军兵临大明京师北京城这一年为嘉靖二十九年，夏历为庚戌年，故史称这一事件为"庚戌之变"。

悠悠茶马情

第四章　嘉靖皇帝准予互市

一

　　仇鸾回到大将军府后，点起蜡烛，铺开砑光金花五色笺，琢磨起拟给嘉靖帝上奏的疏表。仇鸾想了一会儿，觉得此疏非同一般上奏事项那么简单，似乎需用很长的篇幅来陈述。于是，仇鸾先给奏疏起了个名，认定后便提起湖笔，蘸足了墨汁，写下了《大明蒙古和平互市疏》几个秀美端庄的颜体字。然后，他又在另一张笺上打了个草稿。细细推敲并稍作修改后，便开始写起了奏疏。

　　仇鸾先写了明朝大同、宣府两镇边外驻牧蒙古人对两镇边防的威胁情况。他列举了许多事例，运用了多组数字，对数十年明境遭受蒙古威胁情况作了详细叙述。接着，他又叙述了当前蒙明边境蒙汉人民秘密交易情况。指出数十年来，明朝驻守宣府、大同各堡、墩、台的军士和夜巡哨兵，经常出边到蒙古人的驻地，同蒙古人进行秘密交易活动。久而久之，边境一带的蒙汉人民，大都暗中交往，关系密切。在一些地方，甚至蒙古人代替明军守护墩、台，而明朝军士则代替蒙古人放牧牲畜。仇鸾继续写道，由于种种原因，明朝军士和边境的百姓频繁逃往蒙古地区，蒙古人用其所长，使这些汉人在蒙古地区发挥才干和智慧。其中还有些人被蒙古人派回明朝，刺探各种情报。仇鸾接着写道，如今，蒙古地区发展很快，对明朝的产品特别是基本生活品的需求逐年增加。如果蒙古人民这些需要得不到满足，他们便会入境抢掠。阿勒坦汗一次次遣使要求明朝与其通商互市，在得不到答复时入境抢掠，以至兵临京师，都是在这种形势下发生的。仇鸾进一步写道，从边防实力看，蒙古军事力量明显比明军强大，且明朝军士普遍厌战，并惧怕蒙古骑兵，只要双方有冲突，大多数都是蒙古军得胜。

最后，仇鸾写道："蒙汉两族自古便是一家亲，其相互联系和天生之渊源，是谁也无法割断的。与其让两族人民私下交易，还不如由朝廷宣布开禁；与其偷偷摸摸，莫不如光明正大；与其对立，莫不如和谐。如陛下准其通商互市之请，实乃我天朝皇威之伟大，皇恩浩荡之彰显，两族军民百姓汇成洪流者，必然是万岁，万岁，万万岁！"

仇鸾放下笔，长舒了一口气，他将奏疏稿笺数了数，整整写了十页。他将页码顺序理好后，再次凝聚精神，从头到尾细细检查了一遍，然后，才走到窗前，拉开厚厚的窗帘，霎时，霞光照进了他的办公房，原来天光早已大亮。他索性推开窗户，让已是中秋的凉风在自己的脸上轻轻地拂拭着。

仇鸾没有立即将奏疏呈送皇帝，而是放在案台上两天。在这两天中，他每天早、晚都要细细看上一遍，以便发现是否有不妥之处。多年的官宦生涯使仇鸾养成一个习惯，书稿写成之后，一定要放在手里仔细玩味几天，不能急于出手，以便不慎铸成大错。第三天一早，他才揣好奏疏，前往皇宫面见嘉靖皇帝。

嘉靖皇帝自幼崇尚道教，喜欢神仙之术。嘉靖二十一年，皇宫里曾发生过一件令人惊奇的大案。宫中的几个小婢女趁嘉靖帝睡觉的时候，准备用绳子勒死他。原来，嘉靖帝虽然迷信道教，却并不按道家所主张的那样"清心寡欲"去做，反而经常到民间大选淑女，宫女人数早已超过千人之多。这些宫女除供他淫乐外，还备受凌辱。他听信方士的胡言，从宫女中选出一些童女，通过虐待她们炼取所谓长生不老之药。宫女杨金英等十六人不堪忍受，便暗地里一起商议，要杀死嘉靖皇帝。这日，宫女们趁他熟睡之际，先用布蒙住他的脸，然后用绳子套在他的脖子上。宫女们有的按住他的手脚，有的骑在他的身上勒绳子，但由于慌乱中将绳子打成了死结，勒了半天也没勒死嘉靖帝。因为声响惊动了其他人，皇后等人及时赶来，才救了嘉靖帝的命。后来，杨金英等人都被杀死。嘉靖帝此难侥幸不死，便说是神灵的保佑使他消灾免祸。从此，他更加笃信道教，且开始深居秘殿不出，更不上朝议政。平时，只有内阁首辅和其他宠臣、近臣、侍

悠悠茶马情

臣，才能见到他。

前几日，由于杨增是嘉靖帝专司车马事务的侍臣，才说动他召几位大臣商议了是否准允与蒙古通商互市事宜。但由于他犹豫不决，便将事情搁置起来。恰在此时，嘉靖帝宠信的真人邵元节和神仙陶仲文二人提出，要进行斋醮祈祷，嘉靖便与他们一起进了专为斋醮而修建的朝天宫。

仇鸾进宫后，才得知嘉靖帝还在斋醮，于是只好回府再等。一直等嘉靖帝烧满了七天香后，仇鸾才将奏疏呈至他的面前。

听了仇鸾关于呈送奏疏的说明后，嘉靖才想起前些日子还有一件未作答复的事情。他对仇鸾说："朕近日忙于斋醮之事，蒙古要求通商互市尚未答复，爱卿有此奏疏，不妨当面对朕说说吧，也省得朕再批阅，耽误时间。"

仇鸾一听，说了句"谢圣上！"然后，便按自己的奏疏似念似讲地说了起来。如此一来，仇鸾在奏疏中所体现的文才和平时说话的口才，一下子结合到了一起，使嘉靖皇帝像听《三国演义》说书一样，被紧紧抓住了全部思绪。

听完之后，嘉靖帝问道："爱卿奏疏中所言都是实情？"

仇鸾连忙说道："句句是真，字字为实，且都是臣在出任大同总兵期间和亲耳听阿勒坦汗亲口说的，没有一点虚假。"

嘉靖叹了口气说："爱卿不说时，朕并不了解这些实情啊！"

仇鸾听嘉靖帝这样说，连忙趁热打铁说："那圣上就尽快准予与蒙古通商互市吧！"

嘉靖帝说："是应该通商互市，但由于此事在众臣中看法不一，还是谨慎为念。爱卿传朕旨意，让朝臣和大同、宣府等边臣都好好议上一议，然后再作最后定夺。"

仇鸾连忙说："臣遵旨！"然后揣起自己写的那份《大明蒙古和平互市疏》，从嘉靖帝的殿中退了出来。

仇鸾先到内阁找到首辅严嵩，向他述说了自己向嘉靖帝上奏建议与蒙古通商互市情况，并仔细描绘了嘉靖帝的旨意和态度，还从怀中掏出自己写的那份奏疏，给严嵩看了看。严嵩听了，又大致翻看了一下仇鸾的奏疏，一对三角眼眨了眨说："既然圣上同意与蒙古互市，本首辅也同意。"

仇鸾连忙说："那下官多谢首辅大人！下官再去通知其他人。"说完，转身想走。

严嵩连忙说："阁下除通知兵部尚书之外，还要让兵部的侍郎和郎中、员外郎等人也好好议议。"

仇鸾听了，只好说道："下官遵命。"然后转身出了严嵩的办公房。

仇鸾本来只想将此事通知严嵩、徐阶、兵部新任尚书赵锦和新任宣大总督苏祐四人，但严嵩另有训示，仇鸾只好遵从。

兵部尚书此时已换成赵锦。前任兵部尚书丁汝夔因蒙古兵临京师而被问罪撤职，随后又被斩首。严嵩虽然不同意与蒙古通商互市，但同时又不让仇鸾和丁汝夔出兵抵抗。蒙古兵撤退后，嘉靖帝因担心朝野对此事非议，便下令斩杀丁汝夔替罪。严嵩害怕牵连到自己，便对丁汝夔说："有我在，阁下莫担心。"丁汝夔直到临刑前，才知道严嵩欺骗了他。

新任兵部尚书赵锦得到仇鸾的通知后，不敢怠慢，立即通知到侍郎、郎中和员外郎等人。多数人因赞同与蒙古通商互市，且又知道嘉靖帝已同意与蒙古通商互市，因此都没有反对意见，只有员外郎杨继盛认为"互市市马者，和亲别名"，并提出互市"十不可"及"五谬"，但嘉靖帝并没有采纳其言。

宣大总督此时也由翁万达换成了苏祐。翁万达因同情蒙古通商互市之请，并给朝廷上书赞成蒙古要求，权臣严嵩虽然当时没奈何翁万达，但隔了一段还是找了个借口，将翁万达革职，换成苏祐。苏祐也是个积极支持蒙明通商互市者，他得到仇鸾的通知后，故意让人将嘉靖帝已基本同意双方通商互市的消息透露给阿勒坦汗，期望蒙古方面继续予以策应，争取互市愿望得以实现。

二

阿勒坦汗从大明京师北京城返回蒙古后，在蒙明边境布置了许多耳目，让他们关注着大明方面的消息和动向。这日，几个蒙古人和汉人一道，向阿勒坦汗报告，说来自大明方面的消息，大明皇帝已私下同意双方通商互市，但还要再听听群臣的意见，并说新任宣大总督苏祐暗示，让蒙古方面予以策应，以便使通商互市尽快实现。

悠悠茶马情

阿勒坦汗得到这个消息后，连忙请三弟剌布克台吉和孛格兼军师都剌议事，商议对策。阿勒坦汗说："看来明朝大将军仇鸾既有诚心，又有力度，明朝皇帝老儿私下已同意双方通商互市，多半得益于此人的努力。"

剌布克台吉说："听说明朝最近已将支持通商互市的兵部尚书丁汝夔和宣大总督翁万达二人治罪，但愿不要因此事再牵涉到仇鸾大将军这样的好人。"

都剌叹了一口气说："大明朝廷中有严嵩老贼这样的人，且又是一人之下万人之上的首辅，日后什么样的事都可能发生，两位汗爷需有足够的思想准备。"

阿勒坦汗说："我们先不去想那么远，毕竟眼下仇鸾大将军还是皇帝老儿的宠臣，尽管仇大将军与严嵩之间也有矛盾，但还属同党。因此，我们先不去管他们日后如何，先看看眼下我们应如何去做，以便尽快将此事促成。"

剌布克台吉说："还是请军师说说吧。"

都剌欠了欠身说："从种种情况看，仇鸾大将军的努力的确有效果，现在的状况正处于需要我们再推一把的时候。在下的意见，可汗立即再派使臣前往大明，使劲向前推一把，将互市之事做成。"

阿勒坦汗说："使臣前往大明，需要做什么呢？"

都剌想了想说："恐怕要去做点荒唐之事。"

阿勒坦汗说："做荒唐之事？做什么，怎么做？"

都剌说："大明眼前这位嘉靖皇帝，虽然痴迷神道，但他本人却淫乐无度，皇宫中养了上千美女，还不满足，还不时地到民意选取美女。如可汗给他送几个我蒙古美女，那嘉靖老儿一定会乐不可支，立即就会下令开市。"

阿勒坦汗对剌布克台吉说："小弟以为军师之意如何？"

剌布克台吉说："为达目的，投其所好，未尝不可。"

阿勒坦汗摇摇头说："那皇帝老儿宫中的女人上千，我们送去蒙古美女后，他宠幸几天，便弃之一边，让我蒙古美女孤独寂寞，我们不做那种对不起子民的事情。再说，让有正义感的汉族人也会在背后骂我们。因此，送美女之事我们不干。"

都剌说："那就别派使臣去了。"

阿勒坦汗说："不，还是派，去干别的事情就是啦！"

剌布克台吉说："献礼物。"

阿勒坦汗说："对，我们当初献上的九白马、牛、驼，不是没献成吗，这次再献一次。此外，为表示我们心诚，还可以向明朝遣送人质，还有一些明军叛卒，也可以送归明朝。军师以为如何？"

都剌说："还是可汗想得对，也富有正义感，就这么决定吧，以便让使臣尽快启程，以免错过了助推通商互市成功的最佳时机。只是不知可汗想让谁充当这次使明的使臣？"

阿勒坦汗说："这次我们一起进攻大明京师时，本汗收养的那个养子脱脱，军师以为如何？"

都剌说："是个聪明能干的后生，有勇有谋，在下以为让他作使臣很是合适。"

阿勒坦汗说："那就这么决定，争取明日就动身。"

剌布克台吉说："小弟这就去落实九白牲畜。"

都剌说："在下去落实拟作人质人员和拟遣返的明军叛卒。"

阿勒坦汗说："好，我现在就通知脱脱，让他马上做好出发准备。"

第二天，脱脱和拟作人质的几位黄金家族的成员，带着数十个随从，押着十几个遣返的明军叛卒，驱赶着九峰白骆驼、九匹白马、九头白牛，还有阿勒坦汗心爱的那对金银锅，再一次被送往大明朝。

到了大同，宣大总督苏祐亲自会见了脱脱一行。他建议，鉴于时间紧迫，由他派出总督府侍从，陪同脱脱先行前往京师，其他人和被押解人员及被驱赶的稀有牲畜，紧随其后前行。

脱脱很是感激，他在大同住了一夜后，便在苏祐亲自派遣的两位侍从的陪同下，驰马前往大明京师北京城。

到了京师后，脱脱在两位侍从的陪同下，很快找到大将军仇鸾。仇鸾得知情况后甚是高兴。此时，按照嘉靖皇帝的旨意，仇鸾将征求众臣意见的事情也已办完。仇鸾让脱脱等人在驿馆歇息，自己回到大将军府，连夜给皇帝起草奏疏去了。

在经过再三推敲之后，第二天一早，仇鸾怀揣奏疏进宫面见嘉靖皇帝。听说除兵部员外郎杨继盛提出一点异议之外，其他大臣都没有意见，嘉靖帝说："首辅严嵩爱卿也同意啦？"

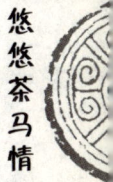

悠悠茶马情

仇鸾说："首辅大人还是登高望远，高屋建瓴，臣向他述说了蒙古的有关情况后，他便同意了。"

嘉靖帝说："那好，待朕再看看爱卿的奏疏，然后就传旨开市。"

嘉靖帝说到这里，仇鸾立即想到了嘉靖帝上次召集众臣商议后，便搁置一边的事情，他怕嘉靖帝再次将此事忘在一边，耽误了大事，便连忙说："还有一事奏知圣上，蒙古阿勒坦汗又派使臣来到京师，乞请圣上能尽快批准双方通商互市。蒙古使团还给圣上带来了臣从未见过的吉祥物。"

嘉靖帝问道："什么吉祥物？"

仇鸾说："蒙古使团给圣上带来了九白三牲，即九峰白骆驼、九匹白马、九头白牛，还有精制的金银锅一对。在臣看来，这都是吉祥物。"

嘉靖帝颇有兴趣地再次问道："怎见得九白三牲和一对金银锅都是吉祥物？"

仇鸾说："且不说白骆驼、白马、白牛比较少见，也不说白色是蒙古人的吉祥色，据臣所知，白色也是神仙最喜欢的颜色，比如上天所独有的，且能在天上独来独往的天马，便是白马，天上神仙养的牛，除少数青牛外，大部分也是白牛。至于白骆驼，更是仙人钟爱之物。还有那对金银锅，那金锅黄得耀眼，银锅白得灿烂，更是吉祥之物。"

嘉靖帝自幼笃信道教，脑子里平日都是些神仙老道之类的幻想，也最喜欢别人将自己与神仙相联系。现在听仇鸾这么一说，立即喜不自胜，连忙问道："蒙古所献吉祥之物现在何处？"

仇鸾说："现在在往京师的途中，蒙古使臣脱脱一行到达大同后，宣大总督提议脱脱先行到京师奏明情况，九白之物随后便到，现在九白之物也已离大同有近十日了，臣预计再有十日也该到京啦。"

嘉靖帝说："好，那爱卿的奏疏朕就不看了，爱卿传朕的旨意，立即开设榷场，通商互市，待收到蒙古所献吉祥之物，将互市之事开办起来。"

仇鸾抑制不住兴奋地说："臣领旨速办，并代蒙古使臣向圣上谢恩！"他刚要退出去，忽然又想到，这样大的事情不能仅传个皇帝的口信，必须要有皇帝的圣旨才行。想到这里，仇鸾又说道："臣立即与首辅大人商议，尽快起草一道圣旨颁发下去，这样才好有所遵循。"

嘉靖帝说了声："准。"仇鸾这才退了出来。

三

在仇鸾的努力和斡旋之下，嘉靖帝的圣旨很快颁发下来。按照圣旨规定，明朝准予在大同、宣府、延绥、宁夏四处开设互市，定为一年春、秋两季，各开市一次。为了更好地使互市开办好，朝廷规定，大同、宣府两处互市先行开办，然后再开办延绥、宁夏两处互市。圣旨还规定，朝廷派兵部侍郎史道前往大同，总理互市事务，以将军徐洪坐镇大同，监督互市情况。

圣旨传下没几天，蒙古献给明朝的九白三牲等礼物到达京师。仇鸾代表明朝与蒙古使臣脱脱做完礼物交割移送后，立即向脱脱通报了皇帝传旨准予互市的情况，并与他仔细商议了互市的详细情况，特别是具体时间、地点、双方主要交换的物资品种情况。

仇鸾对脱脱说："如今互市大势终定，下一段需双方认真做好准备。我大明一方，会尽快调集铁锅和相关铁器、丝绸、布匹、茶叶、五谷、书籍、纸张等物。阁下回去报告阿勒坦汗，尽快做好互市交换之物，确保按双方议定的时间、地点开市。"

脱脱说："在下代表阿勒坦汗和我土默特万户乃至全体蒙古人，深谢大明皇帝和朝廷，特别是感激为此事奔波操劳的大将军阁下。蒙古人将永记大将军对互市做出的贡献。我蒙古一方，用于互市交换的物资主要是马匹和毛皮。在下与大将军商谈结束后，便立即启程回蒙古，向阿勒坦汗报告，尽快准备好马匹和毛皮等物，将蒙古人手中最好的良马和上等毛皮，交给汉人兄弟。"

仇鸾说："本大将军想，圣上已颁旨，准予一年开市两次，即春、秋各互市一次。明年春季这次开市，由于是蒙明双方的第一次开市，预计蒙古兄弟所需物资是多方面的，我大明一方就按适才本大将军所说的那些品种准备就是。以阁下所见，经过第一次互市后，第二次乃至第三次、第四次，将以何种物资为最需要者？此事明确后，我大明一方，也好有个长远准备才是。"

脱脱说："深谢大将军如此用心和操劳，这也是我蒙古一方所期盼的事情。从眼下情况看，适才大将军所说铁锅及相关铁器、丝绸、布匹、茶

悠悠茶马情

叶、五谷、书籍、纸张等物，样样缺乏，样样需要。但经过一次互市后，蒙古人有了铁锅，短期内便不会再有大的需求。丝绸、布匹、书籍等物满足后，一年两年甚至三四年内，也不会有大的需求。如此想来，每年甚至每日都有大量需求的，只有茶叶和粮食，特别是茶叶，这是多数蒙古人每日每时都离不开的东西。"

仇鸾点头道："阁下言之有理，如此说来，蒙古一方主要交换物为马匹，大明一方长远主要交换物为茶叶，恰似我大明西南方古之茶马古道之故事。因此，本大将军建议，今后我们蒙明通商互市之举，就称之为茶马互市，阁下以为如何？"

脱脱说："好，今后就把双方这种行为叫作茶马互市，在下回去后也向阿勒坦汗转达大将军的这个意见。"

仇鸾说："同一件事情，双方有个同样的叫法，日后也好统一行动。"

当日，脱脱留下几名人质，以表蒙古对双方茶马互市的重视，带着其他人员连夜赶回蒙古，向阿勒坦汗报告情况去了。

阿勒坦汗听脱脱述说了大明皇帝颁布准予蒙明双方开设茶马互市的情况后，高兴得热泪盈眶。他对剌布克台吉和都剌说："终究是天朝，虽然经历了这么长时间的曲曲折折，饱尝了这么多的甜酸苦辣，但大明皇帝没有记恨我们报复杀人和抢掠，还是大仁大义呀。特别是这位仇鸾大将军，不惜担风险，甚至不怕担骂名和杀头，经过多方斡旋，终于将茶马互市大事落定，我们蒙古人的确不能忘记他。至于首辅严嵩，毕竟后来他也同意了，自此以后，我们与他的恩怨一笔勾销。从现在起，我们要认真准备，迎接明年春季在大同和宣府这两地的茶马互市的开市，然后秋季再迎接延绥、宁夏两地新开马市和大同、宣府第二次开市。为了做好准备，本汗的意见，由都剌军师和脱脱二位先好好策划一下，过些日子我们将部落首领请到一起认真商议并布置一次，二位贤弟有何意见？"

剌布克台吉和都剌也高兴得喜笑颜开，听了阿勒坦汗的意见后，二人一致点头赞成。

土默特万户十几个部落的首领得知大明皇帝已经颁诏，准予蒙明双方开设茶马互市，想到蒙古遍地的良马即将换回汉人的好东西，不由得奔走相告，很快将消息传到本部落的每一户蒙古牧民。蒙古牧民们得知情况后，男女老少聚到一起，纵情地欢唱起舞，庆祝和盼望这个美好时刻的到来。

阿勒坦汗召集部落首领布置任务这天，首领们早早来到汗府，众人有说有笑，喜气洋洋，相互询问着能牵多少匹马，卷多少张皮，并且算计着自己部落的排序和优劣之势。

阿勒坦汗笑容可掬，他对众首领说："明年春季的四月，蒙明双方的茶马互市首先在大同开市，接着五月，在宣府开市。明年秋季，再开延绥、宁夏两市。以后一年春秋两次开市，年年市开，我蒙古牧民从此好日子到来啦！"众首领听到这里，都欢呼起来。

阿勒坦汗收住笑容说："茶马互市，这是天朝大将军仇鸾给我们蒙明互市交易起的名，这四个字来之不易。本汗要说的是，我们每个蒙古人，一定要珍惜这来之不易的茶马互市，一定要把我们的好马、好皮拿出来，与汉人去交易。要讲信用，不打诳语，不唯利是图，用我们蒙古人的真诚去回报和感化汉人，使茶马互市长期坚持下去。各部落首领都要将本部落的牧民组织好，不可一哄而起，也不可空白断流，哪些在先，哪些在后，都要安排好。此外，大明届时将派兵部侍郎前往大同，总理互市事务，还将派一位将军坐镇大同监督，我们各部落要顺从人家的部署，服从人家的指挥，不可出现任何问题。各位都记住了吗？"各部落首领异口同声答应：记住啦！

阿勒坦汗问剌布克台吉和都剌还有何吩咐，都剌说："在下只想说一个事，这就是：过了大年，各部落要立即对拟互市的马匹，做一次检查，有毛病的不要去交易。对拟进互市交易的，要抓紧时间催膘，把马匹养得壮壮的，一来是让汉族兄弟高兴，二来也可抬个高价码。"众首领都点头称是。

这年的大年，是蒙古牧民多少年来最高兴最热闹的大年。许多牧民在大年前的一两天，将成群的牛羊赶到边墙之外，送给明军守卫军士们和边境一带居住的汉人们。明军和汉族百姓也把饺子等年货大批送过边墙，回赠蒙古兄弟。浓浓的茶马情，在茶马互市尚未开市前，便已在两个兄弟民族中间传播开了。

大明这一边，送走脱脱以后，仇鸾立即与礼部、工部、户部商定落实互市需要的大量物资事宜。诸部尚书都满口答应，表示在开市前落实和调集足够的交易物资，保证互市交易的需要。此后，仇鸾每隔一段便让人与

悠悠茶马情

诸部碰一次头，同时协调解决存在的问题。不久，已经落实的物资便开始源源不断地运往大同、宣府两地。仇鸾又及时与总理大同互市事务的兵部侍郎史道和负责监督的将军徐洪沟通，使各种问题不断得到解决。

<h1 style="text-align:center">四</h1>

大同府和土默特万户一带这一年的春天，一连降了三四次雨，大地上的青草比往年肥嫩丰盛得多。因此，不用特意去放牧，马儿们便眼看吃得身体浑圆，皮毛油亮。蒙古牧民们个个高兴得合不拢嘴，企盼着茶马互市开市日的早日到来。

离茶马互市开市日还有十多天，蒙古牧民们便络绎不绝地到达蒙明双方指定的互市地点镇羌堡。镇羌堡在大同城北八十里，地处长城南边的御河西滨，御河是桑干河的主要支流。由于双方管理得体，蒙古牧民虽然马多毛皮多，参加互市的人也多，但并不杂乱，在一望无边的互市场地上，还似乎能显出方块阵的痕迹，大概是为了方便交易而故意这样布设。

在离开市还有三天，汉人也开始源源不断地将交易物资运往镇羌堡。与蒙古牧民相映衬，汉人们也在另一侧搭起了无数的帐篷，这些帐篷除了居住以外，还用来存放各种交易物资。与蒙古人的帐篷即蒙古包不同的是，汉人的帐篷都是长形和方形，更像汉人居住的房子一样，此外，汉人的帐篷都是布的，而不是羊毛的。

茶马互市开市的日子，终于来到了。

一大早，大明兵部侍郎史道和将军徐洪，在两队明朝军士的护卫下，早早来到了镇羌堡。他们在长城的堡上看了看后，便一同来到了互市中心的一个高台上，向周围察看着正在忙碌的人们和他们的物资。

史道和徐洪刚到高台，只听蒙古人一阵呼喊，史道和徐洪看时，只见十多个蒙古首领们走了过来。身边的译者告诉史道和徐洪，说土默特万户的首领们来了，而走在前面那位高大的蒙古首领，便是阿勒坦汗。

说话间，阿勒坦汗带着剌布克台吉、都剌和八九个部落首领，来到了史道和徐洪面前。由于土默特万户的四个部落黄台吉部、不彦台吉部、卜郎台吉部和剌布克台吉部，是被划入五月开市的宣府互市那边，因此这几个部落的首领除特殊身份的剌布克台吉外，那几位部落首领都没有来。双方相见，译者相互作了介绍后，大家亲如兄弟，阿勒坦汗与众首领亲手为史道和徐洪献上了羊毛哈达和马奶美酒。然后，兵部侍郎史道宣布蒙明茶马互市大同互市贸易开始。宣布完后，史道对阿勒坦汗说："可汗说上几句吧。"

史道以为阿勒坦汗也会像自己一样，说几句热情洋溢的话。可他见阿勒坦汗微笑着向自己和徐洪点了点头后，便用蒙古话大声说道："让我们拜天、拜地、拜大明皇帝！"他的话音一落，孛格都剌立即主持起来，只见他高声喊道："拜长生天！"霎时，只见遍野的蒙古人一齐跪倒在地，阿勒坦汗和他的属下首领们，也规规矩矩一字跪倒，众人一边喊着长生天，一边拜了三拜。接着，都剌又高声喊道："拜大地神灵！"人们再次跪倒，拜了三拜。最后，都剌又一次喊道："拜大明皇帝！"人们第三次跪倒，向东南方拜了三拜。史道和徐洪见蒙古人拜大明皇帝，也跟着蒙古兄弟一起，朝京师方向跪了三个头。

从地上爬起来后，史道对阿勒坦汗说："本官代表大明朝对可汗的敬意表示感谢！下面是否该开市啦？"

阿勒坦汗高兴地喊道："好，开市啦！"

人们立刻欢腾起来，只见蒙古牧民们纷纷跑向汉人面前，热情打起招呼，两个兄弟民族的茶马互市就这样开始啦。

由于互市的双方是以蒙古人的需要和选择为导向和转移的，因此，互市一开始，蒙古兄弟便来到汉人面前，打过招呼后，便开始察看汉人的物资。当看过几家后，蒙古兄弟便立即进入选定品种的状态。

史道和徐洪与阿勒坦汗在土默特万户的部落首领陪同下，走下高台沿御河岸边察看着蒙汉交易情况。只见许多蒙古牧民迅速便与汉人们谈好了交易条件，将成群膘肥体壮的良马交与汉人后，便将汉人的物资全部搬走，铁锅是成摞成摞地抬走，布匹和丝绸是成捆成捆地扛走，茶叶是成箱成箱搬走，书籍是成包成包装车。史道对徐洪说："这样交易起来，哪用多少天，我看连一天也用不了。"

阿勒坦汗笑着对二人说："两位大人可要保证充足的货源，依本汗看，别说多少天，就是这样交易上个把月，我蒙古良马也赶不尽，蒙古牧民们的需要也不会满足。"

悠悠茶马情

史道对阿勒坦汗说："铁锅、茶叶、丝绸、布匹、书籍、粮食，我大明辽阔的大地上无穷无尽，要多少有多少，但运力有限，许多物资从大年前便开始从南方起运，但运到这大北方的数量和速度毕竟有限哪。"史道说完，连忙对身边的兵部主事蒋万说："阁下详细了解一下，似这样交易，我汉人的物资能保证多少天。没有运到现场的物资，要抓紧运过来。"

蒋万说："下官遵命。但据下官所知，我方运来的货源已堆成数座高山，尽管这样交易下去，数天之内，货源也不会枯竭，大人尽可放心。"

史道听了高兴地说："这就好哇！"

果然，双方持续交易了三天。每天，蒙古都有上万匹良马，被汉族兄弟赶走，而蒙古兄弟运走的物资，每天都以数十万件计算。每天，蒙古的马队、骆驼队，一直源源不断地从镇羌堡出发，穿越长城关口，排成长长的大队向北进发，将交易而来的货物运往蒙古。

但到了第四天，汉人方面的货源便开始告急。先是铁锅出现货源不足，继而布匹、丝绸、茶叶都开始货源不足，最后连书籍、纸张、五谷，都被蒙古兄弟一抢而空。

阿勒坦汗自担心汉人货源不足后，便一直在关注着已经交易过的和尚未轮到交易的蒙古人及马匹数量。眼看汉人货物将被抢空，而蒙古马匹还有上万匹未出手时，阿勒坦汗又找到史道说："看来贵方的货源还相差许多，本次前来互市的我土默特万户的部落，起码还有三分之一的人没轮到交易机会，马匹起码还有一两万匹尚待出手。还请大人尽快调集物资，哪怕是再等上几天也可。"

史道摇头说："在下已差人查过了，本次交易的物资已全部运来了，如果再调集物资，哪怕是离此最近起运，也需按月计算时间。在下意见，我们大同茶马互市，本次就到此为止，蒙古兄弟手中尚未出手的马匹，留待在即将开市的宣府互市上再去交易吧。"

阿勒坦汗说："大人如此说时，本汗也没办法。那宣府互市时，还望大明多多调集物资，千万不要再出现大同互市的情况。"

史道说："在下说话不当时，还望可汗谅解。开市那天，在下曾说过，蒙古兄弟需要的各种物资，我大明有的是，但运力有限，且这些物资不似驱赶牲马那样容易，运一趟很不易。现在离宣府开市只有一个月，这一个月中能新运多少货，恐怕已经很有限啦，多半是已经运到多少，便基本是多少啦。但阁下放心，剩下这一个月，在下会尽力组织运输，尽可能运更多的货物去宣府。只是从大同这次的互市情况看，宣府的互市情况也不会太乐观，我方货物不足可能已成定局。届时如果真如此，还望可汗予以谅解。"

阿勒坦汗见史道这样说，只是又再三请求尽量多备货物，然后双方告辞。大同茶马互市也宣告结束。

五

由于担心交易物资数量不足而不停地调集和组织货源，继续担任宣府茶马互市总理事务的兵部侍郎史道，和负责监督互市情况的将军徐洪及其他们的下属，觉得似乎没过几天，便又迎来了宣府茶马互市的开市日。

宣府茶马互市的地点在万全右卫西北四十里处的新开口堡，即今河北省万全县西北。宣府是明朝在长城沿线设置的九个军镇之一，又叫"九边"，是明朝初年为防御北元蒙古势力而置。洪武三年，朱元璋命大将汤和取宣德，参政华云龙取云州，诸郡县都纷纷归附。朱元璋将这些地方的百姓迁徙到居庸关一带，另派将士守卫宣德等地，并将元代的宣德府，去掉一个"德"字，命名为宣府。洪武二十六年，明廷设宣府左卫、宣府右卫和宣府前卫。三卫的设立，开始了它作为军事重镇的历史。此时的宣府左卫、宣府右卫，都隶属于北平都指挥使司。过了两年，为了加强北边的防御力量，朱元璋让第十九子朱橞就藩宣府，宣府左卫、右卫改为宣府护卫，属谷王府。永乐元年，朱棣又罢掉宣府护卫，重新设置宣府左、右卫，划归山西行都司管辖。永乐七年，明朝开始设置宣府总兵官并驻宣府城，从此有了宣府镇的称呼。由于宣府镇为京师重要屏障，因此素有"九边冲要数宣府"之誉。

宣府茶马互市的开市和大同互市的开市一样热闹，阿勒坦汗和剌布克台吉、都剌，在其长子辛爱黄台吉等土默特万户几位首领陪同下，与永谢布万户的可汗及哈喇慎部落首领一道拜天、拜地、拜大明皇帝后，互市便开始了。虽然前来宣府互市交易的部落只有土默特万户和永谢布万户中的

悠悠茶马情

五个部落，但前来参加交易的蒙古兄弟和驱赶的马匹，还有他们携带的毛皮，以及贫穷蒙古人带来的牛羊等牲畜的数量并不少。

总理茶马互市事务的兵部侍郎史道，一直担心宣府互市再次出现大同互市那种物资大幅缺口，无法满足蒙古兄弟交易需要的局面。他与阿勒坦汗宣布开市后，便与徐洪等人忙着到各摊位去察看和询问汉人所备物资的详细情况，同时也前往蒙古兄弟一边，询问所准备交易的马匹和其他交易物情况。待大致走过一遍并看到双方热烈的交易场面后，史道忧心忡忡地叹了口气说："我大明物品虽多，蒙古所需更多呀！"

果然，宣府交易也只是进行了三天，汉人所准备的大量铁锅、茶叶、丝绸、布匹、书籍、纸张、粮食，被蒙古兄弟抢购一空。看着数十位只想用牛羊换粮食的贫穷蒙古人，在那里干巴巴盼望汉人粮食的出现，史道不禁再次深深叹了口气。

阿勒坦汗似有不快，他找到史道说："本汗是蒙古人，喜欢直来直去，说的不合适时大人别介意。大人曾说过，大明的物资有的是，只是运力有限。本汗想，为什么不能再增加一些运力呢！如大明方面同意，我蒙古可派马队和骆驼队，到大明出产各种物资的地方去驮运，而且交易价码与在双方边境一点不变。大同互市时，本汗担心宣府互市我蒙古牧民满足不了交易需要，如今果然如此。但已经就这样了，本汗乞求大人，待秋季延绥、宁夏两地互市时，千万不要再出现此种情况。因为一来是延绥、宁夏两地的互市，主要是供鄂尔多斯万户各部落交易所需，本汗虽与鄂尔多斯万户汗情同兄弟，但人家是全心依靠本汗来帮助他们操持。如到时再有蒙古牧民换不到所需之物，本汗的脸上会不光彩的。二来是我土默特万户到时会有许多人前往两地参加交易。本汗预计，这两处的任何一处，交易数量都不会比大同、宣府少。因此，本汗恳请大人，从现在起就增加运力，避免延绥、宁夏两地再出现物资短缺现象。"

史道说："大同、宣府两地出现物资短缺，没能满足蒙古兄弟的交易需要，是本官低估形势所致。好在秋季交易时间还有两三个月，本官一定尽快协调各方，增强运力，不负可汗之盼，力争使延绥、宁夏两地互市更加圆满。"

就这样，蒙明双方春季茶马互市便落下帷幕。

第五章　成也仇鸾败也仇鸾

一

史道从宣府回到京师后，立即将大同、宣府两次春季茶马互市的交易情况，向大将军仇鸾作了报告。仇鸾碍于首辅严嵩对蒙明双方茶马互市时而热情、时而阴阳怪气的讽刺和挖苦，没有到大同、宣府实地观摩互市交易情况。但他对两地互市的情况了如指掌。听了史道报告的情况后，仇鸾对史道说："阁下组织管理得很好，尽管有我方物资供应不足等问题，但这是枝节问题，与成就相比，问题是次要的，且为今后继续举办互市，斩除了荆棘，提供了借鉴。至于担心货物供不应求，我们立即进一步开辟货源，增强运力就是。回头本大将军立即与礼、工、户三部尚书协调，让他们提供蒙古所需货物的更广阔货源，同时与各布政使司及府州协调，将运力提高一倍，经过近四个月的全力输运，届时保证延绥、宁夏两地互市的需要，当不成问题。"

史道高兴地说："有大将军的操劳与掌控，秋季两地的互市一定会办得更好！"

仇鸾也高兴地说："阁下有信心就好，你我一同努力就是。"

果然，在仇鸾的努力协调下，铁锅、茶叶、丝绸、布匹、书籍的货源不但有了扩大，运力也有了提高，而且货物的品种也增加了。铁锅从大印一直排到小印，型号俱全。茶叶从包茶到筒茶，从方块到圆饼，且红茶、绿茶、黑茶、花茶样样俱全，而且还有各式各样的精美茶具与之配套。书

籍不仅蒙古人喜欢的《水浒》《三国演义》《隋唐志传》《三遂平妖传》等四部名著样样齐全，而且唐诗、宋词、元曲以及《三字经》《千字文》《百家姓》等启蒙读物，也应有尽有。

可是，正在仇鸾等人上下全力组织并运输互市交易物资时，却遭到了恶人的蓄意破坏，最终导致了一连串的悲剧发生。

前面已经提到，从宋朝便开始流行的白莲教，由于受到明朝的镇压，其首领和教徒不断地逃往蒙古避难。由于有白莲教首领赵全、李自馨、王廷辅、吕西川、张彦文、刘天麟等人在蒙古的吸引，其教徒经常三五成群潜入蒙古，投奔这些首领。而蒙古人一般都容留他们在蒙古栖身。就在双方互市前不久，白莲教徒肖芹、乔源等人，又潜至蒙古土默特，阿勒坦汗收留了他们。蒙明双方茶马互市开办以来，肖芹、乔源不由得心里发慌，担心这样下去，蒙明双方关系越来越好，会危及他们的自身安全。大同、宣府两地茶马互市成功开办后，肖芹、乔源二人听说秋季还要在延绥、宁夏继续开办，而且听说蒙明双方更加重视，各自的期望更高，便越发担心起来。

这日，肖芹对乔源说："我近日夜间连做噩梦，总是先看到蒙古人和汉人在一起交易的那种热乎劲，然后倒是蒙古人举着亮光光的刀剑在逼近我们。我担心蒙汉就这样热乎下去，最终会将我们当成祭祀品。"

乔源是个结巴，他憋了半天才说出来："那你说怎么办？"

肖芹说："怎么办？你我都得想想办法，总不能让蒙汉这种热乎劲就这么持续下去！"

乔源又憋了半天说："我们一起去找找我们那几个首领，让他们出面与万户汗说说，尽快与汉人断了关系算啦。"

肖芹说："你傻呀，如今蒙汉这种热乎劲，是蒙古人自愿并找上门的，目的是为了解决那些蒙古人缺锅少茶的状况，我们找上门要蒙古人与汉人断绝关系，这不等于从狼嘴里往外夺肉一样吗！再说，我们那些首领，人家价码大，对蒙古有大用，不似我们这样处境可怕，我们去找他们，他们也不可能给我们去说话。"

乔源被肖芹噎了一下，瞪着眼又憋了半天说："你就直说吧，我们该怎么办！"

肖芹看到乔源这种还算诚实的样子，小声说道："依我看，你我二人得亲自出面，来个满腮胡子吃炒面。"

乔源说了个"怎"字，然后直至脸憋红了，才将另外两个字"么样"迸出来。

肖芹说："'里挑外掘'嘛！"

乔源说："我说大哥，具体怎么办，你就直接说吧，我保证照办，可别让我说了，不然，把我憋死，把你也得憋死。"

肖芹说："那好，咱们这么办，先到明朝散布流言，然后再回蒙古挑拨离间，经过来回一个回合，保准起作用。"

乔源说："散布些什么，离间谁呀？"

肖芹小声对乔源说了一通，乔源听后咧着个大嘴一边笑，一边说："真有损招。"

当下，肖芹将他与乔源手下那几个小教徒王六、寡妇李、狐狸精、两头郑叫到面前，向他们面授机宜，然后每人分给若干铜钱。第二天，肖芹和乔源化装成出游道人，带着那几个小教徒，向大同府而去。

不久，大明京师到处流传，说蒙古人经过大同、宣府茶马互市后，虽然换回了自己需要的东西，但各部落已纷纷恨起了汉人，原因是蒙古人在互市中太吃亏，一匹马只换几印铁锅，几套四大名著。还说，等延绥、宁夏两地互市开办后，蒙古人要好好与汉人算算账，把吃亏的东西都算回来，不行就干脆硬抢。

这些流言也很快传到兵部侍郎史道和大将军仇鸾的耳中。这日，史道来找仇鸾，报告所传话语问题。仇鸾说："本大将军也听到了这些传言，但我有一个基本判断，这便是这些传言多半是有人故意恶言中伤，想挑起事端，以期达到某种不可告人的目的。"

史道听了，认为仇鸾说得有道理，但又将信将疑。仇鸾说："本大将军曾与阿勒坦汗推心置腹谈过半宿，依我之见，阿勒坦汗虽然为了蒙古人的生存和发展，经常焦躁着急，甚至会说一些过头话，做些过分之事，但在他治下，绝不会像小孩一样翻小肠、找后账。况双方交易时，并不完全像传言那样，蒙古人吃了多少亏。即便在互市的最后，可能因为蒙古人要急于抢购到他们需要的物资，也是双方都同意才交换的，并没有汉人欺

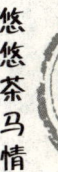
悠悠茶马情

负蒙古人，或汉人逼着蒙古人以少换多。这一点，侍郎大人比我还要清楚啊！"

史道说："大将军说得极是，但人心隔肚皮，世上有多少负心人在做着负心事。这样想来，在阿勒坦汗那里发生这样的事，也就不足为奇啦。"

仇鸾说："阁下所说的确不足为奇，但本大将军不相信阿勒坦汗会做出这种事来，其中必有蹊跷。"

史道说："那依大将军之见，我们眼下应怎么办？"

仇鸾说："不为流言所动，继续准备延绥、宁夏两处茶马互市的诸多事务，不但要将互市办下去，而且要越办越好，用实际行动和事实将流言击穿。"

史道不无担心地说："只怕首辅大人和圣上那里得知情况后，怪罪下来，那时就不好办啦。"

仇鸾说："不管他，终不成听到一些流言，便要断送已经来之不易的互市之业？"仇鸾说到这里，可能也想到了严嵩那种奸诈的为人可能生出的种种不测，于是他又说："过两天，如流言继续蔓延，本大将军便到首辅大人那里，或直至圣上那里报告一次。"

史道说："如此最好。"说完，起身告辞。仇鸾再次叮嘱说："筹办秋季互市之事一定要抓紧！"

二

果然，肖芹、乔源一伙刻意散布的流言，也很快传到了严嵩的耳中。严嵩一声奸笑后，便抬腿直接去找嘉靖皇帝报告情况去了。严嵩说得比传言还传神，而且添油加醋说，仇鸾之所以如此热心与蒙古互市，是因为他私通阿勒坦汗等蒙古人，之所以私通蒙古人，又是因为仇鸾收受了蒙古人的贿赂。

平日满脑子神仙老道的嘉靖皇帝一听，不由得恨恨地说道："怪不得仇鸾如此热心与蒙古通商互市，原来图了人家的钱财。这人哪，心里不静，就容易贪占，朕看这仇鸾的大将军之职，是否也该撤销啦？"

严嵩一听嘉靖帝提出要撤仇鸾的大将军之职，心里非常高兴，但他立即装出一副公道的样子说："圣上，仇鸾收受贿赂，与蒙古人私通，固然有错，但最主要还是那蒙古阿勒坦汗其人太差，此人软硬兼施，恩威并用，不惜一切手段骗得我大明皇帝准予与他们通商互市，可一旦目的达到又说三道四，计较仁多两少，真是太缺乏通商诚意啦。这样的穷寇，圣上还和他打什么交道啊，干脆罢了市算啦！"

　　嘉靖帝听严嵩说要取消通商互市，摇了摇头说："仇鸾也好，阿勒坦汗也好，他们人差是他们自己的问题，与双方通商互市不应该联系到一起。"

　　严嵩一听，立即觉得头脑一阵发凉，他没想到嘉靖会这么想，而且这种想法是那么高尚，像个明君所想。他立即不动声色地点点头说："圣上圣明，圣上准予我大明与蒙古通商互市，是为了那些蒙古人的生存，属功德无量之事，不是只看阿勒坦汗的面子，因此不能因为一个阿勒坦汗不是东西而罢市。至于仇鸾，那是小菜一碟，不必和他计较。"

　　嘉靖帝手一摆说："不，仇鸾是朝廷任命的平虏大将军，专门防御蒙古人入侵，眼下与蒙古通商互市，都是他在节制。如果他真有问题，我们与蒙古的通商互市真要好好考虑一下啦，包括仇鸾在内，如何处置，也要有个结果。"

　　严嵩听了连忙说："那就将仇鸾的大将军之职撤啦？"

　　嘉靖帝又摆摆手说："撤仇鸾的大将军之职也要有个说法后再撤，否则一些人又要从另一方面去说三道四啦。"

　　严嵩说："圣上圣明，但怎样才能有个说法呢？"

　　嘉靖帝说："爱卿让人通知蒙古一方，让他们派人来将事情说清楚，然后再看该如何处置。"

　　严嵩连连说好，然后他又睁大三角眼问道："那延绥、宁夏两地秋季通商互市的准备是否先停下来？"

　　嘉靖帝似多少有些不快地说："朕刚才已经说过了，让蒙古人来大明将事情说清楚，然后再看该如何处置。"说完，竟闭目养起神来。严嵩一看，连忙告辞而去。

　　严嵩回到办公房，让人叫来兵部侍郎史道，先劈头盖脸斥责了他一

悠悠茶马情

顿，然后又堆下笑脸说："本首辅之所以发火，是痛恨蒙古那些穷寇，得了便宜卖了乖，无中生有，阁下与仇鸾大将军做事还是做得蛮好。"

史道早就知道严嵩是奸臣权相，心里既痛恨他，又很防备他。刚才他明明是在骂自己，也隐隐约约包含着仇鸾，但转眼又说是针对蒙古的。看到严嵩这副奸相，史道隐隐约约感到了不祥之兆。想到这里，史道说："下官在总理茶马互市事务中，存在许多问题，首辅大人只管训斥。有什么需下官去做的，只管指派。"

严嵩眯起了三角眼说："就是流传的有关蒙古人对通商互市的非议，圣上也知道了，并对本首辅做了训示。圣上特意提到，让我们通知蒙古人，让他们来人将事情说清楚，否则就闭关罢市。阁下是总理通商互市的主管，本首辅之意，这与蒙古人打交道之事，还是由阁下去做吧。"

史道说："大人之意是由下官通知蒙古方面，让蒙古来人向朝廷说清楚吗？"

严嵩反问道："怎么，本首辅没说清楚吗！"

史道说："大人自然是说得很清楚，但下官以为，京师流传之语不可信，蒙古那位阿勒坦汗不是那种小肚鸡肠之人。"

严嵩一听，"啪"的一下拍了一下案台，然后指着史道说："蒙古穷寇不是小肚鸡肠之人，难道本首辅是小肚鸡肠之人，难道圣上是小肚鸡肠之人！"

史道心里那个气呀，简直要把肺气炸了。但他还是压住了，他一拱手说："大人息怒，下官不是那个意思，下官认为，阿勒坦汗其人虽然有时焦躁着急，会说些过头话，做些过分事，但他绝不会那样睁着眼睛说瞎话，恶意伤人。况阿勒坦汗还一心指望延绥、宁夏两处秋季互市顺利开市，在这个时候他更不会做出这些事情。"

史道这一番解释之语，不但没使严嵩消气，反而让严嵩更加暴躁，他指着史道说："你给我滚出去，立即照我的吩咐去办，否则我撤你的职！"史道一看，再也无法低声下气，他一甩衣袖，出了严嵩的办公房。

出了皇宫后，史道在宫外踟蹰了许久，才向仇鸾大将军府走去。

见到仇鸾，史道禁不住伤心落泪。仇鸾连忙宽慰史道，并问史道是怎么回事。史道叹了口气说："下官担心的事还是发生了，刚才首辅大人将下官叫到内阁，在一番训斥之后，将下官赶出了他的办公房。"然后，将事情的过程向仇鸾述说了一遍。

仇鸾说："看来阁下是代本大将军受过并受气啦。我料严嵩所指，定是要加害于我，阁下不过是成了他的出气筒。"

史道说："老贼整治大将军，这可能已不是猜测，但难说他整了你就能放过我。"

仇鸾说："还是我低估了形势的严重性，前几天阁下对我说起担心严嵩和圣上怪罪下来时，我还想，严嵩如果听到流言，无论如何也会找你我了解一番，然后再向圣上报告。现在看，严嵩根本就不这样办事，而是听到情况后马上便向圣上作了报告，还不知他如何向圣上说的，因此使我们被动起来。"

史道叹道："老贼在圣上那里，肯定不会说好话，不添油加醋、无中生有地陷害我你，就算我们烧了高香啦。"

仇鸾说："不管他，终不成他能将黑的说成白的！"

史道又叹道："大将军太过善良和固执，严嵩老贼扳倒夏言大人用的那些伎俩，朝中谁心里不明白！他再故伎重演，陷害你我，那还费劲吗？到时，你我被人整死了，还得担上罪名，让你遗臭万年。"

仇鸾说："你我又不挡他的道，没必要下死手置我们于死地吧。"

史道再次叹道："但愿如此吧。那我们下步该怎么办？"

仇鸾说："严嵩不是给阁下布置任务了吗，阁下就派人去找阿勒坦汗，将京师流传的那些话语如实告诉他，让他看看那些流言可能出自何处。我断定，十有八九会源于蒙古方面，但阿勒坦汗肯定不知道。"看到史道还是一副委屈和不情愿的样子，仇鸾又说道，"我们是为天下苍生做事，不只是为他严嵩做事，有点委屈咽到肚子里就算啦。"

史道听仇鸾说到这里，便点了点头，告辞而去。

三

阿勒坦汗在参加完大同、宣府两地茶马互市后，眼见得土默特万户的蒙古牧民们，生活更加殷实幸福，各部落也更加兴旺发达。虽然还有少数

悠悠茶马情

比较贫穷的蒙古人马匹较少，或想用自己的牛羊等牲畜换取汉人的粮食等愿望尚未实现，但毕竟秋季茶马互市交易的日子一天一天地临近，越来越有盼头。因此，阿勒坦汗每天都很是高兴，他接连召集各部落首领议事，让各部落安排好较为贫穷的蒙古牧民，耐心等待延绥、宁夏两地互市的到来，同时进一步发展牧马业，饲养更多更好的良马，以便换取自己需要的生活物资。

此时，由于阿勒坦汗成功地促使蒙明茶马互市的开办，不仅使土默特万户的蒙古牧民过上幸福生活，也让蒙古右翼其他两个万户鄂尔多斯万户和永谢布万户借了光，或有了盼头。因此，阿勒坦汗在蒙古右翼三个万户中威望大增，实际上已成了右翼三万户的盟主。阿勒坦汗一面密切关注着延绥、宁夏两地茶马互市筹办的情况，不断地协调着随时出现的问题，一面暗暗地考虑着，要进一步开拓青海、河西之地，与明朝开办更多的互市贸易，为日后争夺蒙古大汗之位奠定基础。

这日，阿勒坦汗正在与剌布克台吉、都剌等人在议论着延绥、宁夏两地茶马互市开市后，鄂尔多斯万户在交易中可能出现的问题时，侍臣来报，说大明兵部侍郎史道派人前来，有要事相谈。阿勒坦汗听了，连忙说："快快有请！"说着，便与剌布克台吉、都剌一起来到会客厅。

大明来人自报家门，说自己是兵部主事蒋万。阿勒坦汗和剌布克台吉、都剌看时，都笑了起来，连称老朋友。原来蒋万在大同、宣府两地茶马互市期间，一直忙前忙后，多次与阿勒坦汗等人见面，自此已经非常熟悉。

蒋万与三位蒙古首领相互寒暄了一会儿，立即切入正题。蒋万详细述说了流传在大明京城的那些流言，以及这些流言在朝廷中造成的影响，同时转达了大将军仇鸾、兵部侍郎史道二人的意见。

阿勒坦汗不听则已，他听完后拍案怒起，骂道："我蒙古人中有这等没良心的坏种，若查出来时，定要将他五马分尸！"

都剌连忙说："可汗息怒，是不是我蒙古人做此丧良心之事，还不好确定，但肯定事出有因，而且虽然流言传布于大明京师，但流言的根源一定出自我蒙古之地。"

阿勒坦汗见都剌说得如此肯定，起身对蒋万说："阁下长途跋涉，又赶上这大热天，先回去歇息，本汗一定会将此事查个水落石出，给大明朝廷一个交待。"

蒋万见阿勒坦汗如此说时，便道了一声谢字，然后跟着阿勒坦汗的侍臣出汗府去了。

这里阿勒坦汗对都刺说："阁下快说说，是否阁下已掌握了什么？"

都刺说："实际上，蒙明双方开始茶马互市时，在下便已隐隐感到，刚才所说之事似乎会发生。因此，在下这一段还真是稍加留意了此事。若非蒋万阁下来说时，也就罢了。现在大明京师既然传得如此厉害，又造成了如此坏影响，在下断定，此事肯定是那么回事啦。"

阿勒坦汗说："唉，到底怎么回事，阁下留意了什么，又发现了什么，快快说来！"

都刺压低声音说："白莲教的那些首领包括大小教徒们，可汗说他们愿意蒙明双方关系和好吗？"

阿勒坦汗说："阁下说是他们干的？"

都刺小声说："前一段，在下亲眼看到前不久来投奔我们的那两个号称是白莲教的二流首领肖芹、乔源二人，装扮成游历道人，领着他们手下的那几个男女，前往大同方向去了。大概是五六天前，这些人又偷偷回来了，而且像是得到什么宝贝似的，一个个极为得意。如无特殊情况，在下断定，一定是这几个狗男女，怕蒙明双方关系好了，危及他们的安全，故此跑到大明京师去散布流言，以图破坏双方的茶马互市，最终将蒙明双方的关系搞坏，以便他们从中渔利。"

阿勒坦汗将案台再次狠狠一拍说："阁下说的必不会有错，一定是这几个狗男女制造事端的结果。两位小弟说我们该怎么办？"

刺布克台吉说："小弟现在就去杀了他们！"

都刺连忙说："杀不得，如若是他们所为，可汗将这几个人交给大明朝廷，让大明朝廷去审讯他们，岂不是一切真相都可以大白了吗！"

刺布克台吉说："那小弟现在就亲手去将他们抓起来。"

阿勒坦汗说："但审讯还是由都刺阁下亲自来做。"

都刺说："在下领命！"

刺布克台吉点了点头，"唰"的一声拔出腰刀，出汗府去了。

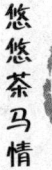

悠悠茶马情

都刺连夜审讯肖芹、乔源等人。开始，肖芹还百般抵赖，死不认账，但都刺让乔源快说，说慢了就动刑。乔源憋红了脸说："一切都是真的，但你们去问他吧。"说完，指了指肖芹。肖芹见结巴乔源承认了，只好将他们前往大明京城散布流言的用意和经过全部招供了。都刺让人写成招供词，让肖芹、乔源和其他几个男女都一一按上了手印。

第二天，阿勒坦汗邀请蒋万进汗府，向他通报了情况，将肖芹、乔源等人的招供词给他一一过目。

蒋万说："原来是这样，难怪仇鸾大将军和史道大人都不相信这是可汗所为，说必是有人别有用心，故意散布流言，这些汉人的败类真是太可恨啦！"

阿勒坦汗说："仇鸾大将军和史道大人都不相信本汗会干这样的事吗？"

蒋万说："是啊，两位大人谁也不相信阿勒坦汗会做这样的事情。"

阿勒坦汗深深地点了点头说："就凭这一点，本汗与仇鸾大将军和史道大人就是终生的朋友。"

蒋万说："如今真相已经大白，散布流言的恶人已经暴露在光天化日之下，在下建议，可汗派人将这几个狗男女送回我大明，让他们接受审讯和制裁，这件事就算过去了。"

阿勒坦汗说："深谢主事阁下的美意，本汗是要派人将这几个恶人送往大明处置，但双方茶马互市问题，本汗这里还有些需大明朝廷再进一步予以考虑和解决的事情。待本汗与众部落首领再商议一下，然后遣使一并报告大明朝廷，请主事阁下再宽住两日。"蒋万点头。

阿勒坦汗很快与几位部落首领商议了需明朝继续解决的问题。一是建议大明朝延长大同互市的时间，每次开市时，交易时间不少于半个月。二是除现有四个互市地点外，再新开设辽东作为新的互市地点。三是特殊考虑贫穷蒙古人用牛羊与汉人交换粮食。

阿勒坦汗对刺布克台吉和都刺说："上次为兄的养子脱脱出使大明，取得很好效果，这次再让他与蒋万阁下一起押送白莲教那几个狗男女，去大明出使，连同报告我蒙古需大明继续解决的问题，两位小弟以为如何？"二人都点头赞成。

蒋万和脱脱从丰州滩出发前，阿勒坦汗在汗府举行了盛大的宴会，为蒋万送行。阿勒坦汗对蒋万说："主事阁下回去转告史道大人和仇鸾大将军，大同、宣府两场互市后，我蒙古牧民的生活一下子变得更加滋润起来。这一段，多少牧民来跟本汗说，感谢我这个可汗。本汗这一段也觉得，生活一下子变得更有意思起来。可是，仔细一想，我这个可汗一个锅也做不出来，一本书也印不出来，真正感谢的，是应该感谢大明皇帝，感谢大明的千千万万为茶马互市操心出力之人。大同、宣府两场互市虽然还有不太尽如人意的地方，如有些牧民还没换到自己需要的东西，但这是枝节问题，是由于我蒙古人长时间太缺乏汉人物品的缘故，下次再在大同、宣府开市时，就不会那样了。本汗当时有些焦躁，对史道大人说了一些不太客气的话，也请主事阁下向史道大人转达歉意。"

蒋万很是感动，他举起酒杯说："史道大人是个勤政之人，他也会和可汗一样，为不尽如人意之处而着急，而绝不会对可汗的直率有何想法。仇鸾大将军更是心系蒙明双方的安宁，体谅蒙古兄弟的难处和需要，他要是听到可汗适才这番话后，会与可汗一样高兴。"

阿勒坦汗与刺布克台吉、都刺、脱脱等人轮番把盏，为蒋万敬酒，众人一直喝至大醉方休。

第二天，脱脱率二十多名蒙古后生，押着肖芹、乔源等白莲教徒，陪着蒋万，向大明京师而去。

四

蒋万与脱脱一行到达京师后，蒋万帮助脱脱住进驿馆，并将肖芹等人找了个安稳的地方看押起来后，连家也没回，便直接到兵部找史道去了。

听了蒋万报告的出使蒙古情况后，史道高兴地说："听了阁下说的情况，我这心头总算有点轻松了。接下来我们这样办，今晚你我请脱脱吃饭，也算对阿勒坦汗设宴宴请阁下的一个回报吧，顺便听听阿勒坦汗让脱脱向朝廷报告的需继续解决的问题，然后明日一早，你我一同去向仇鸾大将军认真报告一次情况。仇鸾大将军这一段与我一样，一直很郁闷，听到白莲教制造事端并被押赴进京的事，大将军不知要多么高兴呢！"蒋万点

悠悠茶马情

头。

当晚，史道和蒋万设宴款待脱脱和他的主要随行人员。脱脱见史道如此热情，菜肴又是如此丰盛，甚为感动。双方频频举杯，畅叙友情。脱脱转达了阿勒坦汗的三点请求及对史道的敬意，史道当即表示，赞同蒙古方面的三点要求，并说明日一早，便向大将仇鸾报告。脱脱甚是感激。

第二天，史道和蒋万二人来到大将军府，向仇鸾报告了阿勒坦汗查明白莲教徒散布流言、制造事端，及已将肖芹等人押至京城的情况。仇鸾听了甚是高兴，连连赞扬和感谢蒋万。仇鸾说："不出我等所料，阿勒坦汗的确不是那种小肚鸡肠之人，事情到了这个地步，下面的事就透亮啦。"

蒋万说："阿勒坦汗得知两位大人对他的信任，甚是感动，要与两位大人做终生的朋友。"

仇鸾说："我们也别辜负了阿勒坦汗的期望，把如何处置白莲教这些恶人和如何更好地办好秋季茶马互市的事好好商议一下，以便更好地行动。"

史道说："阿勒坦汗对日后双方茶马互市还提了三点要求，让脱脱专门前来报告，昨晚下官已听取了详细情况，大将军看是否答应。"说完，便将蒙古方面三点要求向仇鸾说了一遍。

仇鸾说："史道大人和蒋万阁下以为如何？"

史道说："下官认为阿勒坦汗所提三点要求积极、为民，不属过分要求，而且是完全可以办到的，我方应予以答应并努力尽快实现。"

蒋万使劲点了点头。

仇鸾说："我也赞成二位的意见，不仅这些合理的要求应予以满足，而且今后随着互市的深入，我们还应为蒙古兄弟考虑更多的方便，为他们办更多的事情。"

史道说："那眼下我们应该怎么办呢？"

仇鸾说："首先将白莲教徒制造的流言事端彻底平息下去，然后再逐项落实阿勒坦汗的要求，并将延绥、宁夏两处的茶马互市办得更好。"

史道说："下官赞成大将军的意见，但具体如何操作呢？"

仇鸾明白，史道还是担心并在考虑着如何向内阁首辅严嵩报告，因为他和史道是无法无权处置白莲教徒的，这样的事只能报告内阁来决断。仇鸾接着说："只能再向首辅大人报告，建议将散布流言的白莲教徒囚禁起来，并向圣上报告事情的真相。"

看到史道还在等待的样子，仇鸾又说："严嵩大人关于流言问题，从未找过我，还是阁下去找他报告一下情况吧，正好也是他向阁下布置任务后，阁下完成情况的报告。"

史道看了看蒋万，蒋万有些受宠的样子，但点了点头。史道说："好，下官去找首辅大人报告，看他怎么说。"说完，和蒋万起身告辞。仇鸾送出办公房后，又叮嘱道："不管如何，秋季互市的准备事宜不能受影响。"史道点头。

第二天，史道来到严嵩的办公房，述说了蒙古方面查出白莲教徒在大明京师散布流言情况，并递上肖芹、乔源等人的招供词。严嵩听完史道的述说后，骂道："白莲教这伙杀才，真是太阴损了，怎么能无中生有编造出这样的流言呢，真是该死！"

史道说："既然已经真相大白，流言不攻自破，望首辅大人下令将白莲教徒囚禁，并将真实情况报告圣上。"

严嵩说："这些杀才犯下这种大罪，岂能仅仅囚禁起来就算完吗，必须立即处死他们！只有这样，才能解世人心头之恨。"

史道见严嵩还有些正义感，心里不禁闪出一丝安慰，并说道："这些狗男女，的确该杀！"

严嵩连忙说："是啊，这些狗男女的确该杀，回头本首辅通知刑部，立即将他们处死。"

史道又说："蒙古方面还提出了三点要求，要求延长大同互市的时间，新开辽东互市地点，允许贫穷蒙古人用牛羊换取汉人粮食，望首辅大人提出决断意见。"

严嵩说："待本首辅与圣上报告一次，再作决断。"

离开严嵩办公房后，史道心里继续感到安慰。虽然对蒙古方面提出的三点要求，严嵩没有马上同意，但也没有马上反对。重要的是将白莲教制造事端的教徒处以极刑，让人们明白流言是白莲教所为，就不会否定前段大同、宣府茶马互市的成绩，并且蒙明双方继续互市的势头还可以持续下去。

悠悠茶马情

怀着这种喜忧参半的心情，史道径直来到大将军府，向仇鸾述说了自己此时此刻的心情。仇鸾长出了一口气说："但愿正义战胜邪恶！"

五

果然，严嵩对史道说的第二天，白莲教徒肖芹、乔源等人，便被处决。仇鸾、史道听说后，也颇为解恨，心想这次将制造传播流言之人绳之以法，与蒙古互市之业也会顺利推进，蒙古方面提出的三点要求也会得到严嵩和皇帝的批准了。

可过了几天后，仇鸾却突然觉得周围有些异常，一些属下和相识之人似乎故意对自己敬而远之，躲躲闪闪。仇鸾正在纳闷之际，却见史道匆匆赶来，将仇鸾办公房的房门关上后，对仇鸾说："大将军，你自己没听到周围之人在私下议论什么吗？"

仇鸾说："议论什么我不知道，但今天我看到一些人似乎对我敬而远之，躲躲闪闪，不知究竟是怎么回事。"

史道说："大将军还蒙在鼓里呢，这两天各部都在议论，说大将军私通蒙古，收受了阿勒坦汗的贿赂，因此才热衷为蒙古人办事，才对茶马互市那样热情。甚至还有议论说，肖芹、乔源那些招供之词，都是大将军授意捏造出来的，白莲教那些狗男女不过是替死鬼而已。"

仇鸾听完，只觉一阵眩晕，差点昏倒在地。史道连忙上前扶了一下，又劝解了几句。仇鸾双手颤抖地说："怎么会是这样啊，人心何在，天理何在，啊！"

史道劝道："大将军千万息怒，很可能是老贼就要用这种方式置你于死地，你越是这样就越让老贼高兴。"

仇鸾说："老贼编些其他谎言都可瞒人骗人，但白莲教徒捏造传播流言，是蒙古阿勒坦汗查出来的，还有他们的供词在，这怎么能睁着眼睛说瞎话呢！"

史道叹了口气说："大将军，我们都太善良啦，根本不会想到严贼是如何造谣、撒谎来欺骗人们，包括欺骗圣上。下官那天还挺解恨，且觉得严贼立即要处死白莲教徒，颇有正义感。现在看来，这正是严贼的狠毒所在，将这些人都杀了，如今老贼出来说三道四，编造谣言，和谁对证去。"

仇鸾说："那些供词是阿勒坦汗审讯出来，不信再派人去问问蒙古人不就行了吗！"

史道说："大将军，下官说你太善良，你可能自己还不认账。严贼已将你私通蒙古、收受阿勒坦汗的贿赂传得煞有此事，且连圣上大概也知道了，你越说去问蒙古人，他就会越说你私通蒙古，你就是浑身是嘴，能说得过严贼吗！"

仇鸾此时已气得浑身发颤，他斜倒在坐椅上说："那阁下说怎么办？"

史道说："大将军，在下敬佩你敬业爱民的情结，绝不相信那些诬陷人的传言。但事到如今，没有必要再去管那茶马互市之事，蒙古人进犯大明，也不光你我遭罪，奸臣当道，就让他去应付去吧。"

仇鸾说："那我从此不再管此事就是啦。"

史道说："不仅不再去管，干脆向圣上上一道奏疏，请求罢掉茶马互市，这样人们就不会议论你了，严贼也就没有把柄可找啦。"

仇鸾痛苦地摇了摇头说："这样做合适吗？"

史道说："按说不合适，但面对奸臣权臣，只能如此。"

仇鸾又摇了摇头说："这样对不起天下苍生，对不起蒙古兄弟呀。"

史道说："大将军，下官已看清楚啦，那严嵩老贼肯定要把蒙明茶马互市的事搅黄，否则他输在你手上，让你在皇帝面前将他打败，成为争宠的赢家，而他成为输家，你说老贼能甘心吗！下官这样说，大将军难道还不明白吗！"史道实在忍不住了，便说出了这番话。

仇鸾说："我从来没想和他争宠，他干他的，我干我的。"

史道长叹了口气说："大将军啊，你知不知道什么是权臣奸臣哪，你怎么就是不明白呢！"

仇鸾沉默了许久，然后对史道说："仇鸾深谢阁下这位知己，在这个时候还这样来劝我。可能你说的是对的。阁下请回吧，让我静静地想一想。"

史道说："那大将军就好好想一想吧，想通了就尽快给圣上上疏请求

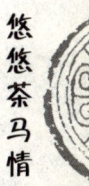

悠悠茶马情

罢市吧，就认这个输吧，不和严贼去计较啦。"说完，又问了问仇鸾感觉如何，仇鸾表示没问题，史道才离去。

仇鸾歪倒在坐椅上许久，然后迷迷糊糊睡了过去。待醒来时，仇鸾已觉浑身酸软，他连忙使劲抻了抻四肢，然后出屋想到外面去走动一下。可刚走到大门外，却迎面看到两位属下走过来。他们看到仇鸾一副受到打击的样子，一齐不服气地说：大将军，怎么与蒙古的茶马互市说停就停啦？

仇鸾一听，连忙问道："你们说什么，茶马互市停啦，谁说的？"

那两位属下一听，才知道仇鸾原来还不知道情况。其中一位属下连忙说："大将军，我们是听外面人议论的，如果您不知道，那肯定是瞎传的。"另一人也附和着。

仇鸾苦笑了一下对两位属下说："快去忙差吧，停不停市我们也说了不算。"两位属下听了，双双拱手施了一礼，然后进大将军府去了。

仇鸾转身回到办公房。但怎么回到屋子里的，他似乎都已忘记了。坐到案台前，他霎时感到万念俱灰，并不时地伴随着心碎和痛恨的感觉。但渐渐地仇鸾似乎清醒过来了，他拿过砑光金花五色笺，提起湖笔，蘸饱墨汁，在笺上重重写下了"大明蒙古罢市疏"几个字。他看着这几个字出了一会儿神，然后一气呵成，将奏疏写完。放下笔看了一会儿后，他让侍从备轿进宫。然后将奏疏揣起，跟跟跄跄向府外走去。

第六章　连年攻略无计可施

一

　　仇鸾撑着不适的身体进了皇宫，来见嘉靖皇帝。虽然嘉靖皇帝整日都在想着迷着神仙老道，但在平常，作为近臣的仇鸾要见到他还是不难的。但这次，仇鸾已在外面等了一个多时辰，还是没有等到晋见的消息。仇鸾无奈，只好再让宦官们进去通报一次，并说只占皇帝半炷香的时间。宦官进去约半个时辰，才出来对仇鸾说，皇帝正在忙于要事，无暇接见于他，有什么事就让宦官转达吧。

　　仇鸾心里明白，嘉靖帝此时又是在向神道进香，哪里会在忙于什么要事。此时让宦官传出这样的话来，不用说一定是由于严嵩使坏，搬弄是非，造谣中伤，自己已经在嘉靖帝那里失宠了。想到这里，他将奏疏掏出来递给宦官说："那就烦劳公公将此奏折呈送圣上，我有要事奏报。"那宦官说了声"好嘞！"然后接过奏疏转身走了。仇鸾此时觉得自己已经非常疲乏，便强打精神回大将军府去了。

　　仇鸾预料得不差，严嵩自借白莲教徒散布流言之事在嘉靖帝面前中伤仇鸾后，又几次在嘉靖面前继续诬陷中伤仇鸾。史道第二次来向严嵩报告情况后，严嵩表面上好像很有正义感，但实际上他已暗起杀机，务要置仇鸾于死地。他下令将几个白莲教徒处死后，便拿着那几个白莲教的招供词来到嘉靖帝面前，说根据大量事实已经证明，仇鸾拿了阿勒坦汗的贿赂，私通蒙古人，这是板上钉钉之事。现在仇鸾想借甄别流言，来洗清自己暗

悠悠茶马情

通蒙古人的罪孽，因此假造了这些白莲教徒的招供状，那些白莲教徒不过是替死鬼而已。接着，严嵩假意要将白莲教徒的招供词念给嘉靖帝听。嘉靖帝就怕别人占用他过多的时间，耽误了他供神祭仙，看到严嵩拿出厚厚一沓纸状要念的样子，连忙说："爱卿不必念了，朕相信爱卿说的是真的。"

但嘉靖帝说完后，又问严嵩说："仇鸾为什么不来向朕认罪呢，如果他现在认罪，朕可以宽赦于他。"

严嵩连忙说："圣上仁慈，但仇鸾犯下这样的大贪之罪，他怎么敢面对圣上呢！人们都说仇鸾和臣关系密切，臣因此也才敢向圣上如实报告真实情况。如果臣和仇鸾关系不好，臣也不会向圣上报告这些事。"

嘉靖帝点了点头说："难得爱卿如此公正无私。"

严嵩因为已经看出嘉靖帝不希望和他说话时间太长，见嘉靖帝已肯定了自己中伤仇鸾的这些话，便连忙说："圣上让臣做这个内阁首辅，臣必须公正无私。"不等嘉靖再说话，严嵩又接着说："有关仇鸾私通蒙古之事，臣再继续了解一下，改日再向圣上报告。"说完，跪下磕了几个头，起身走了。

回到办公房，严嵩立即将他向嘉靖帝报告的那些中伤仇鸾的事，当作是嘉靖帝的意见，向内阁其他阁员和身边的官员说了，而且做出一种自己的门生犯了错那样的悔恨。

第二天，严嵩再次去见嘉靖帝，故意忧心忡忡地说："圣上，以臣之见，我大明与蒙古的通商互市干脆停下来吧，否则，臣担心会出大事的。"说完，便列举内阁阁员们的种种担心。嘉靖帝见严嵩不仅是自己的意见，而且是征求了内阁其他成员的意见，便说道："既然爱卿们都同意停下来，那就停下来吧。"严嵩见嘉靖帝终于吐口罢掉蒙明双方的茶马互市，连忙说："臣领旨速办！"说完，起身走了。

回到办公房，严嵩立即草拟了圣旨，下令即刻停止蒙明双方的通商互市，包括正在准备的延绥、宁夏两地的秋季互市，和已经开过市的大同、宣府两地的互市，今后都不再开办。圣旨当日便传送礼、户、工、兵四部，及大同、宣府、延绥、宁夏各地。只是没有通知仇鸾的大将军府。

仇鸾的《大明蒙古罢市疏》送到嘉靖帝的案台上后，嘉靖帝连看也没看，便让宦官转给严嵩阅批。严嵩看过以后，那老脸闪过一丝奸笑，便揣在怀里，再次去找嘉靖皇帝。他对嘉靖帝说："臣已阅过仇鸾大将军的那份《大明蒙古罢市疏》，臣认为写得很好，只是此奏疏是在圣上停市的旨意之后才写出来的。臣不明白，仇鸾大将军在圣上已有旨意的情况下，再写这份奏疏，是想看看圣上的旨意和他的奏疏究竟是谁写得好，还是有什么其他目的？"

听了严嵩的话，嘉靖帝抬眼看了看严嵩，但半天没说话。严嵩也没揣摩出嘉靖帝看他半天且不说话是什么意思，但他此时心里已经横下最后的杀机，他显得很轻松但却很坚决地说："圣上，该到了撤销仇鸾大将军之职的时候啦！"

嘉靖帝并未说话，只是点了点头。

严嵩还没回到办公房，便让人去把兵部尚书赵锦找来。见到赵锦后，严嵩头不抬眼不睁地说："阁下想不想接替大将军之职啊？"

赵锦知道严嵩正在加害仇鸾，但没说什么，只是摇了摇头。严嵩见赵锦对自己的拉拢之术无动于衷，一时既不好发作，又不好再说别的，只是又对赵锦说："圣上已同意撤销仇鸾的大将军之职，阁下尽快去找仇鸾，将大将军之印收回来，以便重新寻找佩印之人。"

赵锦说了一声："下官遵命。"便转身走了。

赵锦是刚任兵部尚书的谨慎之官，他知道前任兵部尚书丁汝夔为严嵩所害致死，又听他的副手兵部侍郎史道说过一些最近严嵩与仇鸾之间的事情，因此他对严嵩其人很是提防，但又不愿意得罪严嵩，只好少说话办实事。

到了仇鸾的大将军府，赵锦见仇鸾病倒在榻上，有两个下属在身边陪护着。那两个下属还不认识赵锦，赵锦便自报家门，报上名姓，那两个下属见兵部尚书前来，连忙参见让座。尽管他们的声音都很小，还是惊醒了昏睡中的仇鸾。

仇鸾见赵锦前来，撑起身子坐了起来，赵锦问候了一阵后，仇鸾说："阁下莫非有何奉命之使吗？"

赵锦说："正是，适才首辅大人召下官前去，让下官将大将军印收回。"

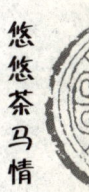

仇鸾说："此事我已预料到了，大将军印我也准备好了，那就请阁下收回吧。"说着，让一位下属将旁边架上的一个锦匣，捧给了赵锦。

赵锦说："下官奉命办差，还望大将军谅解。"

仇鸾说："你我都是一样奉命办差，这一点我何尝不知。阁下也需多多保重。"

赵锦说："深谢大将军，我们兢兢业业办差，但自己掌握不了自己的命运，只能听从上天的安排。在这种情况下，大将军还需自己想得开。"说完，与仇鸾作别，捧起锦匣出屋去了。

虽然早已想到严嵩必然会撤去自己的大将军之职，但亲眼看到赵锦捧走了印匣，仇鸾心中的愤怒还是欲禁不止。他挣扎着站起身来，将身上的大将军服脱了下来，换上一套平常的素衣，重新躺在榻上昏昏睡去。

梦中，仇鸾见无数蒙古牧民跪在地上，求他允许与汉人通商互市，接着又见蒙明双方军士厮杀在一起，鲜血已流成条条长河。仇鸾正在伤心，却见严嵩走到他的面前，指着他的鼻子呵斥道："都是你将蒙古穷寇的胃口吊起，搞什么茶马互市，惹来这么多麻烦，本首辅岂能容你！"说完，突然张开血盆大口，露出一副极为狰狞的面目，向仇鸾扑了过来。

仇鸾大叫一声，从床上坐了起来，这时他才知道自己在做梦。他稍清醒了一会儿，突然大声喊道："严嵩，奸贼！"接着便口吐鲜血不止。当夜，仇鸾便满怀激愤死去。

第二天，兵部侍郎史道前来，恰好得知仇鸾的死讯。原来史道得知严嵩已下令将仇鸾的大将军印收回，知道嘉靖帝一定下诏革去了仇鸾大将军之职，这才前来安慰仇鸾，却不期赶上仇鸾恰好自恚身亡。

当下史道怀着悲伤的心情，与仇鸾几位属下一道，就近买了一口棺材，雇了一辆马车，将仇鸾灵柩扶至郊外埋葬了。

二

阿勒坦汗派遣的使臣脱脱一行，在与蒋万一起到达大明京师顺天府后，在完成了押送白莲教徒，向兵部侍郎史道报告蒙古对茶马互市的三点要求后，便在京师一直住着，以便看看大明朝廷对白莲教徒如何处置，对京师流传的流言如何对待，还有他们关心的那三项要求如何回复。

开始，脱脱听说大明将肖芹、乔源等人处死，很是高兴，心想破坏茶马互市的坏人铲除了，双方的关系一定会顺利发展。但脱脱渐渐得知，一直为蒙明双方茶马互市操劳出力的大将军仇鸾处境日益不佳，脱脱很是担心。他自己经常在蒋万家的附近，等待着早晨前往兵部当差，或当差回来的蒋万，打听一些消息。蒋万也时常将脱脱关心询问的事情报告史道。脱脱几次提出，想到大将军府去看望仇鸾，蒋万不敢做主，便请求史道，史道也摇头，认为不可，脱脱因此甚是郁闷。

这日，脱脱突然得知仇鸾已经病逝，他跪在地上泪如雨下。在历尽周折后，他终于找到了为仇鸾拉灵柩那辆马车的车夫，在塞给了车夫一锭银子后，那车夫便拉着脱脱和他的几个随从，来到了仇鸾下葬的地方。脱脱又塞给车夫一锭银子，让车夫去买几刀烧纸来。不一会儿，那车夫拉回一车烧纸，脱脱等人跪在仇鸾坟前大哭一场后，将一车烧纸点燃。霎时，熊熊的大火燃起，烧了足足两刻钟。

看看烧纸都烧成纸灰，那车夫感动地说："走吧，小人将诸位客人再送回驿馆。"但脱脱摇了摇头，然后说："好心人请回吧，我等几人要在这里为仇鸾大将军守墓三天。"

那车夫点点头后离去，但一个时辰后他又赶着马车回来，为脱脱等人拉回一顶帐篷，还置办了水酒和牛肉及其他饼面食品。脱脱又掏出一锭银子，作为车夫所购酒食花销，那车夫哪里肯要，向脱脱作了个揖后便离去了。

就这样，脱脱等人一连在仇鸾的墓旁守了三天三夜，每天几人都烧香磕头，大哭一场。

严嵩在得知仇鸾死去的消息后，自是非常高兴。但他还没停止对仇鸾的诋毁和诬蔑，多次向内阁成员们说仇鸾私通蒙古，给朝廷造成了大麻烦，死有余辜，等等。但严嵩心里清楚，除了嘉靖帝完全听信于己，认为仇鸾私通蒙古，接受阿勒坦汗贿赂，一心为蒙古人办事外，其他官员，包括内阁成员，未必都是如此，很可能有同情仇鸾，甚至为仇鸾鸣不平者。因此，严嵩暗暗布下耳目，让他们连盯一个月，看是否有人到仇鸾墓从事吊唁活动。恰巧，脱脱等人对仇鸾守墓的活动，被严嵩的耳目看得清清楚

悠悠茶马情

楚，并向严嵩作了详细的报告。

严嵩得知情况后大怒，他一面下令驱赶脱脱等人，一面向嘉靖帝告状，说仇鸾私通蒙古不但证据确凿，而且造成极坏影响，甚至说蒙古人在为仇鸾守墓和吊唁时，一边哭着思念仇鸾，一边嘴里骂着昏君。嘉靖帝听了暴躁地说："快派人去掘仇鸾的墓，开棺戮尸，以解朕的心头之恨！"严嵩一听，连忙说："臣遵旨！"

第二天，严嵩派去的人将仇鸾的坟墓掘开，将仇鸾的灵柩劈开后，将仇鸾尸体用刀砍得模糊一片，惨不忍睹。然后，掘墓人扬长而去。

脱脱几乎是同时得到自己被朝廷驱赶和仇鸾被掘墓戮尸的消息。此时，脱脱已经很镇静，他既没有反对朝廷的驱赶，也没有表示出哀痛的样子，只是拿出一小锭银子，对前来下逐客令的人说："烦官人关照，我等还有些琐事未办，只需两日，后天我们便启程，离开京师回蒙古。"那人看了看脱脱，接过银子，一声没吭便离去了。

当日，脱脱再次与随从秘密找到了那位车夫，说是前来答谢并还有要事相求。那车夫已经看出，这些蒙古人都是好人，虽然不知道他们与守墓的死者有着什么联系，但也看出了一些端倪，且车夫早就痛恨嘉靖皇帝和严嵩。因此，车夫便跟着脱脱等人来到一个小酒肆，拣了一个僻静的单间坐下。酒菜上完后，只见脱脱向车夫施了个大礼，然后抹着泪水说："今日，我们几个蒙古人想再求好心人办一件大事，不知好心人能否答应？"

车夫连忙说："客人有事尽管吩咐，小人能做的，一定会尽力去做。"

脱脱说："我等为守墓的那个大将军墓，可能要遭受掘墓戮尸的噩运，我等蒙古人想求好心人将被掘之墓再重新埋葬好，以慰死者之灵！"

那车夫一听，气愤地说："杀人不过头点地，什么仇恨，要将已埋下去的尸体再掘出来，还要戮尸！简直不是人干的！"

脱脱说："此事不会有错，因为是我等从可靠地方获知的。"

车夫说："做此事之人阴损，做重新埋葬之事积德，这个事小人做啦，客人不必担心。"

脱脱端起酒杯说："好心人的功德我们蒙古人永世不忘！"说完，一饮而尽。

临别时，脱脱拿出三锭银子，让车夫当作重新安葬仇鸾的费用。车夫说："小人家贫，拿不出钱买棺木，但一锭银子足够啦，哪里用得了这么多。"

脱脱将三锭银子都塞进车夫的手里说："除了买棺木，还要雇人手，出力气，这三锭银子好心人都拿着吧。"

车夫说什么也不拿另外两锭银子，脱脱流泪说："这位大将军屈死冤死的一个罪状，是受了我蒙古人的贿赂，其实他没拿蒙古人一文钱，好心人如觉得哪个地方能为他花点钱，就把其他两锭银子也花上吧，这也替我们蒙古人尽点心意。"

车夫听了脱脱这几句话，把银子都揣在怀里说："原来是这样，那客人放心吧，这些银子小人及子孙们会用它来为死者买纸钱，让死者享用几辈子。"

脱脱又嘱咐那车夫说："我等后日一早便要离开大明京师，明日傍晚时分，我们再来见好心人一次，以便得知好心人重新埋葬大将军的情况。"车夫深深地点了点头。

车夫别了脱脱后，回到家里将马车赶了出来，然后先去订好了一口上好的棺材，之后又去找了五六个年轻后生，与他们约定了做事的时间和其他事项。第二天一早，车夫将棺材装上车，又买了数丈布匹，然后赶着马车来到埋葬仇鸾之处。恰好严嵩派人掘墓戮尸的情景，被车夫看得真真切切。

那些掘墓人一走，车夫立即上前，此时他约的几个后生也陆续赶至现场，偷偷将被砍成模糊状的仇鸾的尸体，用布裹了起来，放进新买的棺木里，然后拉至远处一个好地方，埋了起来。车夫拉后生们跪在坟前磕了三个头，然后才离去。

脱脱派人与车夫见面并及时得知这一切。做完这件事，脱脱只带着两个机灵的随从，乘着已经降下的夜幕和微弱的月光，前往兵部侍郎史道的府上。

史道此时已年届六旬开外，加上近一段仇鸾的冤死和朝廷的种种情况，因此格外劳累，晚饭后便倒在椅子上打起盹来。恰在此时，老夫人告诉他，说有位蒙古人来访。

悠悠茶马情

史道坐起来说："有请！"一边说，一边与夫人向门口走去。

脱脱随史道进了屋后，一下子跪在地上说："大人，怎么会这样啊，罢掉茶马互市也就罢了，怎么还让仇鸾大将军冤死，而且人死了就因为我们蒙古人去吊唁，就又掘墓戮尸，大明朝到底怎么啦，大人哪！"说罢，竟呜呜哭了起来。

史道很是感动，他双手搀起脱脱，让他坐下，叹了口气说："按说不该我这个小官去说，这个大明朝，只因一个奸臣权臣，就把个朝廷闹腾成这样，真是没有办法呀！"

脱脱说："大明皇帝为什么要容忍这种奸臣权臣呢，满朝那么多大人，为什么不和奸臣权臣去斗呢！"

史道叹了口气说："阁下可能无法体会如今大明朝这种状况，本官也无法向阁下说清。不用别的，单凭今夜阁下到本官府上这一点，如让首辅知道了，本官的官位可能也就坐到头啦。"

脱脱说："正因这样，在下才冒着给大人闯祸的担心来见大人，但不来见大人，在下无法回去向阿勒坦汗交代呀。"

史道说："阁下不必介意，本官适才所说只是要说明如今大明朝廷这种恶劣的生存状态。阁下快说说，如今这种状况，从蒙古方面有何想法？"

脱脱说："蒙古方面今后只能乞求大明发善心，与我们实行茶马互市，还能有什么办法呢！"没等史道说话，脱脱又说："依大人之见，看来蒙明双方茶马算是没有希望啦？"

史道摇摇头说："只要是奸臣当道，就不会有希望，或说近期看不到希望。"

脱脱痛苦地说："阿勒坦汗苦苦追求并奋斗了十年，才好不容易盼到了蒙明双方茶马互市的开办，如今风云突变，霎时皆无，让在下如何去向阿勒坦汗说呀，阿勒坦汗那颗炽热的心，如何受得了这样的打击呀，在下在他面前，怎么开口说茶马互市已彻底无指望这种话呢！"脱脱说到这里，不禁又泪流满面。

史道此时只是叹息，什么也说不出来。

脱脱用衣袖擦了擦眼泪，对史道说："在大人面前，在下是个孩子，又是个无知的蒙古人，但在下想替阿勒坦汗和所有蒙古人说句话：大多数蒙古人都想尽快与汉人再合成一家，蒙古人离不开汉人哪！因此，不管到什么时候，只要是有互市的可能，望大人想尽一切办法，成全双方茶马互市的开办吧。"

史道听了，连忙说："一定，阁下回去转告阿勒坦汗，只要本官活一天，就会为蒙明双方茶马互市再次成功开办奋斗一天。但阁下也要告诉阿勒坦汗，本官的能力毕竟有限哪，这一点，还请他与阁下多加谅解。"

脱脱又说："不管如何，蒙古人都会永远记住大人和仇鸾大将军的名字，蒙古人永远都不会忘恩的！"说完，跪在地上给史道磕了三个头，然后悄悄消失在夜幕之中。

第二天一早，脱脱率二十名随从启程回蒙古去了。

三

阿勒坦汗听脱脱说完明朝皇帝下诏罢掉茶马互市和仇鸾冤死及被掘墓戮尸的情况后，用手指了指东南方向后，便昏了过去。剌布克台吉、都剌担心阿勒坦汗旧病复发，再犯前些年三子失踪后起不来床的毛病，便连捏带掐，总算把阿勒坦汗救了过来。都剌见阿勒坦汗只是一时之怒而背过气去，便让他轻轻睡下，拉着剌布克台吉悄悄走到一边。

阿勒坦汗昏睡了三天，才苏醒过来。起来后，他悲愤交加，痛恨不已。他下令在万户各部落寻找好画师，两名画师各用了四五天时间，画成了仇鸾和史道，还有嘉靖皇帝和严嵩的画像。阿勒坦汗将仇鸾和史道的画像放在朝拜位上，而将嘉靖帝和严嵩的画像放至唾骂台上。安放完毕，阿勒坦汗率领众首领先朝拜了仇鸾和史道，向二人的画像鞠躬敬礼，还有的人将供品也摆到了仇鸾和史道像前，并烧香磕头。而对摆放嘉靖帝和严嵩画像的唾骂台，则众人一齐朝其吐唾沫，有的人还用刀剑剟刺画像。尽管阿勒坦汗要求众人珍惜画师的劳动成果，但只一天，嘉靖帝和严嵩的画像便面目全非。过了两天，阿勒坦汗只好让人取下已破烂和污秽不堪的嘉靖帝和严嵩的画像，而用两块刻有嘉靖和严嵩名字的木桩代之。

表达爱憎激情后，阿勒坦汗召集众首领议事，商议如何对待明朝事

悠悠茶马情

宜。阿勒坦汗先让脱脱向众人述说他在明朝的所见所闻。脱脱从明朝回到丰州滩后，每日都在叹息人间的忠奸，竟能生出如此让人或爱或恨的情感，因而不时地为仇鸾的死而惋惜，也不时地为严嵩把持大明的朝政而愤恨。因此，听说阿勒坦汗让他向众首领介绍出使大明的所见所闻，他便打开话匣子，先向人们述说了一番自己对忠臣良将的羡慕及对忠臣的认识，然后他又述说对奸臣权臣的痛恨及对奸臣权臣的认识。之后，才述说了自己在大明的所见所闻。

脱脱说完后，阿勒坦汗问道："依你所见，我们应如何面对明朝？"

脱脱张口说道："依儿所见，就一条，这就是我蒙古年年兴兵，让昏君奸臣不得安生，以便让他们早死或早日下台。"

脱脱一言既出，立即博得众首领的一致赞同。众人你一言，我一语，都在声讨嘉靖帝的昏庸，痛斥严嵩的奸佞和擅权误国，并各自出着主意，如何去兴兵，让明朝不得安宁。

听完部落首领们的意见后，阿勒坦汗对军师都剌说："还是军师说说吧。"

都剌说："想当年，严嵩老贼千方百计阻挠翁万达、仇鸾等人互市的意见，还是可汗率我蒙古大军兵临大明京师，让那嘉靖老儿害怕，加之仇鸾等人极力促成，才使大同、宣府两处茶马互市得以实现。如今严嵩老贼故伎重演，再次从中作梗，阻挠和破坏互市，那我蒙古也只能以牙还牙，重新兴兵进犯大明。虽然眼下大明是昏君权臣一起阻挠茶马互市，但依在下之见，那嘉靖帝每日都是神仙老道那一套，实则是个不理朝政的昏君，朝政大权都落在严嵩老贼之手。如果严嵩老贼下台，换个新首辅，积极推进蒙明茶马互市，说不定会扭转嘉靖老儿对互市的偏见。因此，在下的意见，我们主要反对严嵩老贼，对嘉靖老儿可以留一手，这样可以更好地达到我们的目的。"

阿勒坦汗问剌布克台吉有何意见，剌布克台吉说："小弟不善言词，但我认为都剌阁下说得有道理。"

阿勒坦汗听完众人的意见后说："本汗本以为与明朝互市后，这一辈子再不用为我蒙古牧民缺锅少茶而操心了，但谁知好景不长，两场互市过后，好日子便过去了。为什么会这样呢，诸位都知道了，就是因为大明朝廷出了那个奸贼严嵩，而如今的大明皇帝是个名副其实的昏君，他不务正业，且听从权臣严嵩的唆使，硬是下诏罢市，不仅停了马上就要开办的延绥、宁夏两地的互市，而且连已经开过的大同、宣府两地的互市，也停了下来。因此，我们恨应该恨奸臣昏君。都剌阁下说得对，昏君虽错，但主要缘自奸臣。如果有个好首辅，那位整日不理朝政的昏君或许就同意蒙明之间的茶马互市。所以，我们最主要的任务，就是通过兴兵进犯，让严嵩老贼下台。当然，如果有个明君，也不会用严嵩老贼这样的奸臣权臣，因此在时机成熟时，昏君也要反。诸位说得对，我们眼下反奸臣昏君，主要方式就是兴兵进犯大明，让当政者不得安宁，时间长了，或许能让严嵩老贼下台，或逼迫明朝改弦更张。那我们从此就在明朝边境兴兵进犯大明，诸位都同意吗？"

众首领一致回答同意。

阿勒坦汗又说："兴兵进犯的地点，以大同、宣府为重点，奸臣昏君不同意互市，就让互市地点变成战乱的地点。诸位以为如何？"

众首领还是一致回答同意。

自此，蒙古连年兴兵，攻略明朝北边。过了一年，阿勒坦汗对众将说："近来，本汗在想，虽然明朝的昏君、奸臣不愿意与我们互市，但蒙汉两族人民数百年的情谊依然还在，边界两族人民私下交往一直没有断过，甚至小型贸易也经常开展。如今与明朝官方之间的互市没有了，这种民意私下交往和交易，还可以多少解决我们蒙古人的一些问题。诸位是否有这种看法？"众将一致点头。

阿勒坦汗说："既然如此，我们攻略明朝的策略也需有些变化。本汗的意见，今后我们将滋扰和攻略的征战放在明朝的宣府一带，大同一带暗地里与汉人发展贸易。因为宣府一带地近明朝京师，我们兴兵攻略一次，就会对明朝京师造成一次震动，而大同与我土默特蒙古的驻牧地丰州滩靠近，在这里与汉人发展贸易既方便，又不易受明朝干预。诸位以为如何？"

众首领们都齐声赞扬阿勒坦汗英明。

阿勒坦汗说："既然诸位都同意，从现在起，我们与明朝分两条线打交道，东线的宣府一带，作为我们兴兵攻略明朝的地点，具体由辛爱黄

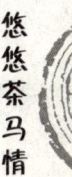

悠悠茶马情

台和都剌二人负责，要年年兴兵，不断攻略明朝，让昏君奸臣不得安宁。西线大同一带，作为我们与汉人发展贸易的地点，具体由剌布克台吉和脱脱二人负责，要和大同一带的汉人搞好关系，包括和明朝的总督、总兵等人，都要搞好关系，发展蒙汉人民的传统友谊，与他们交换我们需要的东西。"辛爱黄台吉、都剌和剌布克台吉、脱脱领命。

自此，蒙古滋扰攻略的征战集中到了宣府一带。在与明朝重新互市的二十年里，阿勒坦汗统帅的土默特蒙古与明军共发生了四十一次战事，平均每年达两次。在二十年的时间里，最多的年份，蒙古军一年攻略明朝四次。还有六年，每年的战事达三次。

阿勒坦汗做了这样的分工布置以后，当年辛爱黄台吉便率数万蒙古骑兵由青边口入犯明朝。明朝游击将军孙邦、丁碧奉命抵抗，但被蒙古兵打得四处溃散。辛爱黄台吉沿张家口进入明境，掠怀安，抵顺圣川到浮图峪和郭村一带，抢掠甚多。当年下半年，阿勒坦汗亲自率六万蒙古骑兵，分两路攻入明朝境内，一路由独石口进攻，进犯滴水崖等处，攻毁屯堡，抢掠大量人畜而去。另一路由青边口进攻，但被游击将军马芳挫败。

第二年，阿勒坦汗和黄台吉父子再次率蒙古骑兵攻入青边口，并采取声东击西的策略，躲过游击将军马芳的堵截，掠得人畜数万，得胜而归。

就这样，阿勒坦汗与他率领的将军们，连年进攻明朝北边，明朝虽全力防御，但收效甚微，人畜及铁器、茶叶、布匹等物，每年都要损失许多。

四

从明朝罢市开始，阿勒坦汗及其将领们，连年率兵不断地攻略明朝北边，虽然偶尔遭到一次有效的抵抗，但多数进攻都是得胜而归。但这种情况过去七八年后，形势便发生了变化。从嘉靖三十九年开始，阿勒坦汗及其将领们的率兵攻略，便不再占便宜，甚至经常遭受惨败，有时连长城都越不过去。之所以发生这样的变化，是因为明军队伍中，产生出一位智勇超群的将领，这位将领便是被蒙古人叫作"马王爷"的宣府总兵马芳。

马芳是陕西灵州，即今宁夏灵武人。嘉靖初，数万鞑靼蒙古进犯宁夏，马芳由于那时才八岁，被蒙古军队掳走并被迫为人放牧。在辽阔的草原上，马芳曲木为弓，练习骑射，几年后便练就了一身好功夫，并期盼着有朝一日回到明朝。有一次，阿勒坦汗到草原狩猎，突然一只猛虎蹿了出来，向他扑去，作为随从的马芳见状，拈弓搭箭，一箭将虎射死，救了阿勒坦汗一命，阿勒坦汗自此让马芳作为侍卫，不离左右。马芳为了能有机会逃回明朝，也乐得其所。嘉靖十六年，二十岁的马芳终于抓住一个机会，只身逃回了大同，被明军大同总兵周尚留在手下做了一个小头目。由于马芳智勇双全，武艺高强，不断地被提拔，到嘉靖三十九年时，马芳已成为朝廷任命的左都督、宣府镇副总兵官。

　　嘉靖三十九年之前，流夷边民史家兄弟二人率领史家一大家数十人，前往宣府边境一带定居，但很快被辛爱黄台吉镇服，并胁迫史家兄弟在永宁和龙门之间，从事破坏明朝的活动。辛爱黄台吉还霸占史家兄弟的妻女，以及族里有姿色的女人。史家兄弟忍无可忍，便杀死辛爱黄台吉手下忍克等十多个头目，携家族回到这里，将首级献给明朝守边官员。史家兄弟由此获赏并得到安置。辛爱黄台吉得知后大怒，发兵大举入边，攻占柴沟堡、怀安卫，掳渡口堡、怀安及深井一带。

　　此时，恰好马芳刚任左都督、宣府副总兵。当下马芳立即率兵追击，追至顺圣川东城，将辛爱黄台吉堵截于河口。辛爱黄台吉在马芳任游击将军时，便已领略过他的厉害。如今见已是宣府副总兵的马芳亲率大军追击，便夺路而逃。马芳在马上拈弓搭箭，一连射杀多名蒙古骑兵。辛爱黄台吉无奈，只得回马从万全右卫边墙出塞而逃。

　　辛爱黄台吉被马芳连挫数次后，便开始惧怕起马芳，并将情况报告了其父阿勒坦汗。阿勒坦汗对剌布克台吉和都剌说："马芳这小子是有些本事，文有计谋，武善骑射，但让这个我昔日的侍卫，把我们打得翻不过身来，未免太丢人啦。因此，我想我们应好好与他斗斗勇，然后再好好斗斗智，好歹也得把他比下去，否则，那马芳比我小十岁，这一辈子就让他把我们治住啦，两位小弟认为如何呀？"

　　剌布克台吉说："马芳生于大明，练成在我蒙古，两边的长处都让他占了，如今兄长已五十开外，小弟也已满五十，论力气、论武艺，我们可能都不是马芳的对手啦。至于斗智，小弟认为我们并不亚于马芳。马芳虽

悠悠茶马情

有计谋，可他与小弟一样，也没读几天书，依我之见，比起兄长和都剌阁下，他未必能占上风。所以，小弟认为我们的确应该好好和他比试一下，把他的威风打下去，否则，我们这一辈子在他面前，真是翻不了身啦。"

都剌说："马芳的确文武双全，论武艺，他正处于年壮艺精阶段，但我土默特万户的首领们是否有武艺强于他者，还不得而知，在下赞成与他好好比试一番，尽量不能被他吓住。至于马芳的计谋，在下认为这方面我们不能小瞧，因为马芳已从蒙古回到明朝二十年，汉人的兵法计谋也可能都有所琢磨啦，这一点在下认为千万不能小看于他。"

阿勒坦汗点了点头说："两位小弟说得都在理，马芳的武艺也好，计谋也好，我们都不能小看，但不管怎样，我们也要与他比试一番，不管是文还是武，尽可能赢他，至少不输给他。否则，让我们蒙古人都认为马芳不可战胜，那我们就无法再去滋扰抢掠明朝啦。"

剌布克台吉说："武艺高低比试好办，不外乎硬碰硬，多大本事就是多大本事，这方面小弟与众将好好商议一下，提出个与马芳比试高低的想法，到时兄长和军师给把把关就是。既然军师担心，那兄长和军师在比试智谋方面，好好商议一番就是。"

阿勒坦汗高兴地说："看来小弟这些年真有进步啊，说得清楚在理。那我们就按小弟说的去办，小弟与众将好好商议一下与马芳比试武艺的事情，为兄和军师好好商议一下与马芳比计谋方面的事情，然后我们就前往宣府，与马芳比个高低。"剌布克台吉和都剌都点头领命。

第二天，剌布克台吉召集土默特万户武艺高强的将领，在赛马场切磋武艺，商议对付战胜马芳的办法。众将整整切磋比试了三天，最后遴选出了辛爱黄台吉、脱脱、丙兔台吉三人，作为与马芳比试高低的战将。阿勒坦汗与都剌也一起商议了三天，将《三国演义》中的种种计谋，从头到尾熟悉了一遍。原来蒙古人自见到《三国演义》始，便将其当成兵书来读，以致后来兴起的女真人，亦是如此。

看看与马芳比试文武的事宜准备得差不多了，阿勒坦汗点起三万蒙古骑兵，驰往宣府的边境之外，辛爱黄台吉率本部落两万骑兵与父汗会合，五万大军要与马芳及明军一试高低。

蒙古大军在边外扎下营寨后，阿勒坦汗派出军士，前往长城，让明军守边将士向马芳报告，双方拟选择一个合适的地方，决一胜负。阿勒坦汗让蒙古军士告诉明军，具体比试地点由马芳将军决定。

消息传至宣府镇后，马芳立即向正在养伤的总兵官姜应熊报告情况。姜应熊是在前不久辛爱黄台吉率兵进攻时，被蒙古兵连刺五枪而负伤坠马的，幸亏马芳及时赶到，才和参将胡镇等人奋力将蒙古兵驱散，将其救下。听了马芳述说的情况后，姜应熊说："自阁下出任宣府副总兵官后，蒙古兵一改之前横行无忌的骄态，真乃我宣府御敌之幸也。今阿勒坦汗既要与阁下决一胜负，想必是要在蒙古兵中挽回连连失败的面子和影响。阁下文武双全，不管是两军阵前比试刀枪骑射，还是用兵攻防，都会赢蒙古军，这一点本总兵坚信不疑。阁下就大胆率军与蒙古兵比试去吧。至于比试地点，可选择我大明境内，阁下自定。"

马芳称谢后，让人前往边外通知阿勒坦汗，将双方比试较量的地点选在两年前互市的万全右卫西北四十里处的新开口堡。随后，马芳率五万明军驰向新开口堡，与蒙古军队比试较量。

阿勒坦汗率蒙古军如期到达新开口堡。第二天，两军在一片稍为开阔之处摆下战场。三通鼓罢，马芳在众将簇拥下来到阵前，阿勒坦汗在刺布克台吉、都刺等人的簇拥下，也来到阵前。不等阿勒坦汗说话，马芳在马上欠身说道："可汗别来无恙，马芳这厢有礼啦！"

阿勒坦汗也在马上施了一礼说："本汗感谢总兵阁下的响应，并选了这个曾经是我们双方互市的地方作为双方比试实力的战场。"

马芳说："可汗召在下前来比试武艺和对阵的意思，在下已经清楚，不知可汗具体有何想法和吩咐？"

阿勒坦汗说："本汗向来直来直去，今日也将心里话说与阁下：自大明皇帝在那奸臣严嵩的唆使下，毫无道理宣布蒙明双方罢掉来之不易的茶马互市后，我蒙古军队不断兴兵宣府一带，虽然有时不免伤及百姓，但本汗的本意是报复昏君奸臣，抢掠仅是顺便而已。兴兵以来，我蒙古军几乎阵阵得胜而归。但自阁下出任副总兵官后，我蒙古军便赢少败多。本汗想求证一下，如今我蒙古军与阁下执掌的大明边防军，究竟谁更厉害。或者说得更明白些，在阁下的镇守和统率下，我蒙古军队是否还会像在此之前一样去滋扰和攻略。这就是本汗要与阁下比试双方实力的用意。"

悠悠茶马情

马芳说："如此说来，如果可汗比输了，便从此不再滋扰和攻略我大明啦？"

阿勒坦汗说："那倒不一定，但有了比较后，我蒙古军自会有新的掂量。"

马芳说："那就请可汗说我们如何比法吧。"

阿勒坦汗说："本汗的想法很简单，一是我蒙古武艺高强的将领与阁下比试骑射，看谁更胜一筹，二是我们双方布阵用兵，看谁更具胜算。不知阁下以为如何？"

马芳说："但凭可汗之命。"

阿勒坦汗说："本汗一直对阁下当年的救命之恩心存感激，因此两军比试期间，本汗绝不会有任何小动作，即便蒙古军占上风，也不会伤害阁下。"

马芳说："那在下多谢可汗的关照之情！可汗发令吧，我们先比什么！"

阿勒坦汗说："我方选了三员武艺高强的战将，让他们先与阁下比武，然后双方再较量布阵用兵之道。"

马芳说："那就请蒙古战将出手吧。"说完，让人递过自己的铁枪，做好迎战的准备。

阿勒坦汗一招手，只见蒙古军阵中拍马冲出一将，马芳看时，只见那将年纪轻轻，但却生得虎背熊腰，鼻直口方，威风凛凛，手执一个链子铜锤，那铜锤个头硕大，足有上百斤，在阳光下射出金光。坐下褚红高头大马，真可谓人高马大，让人望而生畏。那将来到马芳面前施了一礼说："小将丙兔台吉，请马将军指教。"

马芳知道丙兔台吉是阿勒坦汗的第四个儿子，畏兀慎部首领。当年马芳在阿勒坦汗手下当侍卫时，丙兔台吉还小，还经常缠着马芳给他讲瞎话，不想如今长成如此威猛的将军。听了丙兔台吉的话后，马芳还了一礼说："兔侄别来无恙，可不要再把链子缠到腰上啊！"原来，当年丙兔台吉还是小孩时，马芳非常喜爱丙兔台吉，总是亲切地称他为兔侄。丙兔台吉自小便爱弄枪使棒，经常将一个铁枪头拴上一根绳子，缠在腰上转动身子使枪头飞舞，有一次不慎自己被枪头刺伤，幸亏马芳在他面前，给他包扎止血。此次二人相见，马芳提起不要把链子缠到腰上，正是回忆当年这一情况。

丙兔台吉见马芳提起当年这一趣事，一边舞动链子铜锤，一边高喊道："马将军好好指点小侄！"话音落间，铜锤随着呼呼作响的风声已飞向马芳。

马芳向后一闪躲过大锤，接着挥大枪向丙兔台吉刺去，丙兔台吉连忙用铜锤将大枪磕向一边，二人就这样飞枪舞，战了三十回合，不分胜败。突然，随着丙兔台吉的铜锤飞向马芳的那一瞬间，只见马芳顺势将大枪向铁链处一伸，然后用力一摇，便将铁链缠于自己的大枪上，接着又用力一甩，便将链子铜锤从丙兔台吉的手中拽出。丙兔台吉正在惊异之间，却见马芳一手紧握自己的大枪，一手却将丙兔台吉的链子铜锤抓住，然后转身喊了一声"接住"，随手便将铜锤抛向丙兔台吉。丙兔台吉接住自己的铜锤，说了声："谢马将军！"然后，拍马返回本阵。

阿勒坦汗见丙兔台吉轻易败下阵来，又喊了声："脱脱出战！"脱脱听了，抢一柄大斧出阵来到马芳面前。马芳和脱脱在此之前谁也没见过谁，但二人都早就知道对方，且相互敬重。脱脱向马芳施了一礼说："小侄脱脱仰慕马将军的英名，还望多多赐教！"

马芳说："阁下是本将敬重的使者，愿与阁下切磋。"

脱脱又说："让马将军连续出阵，不知可否？"

马芳连忙说："不打紧，阁下只管出手。"

然后，二人枪斧并举，战在一起。脱脱虽然年轻，那柄开山大斧使得极为娴熟，但他觉得在马芳面前，却极为吃力。马芳那杆大枪，速度极快，上下翻飞，脱脱力气虽然与马芳差不多，但大斧的翻飞速度，却远不如马芳那样快。因此，二人战了三十多回合后，脱脱便浑身是汗。脱脱看马芳时，始终是那样轻松自如。但此时马芳早已看到脱脱手脚忙乱的样子，他沉着又与脱脱战了十个回合后，突然大枪朝脱脱的咽喉快速刺去，脱脱连忙用斧去拨，马芳却又突然将大枪戳向脱脱的马背。马芳的枪尖只是轻轻点到了脱脱坐骑的背上，但那马却疼得一下子立了起来，将脱脱掀于马下，大斧也脱手扔在地上。马芳连忙跳下马，将脱脱扶起说："没伤到阁下吧？"

悠悠茶马情

脱脱站起身来说："将军英武，我辈不如啊！"说罢，深深向马芳施了一礼，捡起大斧，向本阵走去。

这一切，阿勒坦汗在阵前看得清清楚楚。他侧身问辛爱黄台吉说："我儿有把握胜马芳吗？"

黄台吉是土默特蒙古最为著名的勇士，自幼便以英勇善战著称，不仅在土默特万户人人皆知，而且在其他万户也很知名，连蒙古大汗库登汗和土蛮汗都极为器重他。虽然近些年他连续被马芳率领的明军挫败，但还从未与马芳在阵前交过手。阿勒坦汗知道黄台吉英勇，因此将他放在与马芳比试三人的最后一个。但阿勒坦汗看到马芳如此轻易地连赢丙兔台吉和脱脱，不免对黄台吉是否能敌过马芳也犹豫起来，因此问出了有无把握胜马芳的话。辛爱黄台吉明白，父汗的话中实则是在问自己，还与马芳比试吗？

辛爱黄台吉此时心里也很矛盾，论武艺他肯定高过丙兔台吉和脱脱，但二人如此轻易被马芳战胜，又使自己怀疑能否是马芳的对手。但父汗已经问到自己头上了，必须有明确地回答。于是他灵机一动对父汗说："马芳连经两阵，孩儿即便赢了他，也不太光彩，让人说我们以逸待劳，还是明日再与他决一胜负。"

阿勒坦汗听了点点头，然后对马芳说道："阁下连经两阵，今日回营歇息，我们明日再战，可否？"

马芳说："就依可汗意见，明日再战。"

当晚，黄台吉在营帐中思索了一个多时辰，仔细回忆了白天马芳战胜两个弟弟的情形，最后下决心还是明日与马芳一决胜负。

马芳也知道黄台吉是全蒙古的知名勇士，非丙兔台吉和脱脱二人可比。他与参将胡镇商议了许久，决定还是以计取胜黄台吉。

第二天，两军列好阵势后，马芳和黄台吉分别来到阵前。马芳看时，见黄台吉坐下炭黑马，手使两只硕大的立瓜铁锤，威风凛凛，势不可挡。马芳由于辛爱黄台吉与阿勒坦汗、脱脱等人在与对明关系上表现出的不同，特别是霸占淫虐汉族女人，而对黄台吉印象不佳。因此，也没有与丙兔台吉和脱脱那种客套。两人礼貌性地打了个招呼，便战在一起。马芳明显感到，与丙兔台吉和脱脱相比，黄台吉不仅力大，而且法精熟，无破绽可寻，因此便认真地一招一式地与黄台吉相持着周旋着。黄台吉虽然武艺高强，但并无出奇的招式，只是寄希望于在自己的重锤之下，慢慢使对手败下阵来。

马芳一面与黄台吉相持着，一面在思考着赢他的办法，此时二人已战至八十回合，马芳见黄台吉两只铁锤依然舞得轻松，便认定采用佯败的办法制服于他。二人又战了二十个回合，黄台吉见马芳枪法已开始乱起来，便抖擞精神，要迅速战败马芳。只见马芳拨马而逃，黄台吉拍马舞锤，紧紧追上前去。突然，马芳猛地拨转马头，狠狠一枪朝黄台吉刺去。黄台吉一看，连忙将双举起，来挡马芳的大枪。可黄台吉看到的，是马芳只用一只手持枪，另一只手握着一柄四楞铜，也狠狠朝自己戳来。此时黄台吉已明白了，马芳这是在用计胜自己，但说时迟，那时快，黄台吉在刚想到马芳是在用计胜自己时，还没来得及采取一点防备措施，就一下子被马芳那柄四楞铜戳下马来。此时已不由黄台吉再去想什么做什么，只见黄台吉仰面跌于马下，那两只大锤撇到了身后的地上，那匹炭黑马则跑出很远，在那里咴咴地叫着。

马芳没有下马，而是勒马挂枪，手里握着那柄四楞铜，拱手说道："黄台吉阁下，得罪啦！"

辛爱黄台吉明白，马芳没下死手，否则自己性命早已休矣，他从地上站了起来，说了句"感谢将军不杀之恩"便走回本阵。但黄台吉的心里，对马芳增加的不仅仅是惧怕，还有痛恨和不服。

阿勒坦汗一看，连忙对马芳喊道："阁下连赢我蒙古三将，武艺比试我方输了，我们各歇息两天，然后再比用兵攻防，如何？"

马芳答道："就按可汗之意，在下听从可汗布置。"说完，双方各自回营。

阿勒坦汗回到营帐后，立即召集刺布克台吉、都刺、黄台吉、脱脱、丙兔台吉等人，商议与马芳用兵攻防比试事宜。但阿勒坦汗说完开头语后，其他人却都在闷着，谁都不发一言。

阿勒坦汗实在憋不住了，他说道："怎么，连败三阵都灰心了，那用兵攻防还比不比啦？"

都刺叹了口气说："可汗，在下说句话，说错了您只管治罪。刚才在

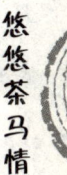

下一直在想，马芳连赢三位将军，赢得仅仅是武艺高低吗？"

刺布克台吉接过话头说："是啊，马芳赢三位贤侄，哪一阵都有他的智谋在里边。"

阿勒坦汗说："两位小弟的意思是，用兵攻防不必比啦，比了我们也是输，是这样吗？"

没等都刺和刺布克台吉说话，脱脱连忙说："父汗，刚才儿坐在那里没说话，实际就是这样想的，这三阵比武下来，已经告诉我们，比用兵比布阵攻防，马芳肯定赢我们。"

阿勒坦汗看黄台吉和丙兔台吉时，二人也都点头。阿勒坦汗说："本汗也多少感觉出了这种情况，但心里还有些不服气，既然军师和你等都这么说，本汗也没有什么好说的了。那就告诉马芳，用兵攻防不比啦，从此以后，我们滋扰攻略明朝也就停啦，是不是这样？"

辛爱黄台吉说："那也不一定，我们虽然打不过马芳，但还可以偷袭，也可以趁马芳不在时出去。马芳只是一个人，老虎还有打盹的时候，不信马芳天天时时都在边关看着我们，他不在时我们就抢他一次，见到马芳快跑就是了。"

阿勒坦汗摇了摇头说："那你就这么去办吧，本汗是什么办法也没有啦！"

第七章　心灰意冷绝境逢生

一

阿勒坦汗自与马芳比试武艺后，特别是军师都剌看到辛爱黄台吉、脱脱和丙兔台吉三人接连败于马芳，连与明军用兵攻防比试的信心都没有了，让阿勒坦汗甚是郁闷。阿勒坦汗一连在营帐踌躇了三天，然后派人到明朝军营，通知马芳取消双方下个内容的比试，并向马芳致意。当天，阿勒坦汗率蒙古大军快速出了新开口堡，在黄台吉部住了几天，然后率其他部落的蒙古兵回到丰州滩。当年，黄台吉也没有轻易攻略宣府一带。

回到丰州滩后，阿勒坦汗一直闷闷不乐。这样过了数月，这日，丙兔台吉来找阿勒坦汗说："孩儿比武输与马芳，让父汗整日不开心，孩儿甚是惭愧，还请父汗多多宽心才是。"

阿勒坦汗说："明朝的朝廷中，一直是奸贼严嵩把持朝政，那个昏道之君自己什么事不想，却一直听严嵩之言，就是不容我们蒙古人，这样下去，双方茶马互市何时才能出头！如果互市不出头，我广大的蒙古牧民又何时才能过上什么也不缺的日子呢！为父每每想到这些，便无法开心。"

丙兔台吉说："如今有马芳为明朝守边，昏君奸臣真是高枕无忧啦，他们的皇帝之位、首辅之位坐得更牢固啦。"

阿勒坦汗说："为父正是一想到这些便心情郁闷，真感到叫天天不应，叫地地不灵，完全无计可施啊！"

丙兔台吉说："如果父汗换个地方谋事，是否可改变目前的状况

悠悠茶马情

呢？"

阿勒坦汗望着高大威猛的儿子说："我儿说具体些。"

丙兔台吉说："孩儿有两种想法，一是父汗可以到远处去开辟新领地，免得整日在这丰州滩，想着过去不开心的事。再一个是可以避开马芳，进攻明朝其他地方。"

阿勒坦汗脸上浮出了少有的笑容说："我儿说得再具体些！"

丙兔台吉说："比如父汗离开丰州滩，去开辟青海这块新领地，孩儿便认为是个前景极好的事情。还有，原来我蒙古军经常攻略大同，后来父汗将大同作为与汉人暗中展开贸易的地方，不再攻略大同一带。如今宣府一带我们无法得手，可以适当攻略大同，这样不是也可以吗！"

阿勒坦汗点点头，高兴地说："想不到我儿还有此计谋。在这无所用武之时，西进的确是个极好的选择，况青海为父又不是第一次前去，只是尚未下决心在那里开辟新领地。我儿既有前往青海开辟新领地的想法，为父再想一想，然后争取尽快成行。至于攻略大同，也未尝不同，但这些年大同作为我蒙古与汉人的暗中交易地点，还是解决了不少我蒙古人一些小的生活品需求问题，必要时将攻略地点转至大同未尝不可。"

丙兔台吉走后，阿勒坦汗在汗府思考了整整一天，然后请来其弟剌布克台吉和军师兼字格都剌，与他们一起商议进军青海，开辟新的领地的事宜。剌布克台吉和都剌都知道，阿勒坦汗在与明朝互市成功时，曾雄心勃勃，一度曾向蒙古大汗之位发起过冲击。如今，由于明朝迟迟没有再度互市的迹象，加之马芳的出世，让蒙古军攻略明朝边境的行动都连连受挫，对阿勒坦汗的打击的确不小。二人曾私下议过，应好好劝说阿勒坦汗，不要让阿勒坦汗憋出毛病。现在一听阿勒坦汗要西进，以便寻求新的出路，二人不约而同地表示了赞成，都剌还列举出种种有利条件，鼓励阿勒坦汗说，西征青海一定能成功。

看到剌布克台吉和都剌积极支持的样子，阿勒坦汗脸上再次浮出笑容，他对二人说："二位小弟支持这一举动，为兄就有信心啦。既然你们认为可行，那为兄就准备数日，然后为兄与都剌阁下一起，以丙兔台吉为将，率三万蒙古军前往青海，小弟与众将看守丰州滩，继续经营大同的私下贸易。宣府一带的攻略，就由黄台吉去掌握好了，他愿意与马芳去周旋，就由他去吧。"剌布克台吉和都剌双双领命。

阿勒坦汗不甘寂寞，说动就动，仅仅几天，便做好了西进青海的种种准备，这日一早，他便在都剌和丙兔台吉的陪护下，率大军上路西行。

在阿勒坦汗尚未执掌土默特万户汗印时，便随其兄衮必里克济农从鄂尔多斯出发，渡过黄河，穿越星忽拉山口，绕道贺兰山到达大、小松山，然后从这里经由古浪所，即今甘肃省古浪西行，穿越黑松山即今甘肃省冷龙岭，经扁都口进入青海。两年后，阿勒坦汗随衮必里克再次率军西征。

这次，阿勒坦汗亲率大军，依旧经星忽拉，即今内蒙古乌拉特中旗新忽热乡所在地山口西行，第二年才到达青海。阿勒坦汗在青海驻牧两年之久，但他日日忙碌，做了大量交往、征服、联姻等方面的事宜，取得丰硕成果。

阿勒坦汗首先招降了瓦剌蒙古中的明安部。驻牧青海后，阿勒坦汗派丙兔台吉前往中明安部首领乌齐赖太师的驻牧地扎勒满汗山，即今新疆哈密市东北百余里处的雅尔玛罕山，实施劝降。看到丙兔台吉既威猛高大，武艺高强，又有谋略，乌齐赖太师折服不已，很快投降了阿勒坦汗。阿勒坦汗立即调集土默特和其他蒙古右翼部落首领，前往扎勒满汗山附近的巴彦哈喇一带驻扎放牧。后来，阿勒坦汗又派兵从巴彦哈剌北上，跨越控奎汗山去进攻瓦剌部的厄鲁特、巴图特二部。当他们掳掠完毕，满载而归时，厄鲁特的博图海太师和巴图特部的翁贵丞相率兵击夹土默特军士，双方在乌兰哈达大战，丙兔台吉那只链子铜神出鬼没，连伤两部数员大将，最后，两部为丙兔台吉所慑服，投降了阿勒坦汗。

继招降瓦剌蒙古数部落后，阿勒坦汗遣使蒙兀儿斯坦，以密切双方的关系。蒙兀儿斯坦是一种地理概念，意思是蒙古人的地方，是波斯人称呼东察合台汗时使用的术语，其地北至塔尔巴岭，西至伊塞克湖和巴尔喀什湖，东至阿尔泰山，南至畏兀儿绿洲。阿勒坦汗派新近归附于己的学识渊博的威静宰桑为使臣，前往蒙兀儿斯坦都城吐鲁番，会见了蒙兀儿斯坦满速儿汗的长子沙汗，双方进行了成功友好的会谈，建立了友谊。威静宰桑临行时，沙汗向阿勒坦汗赠送了西域良马和许多宝石。

阿勒坦汗此次青海之行的最大成果是与瓦剌部首领进行联姻。阿勒坦汗先派出使臣前往瓦剌蒙古的奇喇古特部，向其首领哲恒阿噶提出建立联

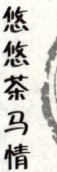
悠悠茶马情

姻关系。在得到哲恒阿噶的同意后，阿勒坦汗亲往奇喇古特部，与哲恒阿噶会面。哲恒阿噶早就知道阿勒坦汗的大名，并甚是钦佩阿勒坦汗将土默特蒙古发展壮大，以至成为鞑靼蒙古右翼乃至全蒙古强盛万户的功绩。阿勒坦汗到达奇喇古特部时，哲恒阿噶为他举行了盛大的欢迎仪式，并设盛大宴会款待阿勒坦汗。席间，阿勒坦汗与哲恒阿噶执手笑谈，共赞蒙古民族的伟大与辉煌。第二天，哲恒阿噶将女儿钟金许配给阿勒坦汗。

钟金即汉籍中的"三娘子"。这一年，三娘子才十岁，但生得唇红齿白，柳眉凤眼，美似月中嫦娥，且心灵手巧，极富教养。阿勒坦汗见到三娘子，连忙向哲恒阿噶施了一个大礼说："阁下将自己十岁的爱女许配在下，真让在下感激万分，阁下对在下的错爱可见一斑啦。且在下一见钟金姑娘，立即便有一种似曾相识、大慰平生之感。但钟金姑娘毕竟才十岁，在下向阁下保证，从此之后，精心养护钟金姑娘五年，在此期间，不碰她一指，待她满十五岁时，再举行隆重仪式，与她完婚。"

哲恒阿噶大喜道："在下早就听说阁下极有佛缘，听阁下适才一言，如同与佛共语，小女也算从此与佛有缘啦。"

阿勒坦汗也大喜道："在下至今已有三个女儿，大女儿今年才十六岁，其他两个小女儿今年还不到八岁。在下决定，将大女儿许配阁下的二子呼鲁格齐为妻，如何？"

哲恒阿噶高兴地说："好，那我们就亲上加亲，亲中有亲啦！"

看看这次青海成果丰硕，且已出行两年之久，阿勒坦汗留下儿子丙兔台吉留驻青海，自己与军师都剌，以及新娶夫人钟金，还有已被任为副军师的威静宰桑，率部分蒙古军返回了丰州滩。

二

阿勒坦汗回到丰州滩后，立即派遣二百个军士护送，将大女儿送至瓦剌蒙古奇喇古特部，与首领哲恒阿噶的儿子呼鲁格齐完婚。

阿勒坦汗从青海回到丰州滩不久，他的妻子、大娘子一克哈屯便病逝了。此时，阿勒坦汗还有个妻子，即二娘子。钟金的到来，虽然她尚年幼，还没有与阿勒坦汗完婚，但人们已经开始叫她三娘子。大娘子一克哈屯，为阿勒坦汗生下六个儿子，二娘子为阿勒坦汗生下三个女儿。

鉴于三子铁背台吉出使明朝至今下落不明，阿勒坦汗下令，让铁背台吉唯一的儿子大成台吉，汉籍中叫作把汉那吉，接替其父出任部落首领，并将其部落改为大成台吉部。铁背台吉下落不明后，其妻胡氏不久也死去。阿勒坦汗让妻子一克哈屯，将铁背台吉和胡氏的儿子把汉那吉，收至身边抚养。一克哈屯便让她的仆人阿力哥的妻子给把汉那吉作乳母。此时，把汉那吉已十岁，阿勒坦汗便让把汉那吉将阿力哥夫妇认作养父养母，一同前往大成台吉部的驻牧地哈朗兀，继续照料把汉那吉的生活。

鉴于畏兀慎部首领丙兔台吉已留驻青海，阿勒坦汗同意，该部由辛爱黄台吉的长子，也是自己的长孙扯力克出任部落首领。

阿勒坦汗做好了大娘子一克哈屯的善后，并对个别部落做了些调整后，便一如既往地关注着三个方面的情况，即大同一带与汉人的私下交易，以便为蒙古牧民提供基本生活品；宣府一带辛爱黄台吉对明朝边境的攻略情况，继续期望通过边境战事能促使明朝在双方互市上回心转意。此外，关注青海、甘肃一带瓦剌部落的动向，以便使自己已经在青海开辟新领地的行动，继续持续下去。

三娘子跟随阿勒坦汗来到丰州滩后，每天都像个大人一样，跟着阿勒坦汗忙里忙外。每当阿勒坦汗与众人商议事情时，她总是静静地在一边听着并用心记着。阿勒坦汗歇息时，她则跟着都剌、威静宰桑等人学习蒙文，并动手写文章。不久，她又找了几个汉人，跟着他们学习汉话，并学识汉字。由于三娘子聪颖勤快，不到一年，便学会了一口流利的汉话，掌握了两千多个汉字和许多成语典故。又过了一年，她开始看《水浒》《三国演义》，还经常找一些年轻后生在一起讲故事。有时还将这些故事讲给阿勒坦汗听，逗得阿勒坦汗哈哈大笑。

熟读《水浒》和《三国演义》后，三娘子对汉人历史和文化产生了浓厚的兴趣，她不仅将阿勒坦汗身边的汉书都看了个遍，还几次到大同边墙，与其他蒙古人一道，参与与汉人的私下交易，且见到汉文书籍，便一定买到手，回到丰州滩后，起早贪黑地看。有一次，因为灯下看书过于劳累，把一双凤眼累得白天直流眼泪，把阿勒坦汗心疼得派两个侍女看着，三天之内不准三娘子看书。

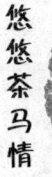

悠悠茶马情

在熟知汉文化的同时，三娘子渐渐与阿勒坦汗一样，把与汉人茶马互市当成了自己惦记的心中大事。她亲手用纸钉成了一个本子，让阿勒坦汗、剌布克台吉、都剌等人，逐个给她讲当年蒙明双方茶马互市的情况和故事，她则不停地用汉字在本子上记着，把他们的每句话都记在本子上。然后，她再逐一整理，经过几个月后，三娘子竟编成了一本茶马互市录，然后当成故事再讲给阿勒坦汗、剌布克台吉和都剌等人听，喜得阿勒坦汗双手抱起三娘子，在她的细嫩脸蛋上不停地亲吻着。

三娘子则天真地对阿勒坦汗说："可汗对与汉人的茶马互市已经失去了信心，是吗？"

阿勒坦汗说："我的小宝贝，让我怎么回答你呢，说失去了信心，真不是我老头子的性格，说没失去信心，你说现在这种情况，双方的茶马互市，要等到哪个猴年马月！"

三娘子摇了摇头，用手拢了拢她浓密的黑发说："我看不一定，我和侍女们到大同蒙汉私下交易市场时，听到一些汉人都在骂，说他们那个老不死的首辅快死了，如果严嵩老贼真死了，换个好首辅，两家的互市不就有希望了吗！"

阿勒坦汗认真地问道："夫人果真听到汉人们这样骂严嵩了吗？"

三娘子瞪大了她的凤眼说："是啊，当时为妻还特意问一个老者，我问她，'怎么说人家是老不死的，多大岁数啊'，那老者竟问我说：'姑娘，你今年多大啦？'我说我已经十四岁了，那老者掰着手指算了算说：'那老不死的整整是你岁数的六倍'，为妻一算，我岁数的六倍，这不是已经八十四岁了吗！一个八十四的老头，你说他还能活多少年哪！为妻这样想，因此觉得双方的茶马互市快有出头之日啦。"

阿勒坦汗禁不住地再次抱起三娘子，亲吻了几口说："小宝贝，你真是个小精灵，也许你说得有道理，但愿吧。"

三娘子用手指刮了一下阿勒坦汗的鼻子说："这以后啊，为妻要更用心地去观察和琢磨茶马互市这件事，可汗同意吗？"

阿勒坦汗点头说："同意，小宝贝好好去琢磨吧，你要琢磨好了，也省了我这个老头子再去琢磨啦。"

三娘子拽着阿勒坦汗的胡子娇嗔地说："以后不要自称老头子，你不老，我喜欢！"说完，二人又紧紧拥抱在一起。

　　不久，阿勒坦汗正式与三娘子完婚。三娘子自此也更加关注着明朝的动向，期盼着双方茶马互市的到来。

三

　　严嵩在当年阿勒坦汗率蒙古大军兵临京师后，曾出于大将军和嘉靖帝及周围群臣的压力，也从更深的权谋出发，一度同意蒙明双方开设通商互市。但在大同、宣府春季互市开办过后，他便借白莲教徒流言之势，诬陷大将军仇鸾，致使仇鸾冤死，最终使蒙明双方的茶马互市流产告吹。过了几年，知情并一直有想法且嘉靖帝有好感的史道病逝，严嵩便更是肆无忌惮，竭力压制那些与蒙古友好之人，阻止与蒙古互市的种种可能。他还每逢有机会，都不忘辱骂蒙古，"穷寇"二字挂在嘴上。

　　看看朝野已经没有人再敢提与蒙古和好之事，严嵩便将他的满肚子坏水洒向其他领域。严嵩再次成为首辅后，便开始大肆结党营私。当时，住在西苑的嘉靖帝一心奉道，除方士外，大臣中只有严嵩一人能见到他。严嵩利用这一有利条件，遍引私人出任要位，朝中和地方的一些官员们，也纷纷投靠严嵩。吏部文选司郎中成，兵部职方司郎中方祥，每逢选官，必持选簿到严嵩家填注，人们称二位郎中为严嵩的"文武管家"。尚书吴鹏、欧阳必进、高耀等人，均唯严嵩马首是瞻。朝中大臣张经、李天宠、王忬之死，严嵩都是罪魁祸首。谢瑜、叶经、童汉臣、赵锦、王宗茂、何维柏、王晔、陈恺、厉汝进、徐学诗、杨继盛、周铁、吴时来等大臣，先后上疏弹劾严嵩及其子严世蕃，都受到严嵩父子的打击报复，有的还被置于死地。此外，严嵩大搞卖官鬻爵，贪污受贿。吏、兵二部，每次选拔二十人，严嵩都要向每人索贿数百银两，然后让这些人自己选择岗位，将这些人纳为自己的门生。

　　明朝建立之初，倭寇频频骚扰沿海地区。自永乐十七年辽东总兵刘江大破倭寇于望海埚之后，寇患稍息。但到嘉靖中期，倭寇作乱重又加剧。面对海盗倭患严重的局面，严嵩却让赵文华平倭，以致误国乱国。赵文华字元质，嘉靖进士，授刑部主事。赵文华认严嵩为义父，由严嵩引荐为通

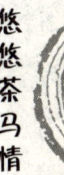

政使，不久又以建议筑京师外城，加工部右侍郎。赵文华到了东南沿海地区后，因与总督、尚书张经不和，便通过严嵩诬劾张经养寇失机，张经因此被下狱处死。劾倒张经后，赵文华又诬劾浙江巡抚李天宠等人。由于赵文华只忙于诬劾害人，反倒致使兵机坐失，倭患愈烈。后来，兵部右侍郎胡宗宪诱降海盗首领汪直、徐海后，嘉靖帝很是高兴，而赵文华却对嘉靖说："臣与宗宪的这些计策，都是我们的共同老师严嵩首辅面授机宜所致。"严嵩因此获准又多拿一份尚书的俸禄。

严嵩的这些不轨行为，引起了越来越多的朝廷官员的反对，嘉靖帝也开始厌恶他，并开始逐渐亲近徐阶，徐阶此时已是礼部尚书兼文渊阁大学士，是内阁的第二号人物。

徐阶见嘉靖帝开始亲近自己，而疏远严嵩，便决定下手扳倒严嵩。经过再三思考，徐阶决定利用嘉靖帝迷信仙道这一特点，作为向严嵩进攻的突破口。于是，徐阶向嘉靖帝推荐了一位来自山东的道士蓝道行，以便通过仙人之口向嘉靖帝进言。

嘉靖帝一生凡事都要占卜问神仙，蓝道行来到嘉靖帝身边后，便充当起这种神仙角色，每天都要回答嘉靖帝的问事。蓝道行按照徐阶的授意，很快向嘉靖帝道上了国家用人大事的神仙之语，这便是"朝中贤人得不到重用，而奸臣却长期把持朝政"。当嘉靖帝问谁是贤人，谁是奸臣时，蓝道行一副神道之风说："贤人者，除阶，杨博也，奸臣者，严嵩父子耳。"嘉靖帝由是加更厌烦和疏远严嵩，凡军国大事，都问计于徐阶，问严嵩的，不过是些斋醮符箓之事而已。

徐阶明白，仅靠装神弄鬼是难以扳倒严嵩的，为了取得实质性进展，徐阶暗示御史邹应龙弹劾严嵩。邹应龙也认为此时的确为弹劾严嵩的好时机，但应把弹劾的重点放在严世蕃身上，进而扳倒严嵩。

严世蕃是由其父严嵩之荫入仕，他通晓国家典故，晓畅时务。严嵩在晚年时，由于年老昏，且朝夕入值嘉靖帝居住的西苑，因此朝政事务都要托严世蕃处理。严世蕃在京师建造宅第，连三四坊，堰水为塘数十亩，罗珍禽奇树于其中。他又好古尊彝、奇器、书画，搜取不遗余力，且不择手段。同时，他又贪得无厌，凡想得到手的，往往假借总督、抚按之势强行索取，不惜坑人损人于倾家荡产，直至出人命。

邹应龙掌握了这些证据后，连夜撰成《贪横荫臣欺君蠹国疏》，指控严世蕃贪赃枉法、祸国殃民，应予处死；对严嵩则认为其罪行不过是溺爱恶子，受贿弄权，建议给予斥退的惩罚。嘉靖帝很快做出了批复：严世蕃发配雷州充军，严嵩致仕回家。但严世蕃并没有被发配雷州充军，而且偷偷溜回了分宜，即今江西省分宜老家。回到家乡后，严世蕃气焰十分嚣张，大兴土木，修建私宅，准备在老家居住养老。

徐阶扳倒严嵩后，当上了内阁首辅，但他没有因此而得意忘形，表面上不断写信安慰严嵩父子，暗地里却在谋划新的道道，必欲置严嵩父子于死地。严世蕃溜回老家，逃避充军发配，私修宅第，恰恰成为除阶打击严嵩的又一记重拳。在徐阶的支持下，巡江御史林润很快上疏，再次弹劾严世蕃，且这次弹劾的内容不仅是贪赃枉法，重要的是勾结倭寇，意图谋反。

嘉靖四十三年，严世蕃被捉拿归案。第二年，严世蕃论罪被斩，当日便被处斩。

严世蕃被斩杀后，嘉靖帝留念旧情，没有处死严嵩，而且是将他革职为民，抄其家产。一无所有的严嵩只好寄食荒野破庙，流浪乞讨，死后无钱也无人为他下葬，更没有一个人为他吊唁。后来张居正当国时，才在万历初年吩咐分宜县令收拾了严嵩的骸骨入棺埋葬。

严世蕃被处斩和严嵩被革职为民的消息，很快被塞外的阿勒坦汗新娘三娘子所得知。这日，阿勒坦汗正在听远道而来的长子辛爱黄台吉报告近来滋扰和攻略宣府一带明境情况，三娘子满面春风走进阿勒坦汗的办公房，她看了看辛爱黄台吉后，对阿勒坦汗说："我们期盼的事情终于发生啦！"

辛爱黄台吉起身要走，阿勒坦汗示意他不要走，然后问三娘子说："我们期望的什么事发生啦？"

三娘子认真地说："我们期盼的事情就那么一件，严嵩老贼快死，蒙明茶马互市快快开办哪！"

阿勒坦汗惊讶地说："这么说，严嵩老贼已经死啦？"

三娘子说："严嵩老贼还没死，但被削职为民啦，他的那个权臣儿子倒是死啦，我琢磨着，茶马互市大概是快啦！"

悠悠茶马情

· 111 ·

　　阿勒坦汗连忙说：“来，我们现在就分析一下，严嵩下台后，新首辅能否马上答应我们互市的要求，对宣府的攻略还如何进行？”

　　辛爱黄台吉对蒙明双方的茶马互市不太感兴趣，他的理念就是通过攻略抢夺，来获得蒙古人需要的汉人产品。因此，他对父汗苦苦执着地追求茶马互市不太赞同，对新出现的这位继母三娘子那副期盼茶马互市的神情更是不屑一顾。听到父汗要他与这对老小父母一起分析明朝的情况，便连忙撒谎说：“孩儿还有点重要的事情要办，回头再与父汗分析吧。”说完，也不管阿勒坦汗同不同意，起身而去。

　　三娘子一跺脚说：“莽汉一个，就知挥舞他那两个破铁锤，整日就是个杀杀杀，一点也不会关心点大事！”

　　阿勒坦汗连忙说：“小宝贝，现在还犯不上与他生气，来，你我夫妻分析一番也就是了。”

　　老夫少妻二人分析了半天，阿勒坦汗说：“我的小宝贝，现在看来，说严嵩老贼死了就能重开互市，可能还是早了点，以为夫之见，还要看看新首辅是什么态度，严嵩老贼这么多年把持大明朝政，坏事干了那么多，人也害了那么多，还要看新首辅能否说动那个昏君，能不能把错事纠正过来，到了那时，可能才能轮到蒙明茶马互市这件事能否提上日程。”

　　三娘子点了点头说：“还是夫汗想得全。”

　　阿勒坦汗说：“但严嵩老贼下台了，这毕竟是件大好事，如果顺利的话，说不定哪天突然就有机会来了呢！”

　　三娘子说：“那我们继续等待就是了。”

　　阿勒坦汗若有所思地点了点头。

四

　　徐阶出任首辅后，力革弊政，宽政轻刑，起用因“大礼仪”之争及言事被贬的诸官，朝政为之一新。但没过两年，嘉靖帝便病逝了。嘉靖帝死后，他的第三个儿子朱载垕继位，以明年为隆庆元年，是为明穆宗。

　　隆庆帝继位后，徐阶仍为内阁首辅，内阁成员还有李春芳、郭朴、高拱、陈以勤、张居正。鉴于嘉靖时代边事不举，将士怯战，在徐阶等内阁成员的辅佐下，下决心强化武事，并采取措施调整战和之策。隆庆帝首先调整了北部边镇的镇守将领，将王崇古、戚继光、谭纶等优秀将领委以重任。升王崇古为兵部右侍郎，总督陕西、延绥、宁夏军备。隆庆四年时又改任总督山西、宣府、大同军事。召福建总兵戚继光入京协理军政，第二年又命其总理蓟州、昌平、保定三镇练兵事。隆庆二年初，升谭纶为兵部左侍郎，总督蓟州、保定军备。王崇古、戚继光、谭纶均为抗倭名将，战功卓著。他们上任伊始，便整修边墙，积极练兵，以备边防之患。

其次是整顿军纪，严惩渎职将吏。隆庆元年五月，阿勒坦汗与三娘子见嘉靖帝已死，新皇帝继位，便想通过滋扰和攻略的形式，引起新皇帝对双方茶马互市的思考和重视，便率兵进犯大同，攻陷了石州，即今山西省离石，掠略交城、汾州，滋扰多日，使山西全境都产生了骚动。阿勒坦汗大军进攻时，明朝官兵畏敌如虎，无一人主动出击。这件事使隆庆帝怒不可遏，他下诏将山西总督、巡抚、镇守将，全部革职，并押解进京听候处理。从此，将士们才知道畏惧国法。

嘉靖皇帝病逝和隆庆皇帝继位的消息，都被阿勒坦汗和三娘子及时获知。为了引起新皇帝的对蒙古的注意，阿勒坦汗及时率兵对石州发动了攻击。虽然滋扰山西多日，但阿勒坦汗并没有大规模抢掠，也没有杀人。待隆庆帝下令将山西总督、巡抚、总兵全部革职时，首先获知消息的三娘子急匆匆来对阿勒坦汗说时，阿勒坦汗却深深地懊悔起来。

三娘子说："夫汗对这次攻略后悔啦？"

阿勒坦汗点了点头，并叹了一声气。

三娘子说："夫汗是认为明朝的总督、巡抚和总兵，与我蒙古已有多年交情而没有抵抗我们，受到皇帝革职查办太冤枉他们，还是以后再无法与他们私下交易啦？"

阿勒坦汗说："两种情况都有吧。"

三娘子说："为妻以为，这些官员被革职可能确实有些冤，但将双方私下交易这条路堵住了，不见得都是坏事。"

阿勒坦汗说："我的小宝贝真是见识独特，你这话怎么讲？"

三娘子说："为妻是这样想的，这位新皇帝上来后，走马换将，严惩失职官员，这都是办的正事，是对大明朝极为有利的大事。如果他一旦想

悠悠茶马情

到双方茶马互市这件事，你说他能不支持吗！因此，为妻才说把双方私下交易这条路堵住了，未见得是坏事。"

阿勒坦汗一把搂过三娘子说："小宝贝，真有你的，这也像佛经上说的，回头是岸。照你这么说，我们与明朝互市这件事，还有出头之日？"

三娘子点点头说："为妻觉得一定有出头之日！"

阿勒坦汗说："不过我们不能再这样等下去了，为夫近日在想，离上次前往青海已经过去六七年啦，似乎应该再去一次，看看那里的情况，继续做些交往、征服、联姻方面的事情，以便将青海等地真正纳入我们的统辖之下。"

三娘子扬起柳叶眉高兴地说："那好哇，转眼过去六七年，正好为妻也该回去看看我的父帅啦。"

阿勒坦汗点点头说："是啊，你的父帅是个好人，生了你这么个好女儿，又把这个好女儿许配给本汗，本汗真应该好好去谢谢他才是。"

三娘子说："那夫汗想什么时候启程？"

阿勒坦汗说："大概不会很快，因为去前有两方面的事情要做，其一，把丙兔台吉召回来，听听他对青海那里的情况介绍，以便心中有数，去后可以更有效地做些事情。其二，给你父帅准备些礼物。他那里和我们这里一样，缺少的也是汉人生产的铁锅、丝绸、布匹、茶叶一类的物品，走前为夫要好好给他筹措一些。"

三娘子叹道："为妻听父帅说过，青海一带在从前汉人与吐蕃、回纥、党项等族人进行茶马互市时，很是兴旺，汉人的好东西都能运到那里，但蒙明对立，互不来往，把这些交易都切断啦，但愿互市快快恢复吧。"

阿勒坦汗看到三娘子那副认真劲和忧虑的样子，不禁笑了起来说："小宝贝放心，为夫去时，一定给你父帅带去许多汉人的好东西。"

三娘子深情地说："那时，父帅一定会非常开心的。"

待到阿勒坦汗将丙兔台吉从青海召回并听取了那里的情况，且又搜罗并掠获了大量给三娘子父帅的礼物后，已经是第二年的开春，此时恰是阿勒坦汗上次前往青海娶三娘子为妻的第八个年头。阿勒坦汗见前往青海的所有准备都已齐全，便偕夫人三娘子，还有回来报告情况的丙兔台吉及继任丙兔台吉为兀慎部首领的扯力克，率领三万蒙古军向西进发。

路上，三娘子悄悄地告诉阿勒坦汗，说她已有身孕了。阿勒坦汗连忙说："那我们还是暂时取消此行，待孩子生下来再出发，以免夫人受罪。"

三娘子笑道："为妻不但不累，反倒觉得怀上身孕后浑身是劲，再说，回到老家青海生孩子，还是为妻老家那里认为的吉祥事呢！"

阿勒坦汗也被三娘子说笑了，他说："夫人真会开玩笑，但不管如何，怀着身孕长途跋涉，一定要多加注意。"

三娘子又悄悄地说："怎么改嘴啦，不叫小宝贝啦？"

阿勒坦汗说："肚子里的才是小宝贝，夫人生了孩子就成了大宝贝啦，怎么还能叫小宝贝呢！"说完，二人都笑了起来。

阿勒坦汗一行从土默特出发，向西北挺进，直趋阿尔泰山。当他们到达阿尔泰山麓的奥达托图木时，恰好与三娘子的父帅哲恒阿噶相遇。原来，丙兔台吉向阿勒坦汗说，哲恒阿噶已率瓦剌蒙古奇喇古特部到达阿尔泰山一带，阿勒坦汗因此先来此处会见这位首领。哲恒阿噶热情款待阿勒坦汗，极其友好，亲如一家。阿勒坦汗的大女儿和其丈夫呼鲁格齐也带着他们五岁的儿子巴腾海，前来叩见外祖父。大家其乐融融，格外亲切。

不久，三娘子在奥达托图木分娩，生下了一个儿子。阿勒坦汗高兴地说："我就预测夫人生的这个孩子必定是个男儿，真是天赐良机啊！"三娘子知道阿勒坦汗期盼她给他生个男孩，因为阿勒坦汗有他的想法。三娘子说："高兴够了，快给孩子起个名字吧。"

阿勒坦汗说："孩子的名字为夫早就起好了，叫不他失礼，怎么样？"

三娘子说："夫汗起的名，说什么就是什么，好，我的儿子就叫不他失礼。"

孩子出生的第三天，阿勒坦汗便开始大摆喜宴，款待奇喇古特部的大小首领，让不他失礼降生的消息传遍阿尔泰山区的人群。待到孩子满月时，阿勒坦汗宣布不他失礼为瓦剌部的领主。接着，阿勒坦汗依照成吉思汗授忽都哈别乞为太师之例，封哲恒阿噶的长子乌巴岱为太师，依照成吉思汗下嫁豁雷下、扯扯干二女给瓦剌亦勒那赤、脱鲁勒赤之例，将两个小

悠悠茶马情

115

女儿满珠锡里、松布尔，分别嫁给奇喇古特部的布格古岱、额盖两位丞相，使他们成为自己的女婿。

就这样，阿勒坦汗通过联姻并以自己土默特的强势，将瓦剌蒙古纳入自己的势力之下。

为了彻底使阿尔泰山一带成为自己的新领地，阿勒坦汗还在继续忙着与当地蒙古人交往、联姻，也时而有交战。就这样，一晃又过去了两年多。

这日，已是腊月时节，山谷的寒风夹着飞雪不停地呼啸着。阿勒坦汗和三娘子在生着旺火的暖帐中，逗着已经两岁的儿子、瓦剌部领主不他失礼。突然，丙兔台吉匆匆闯进帐中对阿勒坦汗说，大成台吉在一个多月前，率所部属下已经投降了明朝。阿勒坦汗听了连忙说："将报信之人快快唤来！"

五

从丰州滩前来阿尔泰山向阿勒坦汗报告情况的两位信使说，在一个多月前的深秋，大成台吉部首领大成台吉，率部众十人和十几匹马，前往明朝的山西镇向明朝投降。在丰州滩镇守的剌布克台吉和都剌两位首领得知情况后，一面向明朝交涉，一面便派他们二人前往阿尔泰山，向阿勒坦汗报告情况。因为他们二人领命后便上路前行，所以其他详细情况都不得而知。

阿勒坦汗见两位信使奔波了一个半月，又只知道这些情况，便让他们去歇息，然后与三娘子和丙兔台吉商议起对策。

阿勒坦汗对三娘子说"看来我们那封信根本没起作用啊！"

三娘子说："我们蒙古男人哪，见到漂亮女人，不搞到手，能罢休吗！"

三人商议了一会儿，阿勒坦汗决定，立即返回丰州滩处理大成台吉出走事件。让丙兔台吉和扯力克继续留存阿尔泰山，不断巩固和开拓新领地，他偕三娘子，率少数将领返回丰州滩。

第二天一早，哲恒阿噶和阿勒坦汗所封瓦剌部太师乌马岱、奇喇古特部丞相布格古岱、额盖，及阿勒坦汗的女儿，都来送行。阿勒坦汗向众人嘱咐了一会儿后，便与三娘子带着儿子不他失礼，与二十多位将领驰马而去。

时值寒冬，大雪封山，阿勒坦汗一行艰难地东行，并在路上度过了大年。待回到丰州滩时，已接近惊蛰时节。

阿勒坦汗顾不上歇息，回到丰州滩的当天，便听刺布克台吉和都刺等人介绍了大成台吉投降明朝的情况。

原来，在把汉那吉十多岁的时候，阿勒坦汗让他接替他多年失踪的父亲，出任铁背台吉部首领，并将部落名称改为大成台吉部，同时，让把汉那吉拜阿力哥夫妇为养父养母，一同迁往大成台吉部驻牧的哈朗兀，即今内蒙古的土默特右旗之西，是土默特万户驻牧地的最西端，隔黄河与鄂尔多斯万户相望。

有阿勒坦汗的悉心关照，有属下的勤恳办差，加之把汉那吉的聪明伶俐，大成台吉部落一直发展得很好。不但本部落的事务管理得井井有条，而且与周边各蒙古部落，特别是与黄河南边的鄂尔多斯万户多有来往。

把汉那吉十六岁时，阿勒坦汗亲自做主，为把汉那吉娶了蒙古贵族比吉之女为妻。开始时，夫妻二人很是和谐恩爱，后来二人渐渐不和，把汉那吉遂下决心再娶一位夫人，而且必须是自己做主，选一位草原上最美的美人。很快，把汉那吉便得知，本部落的兀慎家兔扯金有五个女儿，姐妹五人，个个都美如天仙，且都具有草原粗犷洒脱和中原柔弱细腻两种美结合为一的特点。把汉那吉大喜，便派了几个属下前往兀慎家打探情况，去人回来向把汉那吉报告说，兀慎家兔扯金姐妹五人，大姐、二姐和四妹都已出嫁，小妹由于年龄稍小，尚未出嫁。唯独三妹，虽已到了出嫁年龄，但却自己发誓，一定要嫁个文武双全的如意郎君，因此暂未出嫁。去人还说，在兀慎家兔扯金的五个女儿中，三妹是最美丽者，在蒙古草原属万中挑一，比月中嫦娥还美。

把汉那吉对那几个去人说："那三女能否愿意嫁给本首领？"

那几个去人争抢着顺情说好话，说如果那三女能嫁给把汉那吉，说不定会多么高兴呢。有个去人还说，那三女如此挑剔嫁夫，说不定就是在等待着把汉那吉娶她呢。说得把汉那吉心花怒放，连忙筹备了丰厚的聘礼，

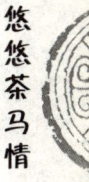

悠悠茶马情

让那几个人再去兀慎家，给兔扯金的三女将聘礼送去。

但过了几天，那几个送聘礼的人回来对把汉那吉说，兔扯金的三女已在前不久接受了袄儿都司的聘礼，把汉那吉晚了一步，所带聘礼只好又带了回来。

袄儿都司是明朝汉人对鄂尔多斯的称呼或叫法，它原本就是一个部落的名称。把汉那吉经过仔细了解，得知给兔扯金三女送聘礼的，是鄂尔多斯万户库图克台彻辰洪台吉。库图克台彻辰洪台吉是衮必里克济农的孙子。衮必里克汉籍叫作吉囊，与阿勒坦汗是亲兄弟，属成吉思汗第十七代孙。由于鄂尔多斯万户是达延汗当年改革蒙古时，规定为蒙古右翼济农的领地处，其万户地位自然高于其他万户。加之衮必里克济农和库图克台彻辰洪台吉都是有为而著名的万户汗，因此在全蒙古都深受敬重，连阿勒坦汗也很尊重他们。

但把汉那吉则很不忿，他认为，自己和库图克台彻辰洪台吉，都是同辈的成吉思汗黄金家族，虽然库图克台彻辰洪台吉是万户汗，但自己也不差什么，况自己的祖父阿勒坦汗眼下已是蒙古右翼实际上的盟主，库图克台彻辰洪台吉是从属于阿勒坦汗的。再说，兀慎家坐落在土默特万户，又是在自己的部落之内，库图克台彻辰洪台吉虽为万户汗，也不该到别的万户去抢聘美女。

把汉那吉想到这里，决定去找自己的祖父阿勒坦汗，让他说句话，阻止库图克台彻辰洪台吉娶兔扯金的三女，以便使自己将那位美如天仙的美人娶到手。但此时阿勒坦汗恰好在阿尔泰山开辟新领地，于是把汉那吉便派了两个亲信，前往阿尔泰山向阿勒坦汗报告此事，期望祖父能向着自己，阻止库图克台彻辰洪台吉聘娶兔扯金的三女。

当时，远在阿尔泰山的阿勒坦汗得知此事时，连忙与三娘子商议对策。三娘子一听不高兴地说："为妻认为大成台吉现在的夫人很好，既漂亮又贤良。一定是大成台吉的心开始花花啦，又要再娶一个，故意找借口，说和现夫人不和。我们蒙古的男人，不知一人娶多少个女人才能满足！"

阿勒坦汗连忙说："夫人别说那么远，那就告诉大成台吉，让他不要再去想娶兔扯金之女就是啦！"

三娘子又说："再说，虽然都是同辈，但库图克台彻辰洪台吉毕竟是万户汗，人家作为济农之位，在你部落娶个女人是瞧得起你，你一个部落首领有什么资格阻止人家！"

阿勒坦汗说："是啊，库图克台彻辰洪台吉虽然年轻，但极有成就，是个真正文武双全的杰出人物。这个事我们不但不能阻止人家，还应好好支持才是。"

三娘子又说："那为妻亲手给大成台吉写封信，让他放弃与库图克台彻辰洪台吉争聘就是啦。"

阿勒坦汗点头说："好，告诉大成台吉，人家库图克台彻辰台吉是万户汗，祖父我也是万户汗，就当兔扯金之女让他祖父我娶啦，让他无条件放弃就是啦！"

三娘子说："好，这话我一定写上！"

把汉那吉将两个亲信派走之后，天天在想着兔扯金的三女有多美，甚至做梦都在想，而对自己现有的夫人，则越看越不顺眼，甚至连话都懒得和她说。好歹熬过了两个多月，把汉那吉开始盼两个亲信尽快回来，把祖父阻止库图克台彻辰洪台吉聘娶兔扯金三女的喜讯带给自己。

这日，两个亲信风尘仆仆回来，把三娘子的亲笔信递给了把汉那吉。把汉那吉看了，气急败坏地说："老东西，怎么不把你的三娘子让我娶了呢！既然你有这个歪理，我就不在这里给你当孙子啦！"

就这样，才有了把汉那吉投降明朝的结果。

阿勒坦汗听完这些叹了一声，然后问剌布克台吉说："这畜生带走了多少人马？"

剌布克台吉说："据大成台吉部落的下人说，他带走了他的夫人，还有养父养母，共十个人，十三匹马。"

阿勒坦汗又说："现在离这个畜生出走已过去三四个月了，明朝那边不知都有什么动静？"

都剌说："动静不多，只听说大同巡抚方逢时和宣大总督王崇古二人很是当回事，好像说那位王崇古主张将大成台吉投降事件，当作双方重开茶马互市的机会。"

阿勒坦汗一把抓住都剌的手说："军师，你再说一遍！"

悠悠茶马情

119

都剌朝剌布克台吉笑了笑，剌布克台吉说："这一遍小弟来说，我二人听过来的汉人说，王崇古、方逢时都主张，要把大成台吉投降明朝这件事，当作双方重开茶马互市的机会。"

没等阿勒坦汗再说话，三娘子说："看来这明朝边关的新官换得真对，机会可能真得来啦！"

阿勒坦汗看剌布克台吉和都剌时，二人脸上全然不见把汉那吉出走明朝的难过和不悦，而是一种偷着笑的表情隐藏在他们的脸上，而且是随着三娘子的话一齐向阿勒坦汗点了点头。

阿勒坦汗也忽然心亮了起来，他把貂皮大衣往后一扔，大声说："这么说，我们是由心灰意冷，到绝境逢生啦！快，两位小弟快上酒肉，为兄这肚子突然叫起来了！"

剌布克台吉也大声说："小弟和军师听到王崇古、方逢时的主张后，就等着与兄长痛饮一场啦！"

阿勒坦汗刚要说话，侍人来报，说白莲教首领赵全等人求见。

阿勒坦汗看了看都剌，都剌说："这些人没好事，都找在下多少遍了，可汗过几天再见见他们就是了。"

阿勒坦汗说："好，叫他们等着，我们先喝酒！"

第八章　王崇古上疏引争论

一

由于白莲教在大明受到镇压，其首领赵全、李自馨、王廷辅、吕西川、张彦文、刘天麟等人，逃往蒙古投奔阿勒坦汗已经二十多年。阿勒坦汗对这些人一直持矛盾心理，看到他们拼命诋毁生养他们自己的大明，阿勒坦汗从心里瞧不起他们，甚至痛恨这种对自己家国吃里爬外之人。但阿勒坦汗又觉得这些人多少有些用处，特别是蒙明关系紧张时，听这些人像恶狗一样猖獗起来，还觉得多少有些发泄。因此，阿勒坦汗对待这些人，一直敬而远之。这些人见阿勒坦汗其人心眼还算不错，又信奉佛教，虽然很少能见到他，但一直把阿勒坦汗当作最终的依靠和保护神。

当年，白莲教徒肖芹、乔源等人被阿勒坦汗送给大明处置时，赵全身边其他人也曾提心吊胆，担心有朝一日自己也被阿勒坦汗送给明朝，当作牺牲品。赵全当时摇摇头说："我们是白莲教的大首领，肖芹、乔源是些小虾米，怎么能相提并论呢！"但赵全心里也在担心，也怕蒙明双方有朝一日真的关系全面缓和了，说不定他和其他几位首领真会被阿勒坦汗当作牺牲品送给明朝。赵全在心里盘算了多日，决定拉着各位首领一起为阿勒坦汗做点事，以增加阿勒坦汗对白莲教的好感，也同时淡化一下他们这些人单一作为避难教首的角色。于是，赵全与其他首领找阿勒坦汗，提出要帮助土默特蒙古开发丰州滩，建造一座开化城。阿勒坦汗听了，自然是求之不得，反正丰州滩茫茫一片，一望无际，愿意去建什么城就去建好了，

悠悠茶马情

建得好时就去住，不好时不予理睬就是了。于是，阿勒坦汗痛快地答应了。从此，赵全发动组织了许多白莲教徒和其他汉人，在王昭君墓青的西北开始建设开化城。

一晃二十年过去了，开化城建得还算不错，既有汉式风格，又到处体现着大草原的蒙古风格。本来，赵全是想在去年夏季的时候将已基本建好的开化城移交给阿勒坦汗，但由于阿勒坦汗远驻阿尔泰山，才一直等到现在。

把汉那吉投降明朝的消息，也很快被赵全等人得知。李自馨、张彦文等人慌慌张张来找赵全，让他尽快出面找土默特万户的首领们，以便阻止有可能到来的蒙汉关系缓和。赵全也听说宣大总督王崇古和大同巡抚方逢时，有意借把汉那吉投降明朝之机，缓和蒙明关系，重开茶马互市，因此他的心里也颇为惊慌。由于此时阿勒坦汗尚未返回丰州滩，赵全便先去找剌布克台吉。剌布克台吉根本不听赵全说什么，赵全只好再去找都剌。都剌说了一些安慰的话，但赵全似乎觉得不解渴，又连续找了都剌几次，都剌只好说："阁下明白，在下只是个字格而已，怎么能代可汗胡乱做主呢！"赵全只好耐心地等待阿勒坦汗回来，因此，阿勒坦汗刚回到丰州滩，赵全便要求见。

虽然阿勒坦汗当日没见赵全，但他想了想，还是在第二天便召见了赵全。

赵全先描绘了半天开化城建得如何好，并提议阿勒坦汗尽快搬进去居住。阿勒坦汗很是高兴，并连连感激，同时让侍人传达汗令，对赵全等人建城有功予以奖赏，赏给几位白莲教首领每人牛、羊各一百只。

赵全见阿勒坦汗如此高兴和开恩，连忙将话题转到把汉那吉投降明朝之事上来。阿勒坦汗连忙说道："本汗回来后，只是简单了解了一下这个畜生投降明朝的简单情况，尚未仔细考虑该如何对待此事。以阁下之见，本汗如何对待此事为好啊？"

赵全见阿勒坦汗征求他的意见，连忙张开大嘴说个不停："可汗哪，虽然明朝换了皇帝和首辅，但现在这个什么隆庆皇帝，他是嘉靖皇帝的三儿子，他的父亲是个只知求仙崇道、不理朝政、不顾百姓死活的人，他的儿子能好到哪里去！听说那隆庆帝在贪恋女色上，比他父亲还甚呢！内阁也没好到哪去，那徐阶把严嵩搞掉后，没当几年首辅，便被后上来当阁员的高拱拱掉。徐阶致仕后，上来个李春芳当首辅。李春芳虽然有点才华，但由于当年逢事便推给徐阶，当了首辅又求稳怕乱，为高拱所不悦，听说高拱现在又在拱李春芳。只怕他拱掉李春芳，不知他又被谁拱掉。可汗哪，你说这个明朝还有个好吗！"

阿勒坦汗看到赵全那副只顾诋毁别人的嘴脸，心里着实不高兴。但他不露声色地："大明的皇帝和首辅，我们管不了他们，阁下只说说本汗应如何对待大成台吉这个畜生投降大明的事吧。"

赵全这才意识到让阿勒坦汗把同样的话问了两遍，他有些紧张地说："可汗哪，在下刚才说得您还不明白吗，明朝皇帝、首辅、内阁这个样子，他那个举国还能好到哪里！在下的态度很简单，可汗出面向明朝索要大成台吉阁下，如明朝不给，可汗就再给他来个大兵压境，让他知道知道我蒙古的厉害！"

阿勒坦汗闭着双眼在静静地听着赵全的说话，他的心里一直在暗暗地骂着："难怪历代中原皇朝都将白莲教作为邪教予以取缔，就赵全这副德性，就该杀了他！"听赵全突然不说了，阿勒坦汗说："怎么，阁下的意见就这么简单？"

赵全又说："在下以为，不管如何，不能和明朝和好，更不能再和他们搞什么互市。"

阿勒坦汗突然睁开双眼看着赵全说："阁下怕什么呢？"

赵全吞吞吐吐，半天才说："在下有可汗的保护，什么也不怕。要说有什么怕的，无非是怕汉人通过互市骗我们，另外也怕他们对我白莲教的义士们下手。"

阿勒坦汗哈哈大笑，笑完了他对赵全说："阁下放心，本汗立即单拨一百个蒙古军士，日夜守护在白莲教的教堂周围，阁下看如何？"

赵全连忙点点头说："多谢可汗！"然后站起身来告辞而去。

赵全走后，阿勒坦汗请来剌布克台吉和都剌，向他们述说了赵全刚才来谈话的情况，并让剌布克台吉立即给赵全等白莲教首领，每人牛、羊各一百只，同时拨一百个军士护卫白莲教的教堂。

剌布克台吉说："牛、羊尽管给，反正有的是，又要管他们吃喝，给

悠悠茶马情

多少也无所谓，可兄长怎么还要拨军士保护他们呢！"

都剌说："这哪是保护他们，可汗分明是要把他们看起来！"

阿勒坦汗听了，哈哈大笑起来。

<h1 style="text-align:center">二</h1>

把汉那吉与妻子、养父养母及亲随十人，带着好马十三匹，是从驻牧地哈朗兀直奔山西镇平鲁城，向明军要求投降的。当时守城军士见一伙蒙古人，除各自骑马外，还有三匹马驮着沉甸甸的金银细软，像是长途搬迁一般，便不予开门放行。把汉那吉亲自上前，告诉守门军士，说他是阿勒坦汗的孙子，因族内事务相争，厌倦了蒙古内部你争我夺、打打杀杀的生活，特来投奔天朝，并无恶意，请天朝一定收留。守城军士见状，立即报告长官，将把汉那吉一行安置在城门旁边的一个驿馆里，然后派快骑连夜前往大同，向大同巡抚方逢时报告。

方逢时字行之，嘉鱼即今湖北嘉鱼人，嘉靖进士，历任知县、知府、户部主事、工部郎中、兵备副使等，隆庆初出任大同巡抚。方逢时与王崇古志同道合，很合得来。二人一同在一起共事后，多次谈及对待蒙古的攻掠与防守问题，一致主张和期望蒙明双方再次通商互市，以互市友好代替对立封锁。

当下方逢时得到报告后，立即觉得这是一个改善蒙明关系的难得的好机会。他当即派出五百骑兵，前往平鲁城，将把汉那吉一行接到大同。把汉那吉到了大同后，被安置在大同城内一个深宅大院之内，院外明军严密护卫把守，把汉那吉蟒衣貂帽，进出皆有人伺候。妻子、养父养母也荣尊无比，一似皇族。

第二天，方逢时在巡抚府接见了把汉那吉，对他的来投表示了诚挚的欢迎，并设宴款待了他。席间，方逢时与把汉那吉共叙蒙汉两族人民的深情厚谊，赞扬蒙古民族出了成吉思汗、忽必烈这样的千古大帝，并共同对两个伟大民族目前处于对立状态，表示了难过。把汉那吉甚至是感动。并一再表示，想从此在大明定居。方逢时告诉把汉那吉，他还将把把汉那吉来投一事，报告他的上司王崇古，究竟最终如何安置把汉那吉，还需听王崇古总督的意见。

送走了把汉那吉，方逢时立即去见宣大总督王崇古。王崇古由总督陕西、延绥、宁夏军备，转为总督山西、宣府、大同军事后，不停地往来于三镇之间，与各巡抚、总兵商议局势，部署各地的防务。这日，王崇古恰好刚回到大同，便见到了来访的方逢时。

看到方逢时满面春风的样子，王崇古笑道："眼下已近初冬，阁下却满面春风，不用说一定有什么喜事，快说来让为兄也高兴高兴！"

方逢时一口气将把汉那吉来降之事说完，然后说："下步如何办，还望总督大人训示。"

王崇古笑着说："还训示什么，阁下已经做出了样子，就这样继续做下去就是了。"

方逢时说："下官知道总督大人一直在考虑对蒙古的策向，且期望与蒙古通商友好，因此下官便将把汉那吉请到了大同与他见面。但下步如何做下去，还需总督大人定夺。"

王崇古说："阁下所做的这些本督都赞成，下步就是争取与土默特蒙古的阿勒坦汗谈，用把汉那吉换回一直在蒙古作乱的白莲教徒们，然后双方开通互市，使通商友好代替对立封锁。"

方逢时说："大人说得太好啦，如果能做到这一点，我们也不枉在这里为官一场啦！"

王崇古说："本督刚从山西镇回来，在山西时，听说土默特的阿勒坦汗还在阿尔泰山开辟新领地。如今他的亲孙子，又是土默特部落的首领投降大明，我料他肯定会赶回来处理此事。"

方逢时点头说："大人说得对，阿勒坦汗得知情况后，肯定会回来。但他回不回来，不影响我们继续向前推进此事。"

王崇古一摆手说："不，虽然我们都知道阿勒坦汗期盼蒙汉双方通商互市，但眼前这件事要做下去，没有他的态度也是不行的，而且容易将事做夹生，使我们两头不够好，甚至两头不好做人。"

方逢时说："有这么严重！那总督大人说该怎么办才好？"

王崇古一边低头来回在地上走着，一边说："前朝的情况阁下都清楚，虽然那时权臣严嵩把持朝政，但在对待蒙古问题上，朝臣向来意见不

悠悠茶马情

一。虽然过去了那么多年，眼下圣上又励精图治，加强北部长城沿线防御，九边粗安，但还有一些人对与蒙古通商互市有偏见。如果你我提出借把汉那吉之事，促使蒙明双方通商互市，而一些基础性的细事不做好，难说不被一些人作为反对与蒙古通商互市的把柄。如果这些把柄被人抓牢，也会将你我攻倒。"

方逢时说"大人想的真是太周到啦，但究竟应该怎么做呢？"

王崇古说："我看这么办：我们先将期望借把汉那吉之事促成蒙汉通商互市的风透出去，让其传到土默特蒙古，看看蒙古人是什么意思。待阿勒坦汗回来后，我们立即派人过去与他谈，到那时，阿勒坦汗的意思我们自会十分清楚，清楚了蒙古上层的意见后，你我再向朝廷提出最后意见。"

方逢时说："那眼下朝廷那边怎么办，大人用不用将把汉那吉来降之事报与朝廷？"

王崇古说："这么大的事情，我们必须立即报告，否则你我便是压案不报，甚至是欺君之罪。但我们在向朝廷报告情况时，将你我的想法一并简单作以报告，让朝廷知道我们眼下在做什么，包括阿勒坦汗回来后我们派人去与他谈的想法，都让朝廷知道。待与阿勒坦汗达成初步共识后，再正式上疏朝廷，让朝廷作最后的定夺。"

方逢时说："大人真乃谋事高手，又不愧为国之忠臣良将。那眼下先做什么？"

王崇古说："阁下让人给蒙古方面传话，就说你我的想法是想借把汉那吉来降之机，促成蒙明双方通商互市的成功。本督这就给朝廷写奏疏，让朝廷知道我们在做什么。"

方逢时说："好，下官一定办好！"说完，告辞而去。

第二天，王崇古便将自己亲手撰写的奏疏派人进京报告了内阁。然后，王崇古亲自设宴款待把汉那吉，并向他赠送了一枚精致的玉牌，作为留念。把汉那吉感动不已，再次表示要定居大明，为大明效力。王崇古告诉把汉那吉，眼下让蒙汉两个民族和好，进而通商互市，改变对立封锁现状，这才是大局，也是两大民族共同期望的大事，人人都应该为此出力，并期望如果需要时，也希望把汉那吉为此做贡献。把汉那吉听了，深深地点头，再不说要定居大明了。

接着，宣大总督府、巡抚府、总兵官的官员们，纷纷都前往把汉那吉府上拜访，对把汉那吉及亲属关怀备至，把汉那吉天天都处于兴高采烈的气氛之中。

而王崇古、方逢时在得到朝廷默许的情况下，一直在静静地等待着阿勒坦汗的归来。而这一切，阿勒坦汗和他的部属们，谁也不知道。

这日，王崇古正在方逢时的府衙中商议事情，方逢时的侍从报告，说已得到消息，阿勒坦汗已自阿尔泰山回到丰州滩。

方逢时说："总督大人早已选定的出使人员是否该启程啦？"

王崇古说："好，本督选了一位精通蒙古文化和语言文字的汉人，叫鲍崇德，让他出使蒙古，与阿勒坦汗好好谈谈，回来后，我们视情况立即给朝廷上疏。"

方逢时说："那下官派几个熟悉蒙古情况的官员陪同，让鲍崇德立即启程。"

王崇古点头说："好，我们静候佳音！"

三

阿勒坦汗稳住了白莲教赵全等人后，又用了几天处理了一些他在阿尔泰山期间没有及时处理的问题。之后，他又与土默特万户的蒙古人一同搬进了开化城。开化城中，在正中的位置是土默特万户的万户府，又叫可汗宫。可汗宫都是秦砖汉瓦建成，颇有气势，阿勒坦汗也颇为满意。

这日，阿勒坦汗召剌布克台吉、都剌、威静宰桑和三娘子一起议事。阿勒坦汗说："近日本汗在想，大成台吉投降明朝后，虽然我们已得知王崇古、方逢时这两位明朝边关官员想以此为机，促成双方茶马互市的开通，但眼下还不知道明朝内阁、皇帝都是什么态度。大成台吉已出走三四个月了，目前只有这点消息，似乎还远远不够。因此，本汗想，我们是否该主动出击，前往明朝，将事情向前推动一把。诸位都有什么想法，说说看。"

都剌说："可汗所虑很有道理，在下也觉得似乎有问题。但有一点

悠悠茶马情

在下坚信不疑，这就是王崇古、方逢时这两位官员非常用心，而且极有心计。听说大成台吉阁下到了山西镇后，很快便被方逢时派五百明军护送到大同镇，而且住进了一座豪华的深宅大院，一应生活所用俱是督抚一级的封疆大吏才能享用到的。不仅如此，听说方逢时、王崇古分别设宴，款待大成台吉阁下，总督府、巡抚府、总兵府的官员们，不间断地前往拜访大成台吉阁下。在下想，明朝决不会就这样长此下去，且在下隐隐地感到，明朝似乎在等待着什么。但究竟是怎么回事，在下还难说清楚。"

威静宰桑点点头说："在下来到丰州滩以来，对汉人也多有接触和思量，因此在下赞成都剌阁下的分析，明朝如此看重和接待大成台吉阁下，却迟迟不作进一步的动作，肯定是在等待什么。那么究竟会在等待什么呢，大概只有一种可能，因为明朝官员可能都知道，大成台吉阁下出走时，可汗并不在丰州滩。如此想来，他们在等待的，就是可汗回到丰州滩。"

阿勒坦汗说："那本汗不是已经回来这么长时间了吗，怎么还不见动静呢！"

三娘子说："可汗是回来了，但就是让只鹰到大明朝去报信，不还得飞上一两天吗，大明朝的马儿跑起来，不更得几天吗！"

阿勒坦汗点点头说："诸位都比我兄弟聪明，不错，很可能大明朝真是在等待着本汗的归来。但不管大明朝等不等本汗回来，眼下我们是否该主动出击，派人到大明朝那边看看情况啊！"

都剌刚要说话，侍人来报，说大明朝派人来到开化城，请示阿勒坦汗如何接待。阿勒坦汗高兴地说："都剌和威静宰桑两位阁下，你们可以说得上是本汗的诸葛亮和庞统啦，走，我们三人一起去见见大明的来人，看他们都说些什么！"说完，拉起二人向可汗宫外走去。

王崇古派遣的使者鲍崇德，是位具有长者之风的人，他不但思维敏捷，善于表达，而且彬彬有礼，善于倾听。阿勒坦汗与两位军师与他叙谈了一会儿后，很快便像多年的朋友重新相聚一样，有说有笑，其乐融融。鲍崇德告诉阿勒坦汗，明朝上下对把汉那吉归附大明，都极为重视，对把汉那吉极为优待，但这几个月没有大的动静，就是等待着阿勒坦汗回来后，双方将大事议定，再稳步付诸实施。

阿勒坦汗迫切问道："敢问阁下说的大事，都是指的什么？"

鲍崇德说："一还一报一结果。一还者，明朝将把汉那吉阁下加官后送还蒙古。一报者，蒙古将祸国殃民的白莲教首领送还给大明，以共同惩处这些乱国害民者。一结果者，双方重启茶马互市，让蒙明双方自此用友好互市替代对立封锁，永远友好下去。"

阿勒坦汗说："就这么简单？"

鲍崇德肯定地说："对，就这么简单，但大明实施起来可能需要点时间。"

阿勒坦汗上前抓住鲍崇德的手说："本汗同意啦！"说完后他又连忙纠正说："蒙古人同意啦！"鲍崇德、都剌、威静宰桑都笑了起来。

鲍崇德小声对阿勒坦汗说："赵全等首领听到在下来蒙古的消息，大概会不高兴，可汗可要有所准备啊！"

阿勒坦汗笑道："阁下放心吧，本汗早就派蒙古军士将他们保护起来啦！"众人再次笑起来。

鲍崇德告诉阿勒坦汗，耐心地等待一段时间，不要着急，如有意外情况，他会再次前来，共同商议相关事情的。

阿勒坦汗说："本汗有个想法，不知贵使可否答应？"

鲍崇德说："可汗莫不是想派人到大明看个究竟，以便更加放心和心里有数？"

阿勒坦汗点头说："贵使真是聪明并善解人意，本汗正是这个意思。"

鲍崇德说："那太好啦，这也是王崇古和方逢时两位大人期盼的事情。"

阿勒坦汗大喜道："那就让都剌阁下随贵使一起前往大同，你们二人一定会谈得来的。"

当晚，阿勒坦汗在可汗宫举行盛大宴会，款待鲍崇德一行。双方频频敬酒，气氛热烈友好，直聚至戌时末方散。

第二天，都剌随鲍崇德一起前往大同，到了大同，鲍崇德陪都剌先看望了把汉那吉，然后方逢时、王崇古亲自出面接见都剌，共叙蒙汉兄弟情谊，共同展望茶马互市的前景。都剌极为感动，几次流下热泪。鲍崇德

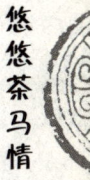

悠悠茶马情

陪都剌在大同游历了数天，观看了大同石窟，临返回蒙古时，王崇古、方逢时向他赠了许多汉文书籍，鲍崇德一直将他送出边外，然后相互依依而别。

四

鲍崇德蒙古之行后，王崇古和方逢时听完情况，一致认为现在到了给皇帝上疏的时候了。王崇古对方逢时说："奏疏由本督来写，但都写些什么，阁下有何考虑？"

方逢时说："总督大人可能早已胸有成竹，下官之想不过平平常常。这其一，应该告诉圣上，把汉那吉来降，非一般拥众内附可比，朝廷应予高度重视，将它作为与蒙古改善关系，结束双方长年杀打战乱、对立封锁的契机。其二，应该让圣上和朝臣都明白，与蒙古开展通商互市，不仅对蒙古有好处，而且对大明朝、对汉人也有好处。蒙古通过互市，可以得到他们需要的基本生活品，从根本上消除他们由于缺少这些基本生活品而无奈地选择对汉人的进攻和抢掠。汉人通过互市，不仅可以得到蒙古的良马和毛皮，重要的是可以得到一个安定的生存环境，且由于减少边境管理的人、财、物投入，不知会为百姓带来多少福祉。其三，此次通商互市，应该是多地的，而不应局限为一处两处的，最好从辽东一直到宁夏，沿长城择地设市，并使其固定化。下官能想到的，主要是这些。"

王崇古点头说："阁下说的这些都是必要的，除此之外，本督还想到了这样的事情，一是对蒙古应封贡与互市并举，且封贡在先，即蒙古必须向我大明朝请求纳贡请封，然后才有互市。阿勒坦汗在与鲍崇德会谈时，已表达了这样的意愿。这一点极为重要，不仅是维护我大明朝尊严的需要，也是日后双方长年顺利打交道的一种秩序需要。其二，在放还把汉那吉之前，朝廷应对他进行册封，以便给蒙古人一个好的第一印象。其三，要求蒙古在互市后，设立专门的机构管理互市，并明确每地双方派兵共同管理互市市场的数量。还有一些具体情况，可能本督下笔时，才会有所斟酌。"

方逢时说："大人说得这些都极为重要，涉及大政之本，让下官自愧不如。"

王崇古说："相互启发，相得益彰。本都写完后，阁下指点，然后再上奏。"

当晚，王崇古在灯下先打了个草稿，接着拟出了奏疏题目《大明蒙古封贡互市疏》，然后奋笔疾书，一气呵成。写成后，王崇古再次亲往方逢时府上，征求他的意见。二人商议多时，又修改了几处，并增删一些文字，王崇古又亲手将奏疏认真誊清定稿。

王崇古对方逢时说："派人将奏疏送至京师，该不会有问题吧？"

方逢时说："如果总督大人能亲手将奏疏呈至圣上手中，那是最好不过了。如圣上问时，总督大人还可当面奏报一些鲜活情况。"

王崇古说："但边关将吏，没有朝廷的允许，是不能擅离任所的，这一点是个硬规矩。"

方逢时说："那就让送疏之人向内阁报告一下，如朝廷需要，大人再随时进京当面禀报。"

王崇古说："好在我们已有奏报在先，内阁各位大学士们会掌握好这一点的，我们不去操那个心啦。再说，圣上看过奏折，按常规而言，肯定要批到内阁，让大学士们提出意见。所以，也不必再向内阁说什么啦。"方逢时点头称是。

当初王崇古和方逢时接手把汉那吉事件时，在向内阁写了简单奏报后，内阁首辅李春芳看过后，与内阁其他三位成员高拱、张居正、殷士儋简单议论了一下，在一致同意王崇古、方逢时的做法后，便向隆庆帝简单报告了一下情况。隆庆帝听后很是认真地说，王崇古办事是牢靠的，我们就按他的步骤往下走就是了，并对此事表达了浓厚的兴趣和期盼。

因此，王崇古的《大明蒙古封贡互市疏》到了隆庆帝手中后，隆庆帝在认真审阅之后，批下长长的批注，认为王崇古、方逢时所奏事项很重要，情况把握得既准确又适时，所提意见中肯适用。但鉴于此事关系重大，特先举行群臣廷议，提出意见，然后再由内阁审议，报皇帝批准。

廷议由隆庆帝亲自召集并主持。参加廷议的群臣需是六部郎中以上的官员。在明朝设置的六部中，吏部、礼部、兵部、工部每部只设四个司，每司设郎中一人。户部和刑部，都设置十三个司，即浙江司、江西司、湖

悠悠茶马情

广司、陕西司、广东司、山东司、福建司、河南司、山西司、四川司、广西司、贵州司、云南司。六部皆设尚书一人，左右侍郎各一人。如此算来，应该参加廷议的六部尚书、侍郎，共计十八人，郎中四十二人，共计六十人。为了广泛听取意见，隆庆帝还另外邀请了定国公徐文璧、英国公张溶参加廷议，以便听听他们的意见。

隆庆帝简单说明廷议事项和要求后，便让大臣们发表意见。大臣们发言踊跃，各抒己见。一开始时，大臣们都是各自表达自己的看法，但多人发言后，便开始直接表达或是拥护赞成王崇古的意见，或是反对王崇古的意见，或是还有何其他意见。隆庆帝坐在龙椅上认真听着大臣们的发言，不时地点头赞许，有时还张口问上几句，或与臣子们议论几句。两个时辰即将过去，隆庆帝见群臣都已发表了意见，但褒贬不一，意见各异，便说道："咱们拢个结果，同意王崇古爱卿奏疏意见的，即赞成与蒙古封贡互市的爱卿，请举手。"隆庆帝说完，站起身来，亲自走下龙阶，一个一个地数了起来。当数到举手表示同意的定国公徐文璧面前时，隆庆帝与他笑着点了点头。

隆庆帝大声说道："同意的共计二十二位爱卿。下面不同意的爱卿请举手。"

群臣举手后，隆庆帝又从后面往前数着，当走到举手表示不同意的英国公张溶面前时，隆庆帝也笑着与他点了点头。

隆庆帝站住脚大声说："不同意的是十七位爱卿。还有其他意见的爱卿也举手让朕看看。"

看到群臣有不同理解，隆庆帝连忙补充说："刚才爱卿们发言时，朕听有人只同意我大明对蒙古实行封贡，而不同意双方互市，持这种意见的爱卿有多少，请举手。"

隆庆帝看时，有五位大臣将手举起。

隆庆帝回到龙椅坐下后说："今天有的爱卿外出办差，特别是眼下这个季节，户部、刑部江南诸司的郎中们，都前往主管省份查看水、灾，以及由此引发的安定情况去了。参加廷议的四十四位爱卿都清楚地表达了自己的意见，不管同意的还是不同意的，包括一半同意一半不同意的，说得都很好。鉴于许多爱卿持反对意见，主要是有些担忧，朕的意见，将今日的廷议结果交给内阁，由我们的大学士们再去商议、研究、分析，最后拿个结果意见，由朕批准。诸位爱卿还有无其他意见？"

群臣齐呼万岁，然后廷议结束。

五

廷议不决的情况及隆庆帝让内阁提出审议意见的旨意，很快到了内阁。

此时的内阁共有四位阁员，首辅为李春芳，次辅为高拱，另外两位阁员为张居正、殷士儋。徐阶当了几年首辅后，到隆庆二年时，便为高拱弹劾致仕，由次辅李春芳出任首辅。李春芳字子实，兴化人，即今江苏兴化人，嘉靖进士。以修撰超擢翰林学士，累迁礼部尚书。针对宗室蕃衍，岁禄猛增的情况，他援引旧例，成《宗藩条例》一书，使诸吉凶大礼及岁时给赐，皆有严格规定。嘉靖四十四年，钦命兼武英殿大学士，入参机务。由于李春芳为政力求安静，不愿担事，为高拱所不悦。此时李春芳正向隆庆帝递交了辞呈，请求致仕，但隆庆帝尚未批下来。

隆庆帝让内阁审议王崇古的奏疏旨意到了内阁后，由于李春芳在等待致仕的消息，已不太正规当差，经常晚来早走，内阁首辅的职责实际上已由高拱来履行了。高拱对蒙古把汉那吉投降大明之事，还有王崇古、方逢时所做的事情，早已知晓，并同阁员张居正多次议论过，且二人有着一致的认识。内阁另外一位阁员殷士儋，字正甫，济南历城人。隆庆三年，以礼部尚书兼文渊阁大学士，不久升少保，改为武英殿大学士。隆庆四年正月，发生日食和月食，殷士儋借此上疏言事，提出"布德、缓刑、纳谏、节用"等建议，令大小官员关心民间疾苦。不久，再进太子太保。此时，殷士儋一年四季进宫为皇帝和朝臣们讲授《祖训》《大学衍义》《贞观政要》等要义，深得隆庆帝嘉许。但高拱对殷士儋的这些所作所为不感兴趣，甚至对其排挤打击，殷士儋因此多次上疏请求辞官返回历城故里。后来不久，隆庆帝旨准殷士儋请辞，并赐给道里费，仍领薪俸。对待此时的殷士儋，高拱连与他商议都不商议，只是与张居正商议起来。

张居正字叔大，号太岳，江陵人。他少年得志，十六岁时便成为当

悠悠茶马情

时最年轻的举人。嘉靖二十六年中进士，此后任翰林院庶吉士、编修等。隆庆元年，升任礼部侍郎兼翰林院学士。不久，又任吏部侍郎兼东阁大学士，然后又任吏部尚书，建极殿大学士。

高拱和张居正都是能臣，对大明朝的发展有着强烈的责任意识，且此时此刻，二人恰好都是仕途的特殊拐点阶段，都希望彼此之间团结协作，因此二人关系甚好，商议起事情来也往往是英雄所见略同，一拍即合。

高拱与张居正很快先将王崇古给皇帝的奏疏及隆庆帝的批示，还有司礼监整理出来的廷议情况看了一遍。望着年轻而似乎早就胸有成竹的张居正，高拱说："阁下先说说你的高见吧。"

张居正也不客气，他说："在下一直认为，我大明朝经过二百年的发展，已经积弊甚多，宜应大刀阔斧地予以整饬和革新。单从富国强兵来说，二百年间让蒙古把我大明朝拖得筋疲力尽，国家不得安宁，百姓苦不堪言，根本谈不上富国，也无法强兵。但检讨起来，历代都有问题。为什么就不能将蒙古制服呢！军事上制不服，经济上还制不伏吗！眼下还不敢说重新统一蒙古，将鞑靼蒙古、瓦剌蒙古广袤的疆域重新纳入我中华帝国的版图，但将蒙古纳入我大明的管控之下，还是可能的。而实现这种管控的途径和形式，正是蒙古在生存中对汉人的依赖。因此，是否允许蒙明通商互市，这是国家的大计，是将蒙古纳入大明管控之下的举措，也是我大明求之不得的契机。从这些大计出发，在下看不存在同不同意的问题，也没有质疑王崇古将军提出的与蒙古封贡互市的意见行不行的问题，而是必须同意，必须尽快这么办。至于王崇古阁下奏疏中提出的具体问题，可原则同意，待圣上同意内阁意见并进入操作阶段时，再一并采纳和细化就是啦。"

高拱说："阁下见识超群，看事高屋建瓴，分析鞭辟入里。在下赞成阁下的看法，此事必须从国家、民族稳定和发展的大计去考虑，而不是从一些细枝末节的事去挑剔，求稳怕乱，求全责备。因此，群僚在廷议中发表的不同意见，是没有道理的，内阁可直接予以否定。"高拱虽然已经是内阁次辅且实际上已是首辅，又比张居正大十多岁，但在张居正面前，却以在下来自称。

张居正说："既然阁下认为可以，那就尽快报告圣上，批准同意王崇古阁下的意见，以便尽快实施。"

高拱起身说："在下现在就去找圣上报告，让他尽快同意王崇古阁下的意见。"说完，推门走出办公房，向隆庆帝的办公殿堂走去。

隆庆帝即皇帝位后，立即将他父皇在世时盛行的那些斋醮活动全部罢掉，将那些方士如数送法司治罪。然后，又将一切大兴土木的营建项目停了下来。他自己带头躬行节俭，宫中耗费立即大幅减了下来。做出这些的同时，由于调整了北部边镇的守将，将王崇古、谭纶、戚继光等抗倭名将予以重用，并严惩渎职将吏，使长城沿线防御得到极大加强，九边实现了粗安。接到王崇古的奏疏后，隆庆帝立即做出了批示，并亲自主持廷议，听取群臣的意见。但群臣显示出了截然不同的两种意见后，倒是让隆庆帝多少犯了难。

即皇帝位后，隆庆帝一直想与群臣尽快将国家治理好，以弥补父皇在位时的欠账和失误，其中包括对群臣的爱护和提携上。除隆庆元年惩治了渎职的山西总督、巡抚等人外，这四五年来再没有惩治群臣。非但如此，隆庆帝平常对臣子们总是爱护和激励有加，保护他们谋事干事的积极性。正因为如此，廷议时群臣才那样踊跃而负责任地表达意见。如今，一些臣子们从负责任的角度提出不同意见，包括英国公张溶、户部尚书张守直，说得那样恳切，怎么好将他的意见置之不理呢！想到这里，他开始认真琢磨起工部尚书朱衡等五人同意封贡，而不同意互市的意见来。想了一会儿，又觉得这样与王崇古的意见相左，也可能误了大事。最后，他坐在龙案前，轻轻地说："还是看看大学士们的招法吧。"

他自言自语刚说完，高拱便走了进来。高拱施完礼后，坐下便直奔主题，说起了内阁对王崇古关于《大明蒙古封贡互市疏》的看法和意见。高拱没容隆庆帝说一句话，一口气将他和张居正商议的意见说完。隆庆帝知道高拱强势，平日说话不容别人插话，所以虽然作为皇帝，也没有去插他的话。

高拱说完后又说："内阁的审议意见，请圣上裁定。"

听了高拱简单而肯定的报告，隆庆帝说："爱卿和叔大爱卿的意见正合朕的心意，朕只有一点小小的顾虑，这就是如何向那些持反对意见的爱卿们做好解释。"

悠悠茶马情

高拱立即说道："圣上，古人说'大道不拘细谨'，大道者，国家安定兴旺也！如果我大明自此开始与蒙古封贡，蒙明双边便自此开始安宁，接受了册封的蒙古首领自此便成为大明的臣子，甚至蒙古地区也实际成了我天朝的舆图。加上互市，蒙古人民自此便可生活安定，再不受缺锅少茶的困扰，因此也就不会再有滋扰我边境及抢掠行为。至于那些对封贡互市有想法不同意的同僚们，臣认为他们的想法不正确，不能与之苟同。比如说蒙汉双方互市，就是重演历史上和亲的说法，是极为无知而有害的。不错，我中华历史上与周边少数民族的确多次和亲，但汉之和亲，宋之献纳，主导制和者是匈奴与契丹一方，而眼下正在酝酿的制和，其主动权却是我大明朝。这种情况，就算是和亲，又有什么不好！再比如说担心议和影响边防的说法，纯是毫无常识可言，因为议和不议和，边防都要照搞不误。还比如说议和不能保证百年无事的说法，简直是在抬杠，哪里是献策！不要说是分裂已久的两大民族在共事，就是父子相约，能保证谁也不背约吗！让一次议和去保证百年无事，臣认为不是无知，便是不负责任地在抬杠！"

高拱又是一口气说了这么多，其中对群臣的三种担心，高拱和张居正曾逐条批驳过，因此高拱在隆庆帝面前说起来，自信自如，不容置疑。看到隆庆帝似乎还在犹豫的样子，高拱又说："圣上即位五年来，拨乱反正，抛其消极，正在开创一代富国强兵、昌明昌盛的基业，在这种大是大非面前，就不必去顾及那些不同意见啦！"

隆庆帝听到这里，笑着对高拱说："爱卿的忠诚及与叔大爱卿的见识，朕甚是赞成，也甚感欣慰。坚决按王崇古和内阁的意见去行事，朕意已决，不容更改。朕适才所说对提反对意见的爱卿们如何向他们做好解释，倒不是顾及别的。爱卿比朕都清楚，先帝重用严嵩老贼，不仅误国误君，还将满朝文武搞得不敢说话，不愿说话，尤其是不敢说真话、说实话，因此朝政积弊日甚，俯拾皆是。如今，朕费了多年的工夫，使群臣有了敢言、敢真言的好局面，朕是怕唯恐一事做不好，再伤群臣敢言的积极性啊！"

高拱听隆庆帝说到这里，连忙跪在地上说："圣上不愧为一代明君，堂堂九五之尊，竟能畏惧臣子不敢说话，我大明中兴有盼头啦！"

隆庆帝双手将高拱扶起来，显得激动而高兴地说："有盼头的重要指望，还是有爱卿和叔大爱卿这样正直能干的治国贤臣哪！"

高拱望着只有三十多岁的隆庆帝说："回头臣亲自找那些提不同意见的臣僚们，与他们好好谈一次，将圣上的心思转达给他们，打消不必要的担心！"

隆庆帝说："那就有劳爱卿啦！爱卿办完这件事后，便可启动蒙明双方的封贡互市啦。"

高拱说："臣遵旨！启动双方封贡互市具体步骤，臣与叔大阁下也议过了，能否圣上先封赐把汉那吉，然后把他送回蒙古，接着让阿勒坦汗前来京师受封并商议双方和议及互市事宜。"

隆庆帝点了点头说："好，朕同意爱卿与叔大意见，就这么办。把汉那吉如何封赐，爱卿有无考虑？"

高拱说："根据王崇古、方逢时的意见，臣与叔大的意思，认为封其为指挥使一类的职爵，较为合适。"

隆庆帝说："好，那就封他为指挥使，并赐绯衣一袭。朕一会儿便让司礼监拟旨，并将圣旨和绯衣送至大同，交王崇古爱卿。具体操作，内阁再与王崇古爱卿去沟通商议就是。"

高拱说："臣领旨！"然后起身退了出去。

悠悠茶马情

第九章　隆庆帝封王准和议

一

　　高拱回到内阁后，立即将与隆庆帝谈的情况，向张居正述说了一遍。张居正听完点点头说："真是令人高兴啊，能将把汉那吉来降这件事运作成这样，可谓是妙笔生花啦，也看得出我大明眼下能臣、贤相、明君这种天衣无缝地配合，大明富国强兵乃至中兴的确有望啊！"

　　高拱说："此中阁下功不可没，在下在向圣上报告和议论情况时，阁下说的那些主意和观点都用上了，也真是打动了圣上。"

　　张居正说："由于王崇古阁下开始等待阿勒坦汗，此事的时间已拖得不短了，下步应抓紧进行。在下现在就给王崇古阁下写信，将圣上的意见和旨意通报给他，让他和方逢时做好送把汉那吉回蒙古，让阿勒坦汗押解白莲教徒来大明并受封、会谈的准备，如何？"

　　高拱高兴地说："那就有劳阁下啦，这些事做完之后，阿勒坦汗前来受封和会谈的有关情况，你我也需议个原则意见，以便让礼部届时有所遵循和把握。"张居正点头赞成。

　　高拱又说："阁下对廷议提反对意见批驳的那些意见，有必要也向王崇古阁下说说，以便他心中有数，也便于统一上下的意见。"张居正点了点头，然后提起笔便写起信来。

　　隆庆帝对把汉那吉的封赐诏书和张居正给王崇古的信，几乎是同时送到了王崇古的手里。王崇古和方逢时甚是高兴，连连赞扬明君贤相。方逢时说："圣上亲自召集群臣廷议，把事做得如此细致，又能如此重视不同意见，并最终将不同意见化为彼此相知的途径，真让做臣子的心里热乎啊！"

王崇古说："加上有精明能干的内阁，才将事情办得如此圆满，让你我这些边关守将干得痛快啊！"

方逢时说："皇帝、内阁如此勤政高效，总督及其下属们也不能拖拉，我们是否立即准备送把汉那吉阁下回蒙古？"

王崇古说："宣旨官还在这里等候向把汉那吉当面宣旨，阁下陪宣旨官吃完饭后，再陪他前往把汉那吉府上宣旨，本督去安排一下相关事宜，然后你我便商议一下送把汉那吉回蒙古和迎阿勒坦汗来大明事宜，然后再行动不迟。"方逢时点头领命。

送走了朝廷的宣旨官，王崇古和方逢时将诸事商定后，二人一起来到把汉那吉的府上。此时，把汉那吉受皇帝册封的兴致劲还没过，还在穿着皇帝赐给的鲜红绯衣在宽阔的府宅中走来走去，脸上荡漾着喜悦。看到王崇古和方逢时一同来到府上，把汉那吉慌忙上前施礼说："在下此时此刻仍像在做梦一样，没想到此次来投附大明会受到这样的礼遇，在下才感受到汉人兄弟经常说的皇恩浩荡原来是这样一种感受。没有二位大人，就没有在下的今日，走，在下要像我蒙古人拜天拜地一样，好好拜拜两位恩人！"说着，一手一个，拉着王崇古和方逢时走进了他的府堂。

到了府堂，把汉那吉亲手将王崇古、方逢时让到座上，然后撩衣便拜。王崇古连忙将他扶住说："阁下千万别折煞我二人，若说感激，倒是我和方大人要感激阁下，是阁下的到来，才成全了我二人和圣上、内阁与蒙古兄弟通贡互市的夙愿，为蒙汉两族人民做了这件好事。阁下不日便要返回蒙古，我二人前来便是要感激阁下，并为阁下送行。"说完，让随从将所赠礼物送上。把汉那吉看时，是崭新的《水浒》《三国演义》《隋唐志传》《三遂平妖传》四大名著。把汉那吉连连感激，亲手将书一一捧了过来。

王崇古说："阁下返回蒙古前还有何愿望和事情，请尽管说与我二人。"

把汉那吉说："在我小的时候，听祖父说当时我蒙古都在祭拜两位为

悠悠茶马情

· 139 ·

蒙汉茶马互市做过贡献的汉人将军，如今让在下亲眼看到了如此一样活生生的两位将军。两位大人对在下的恩德让在下终生难忘。因此，在下的最大愿望，便是今后能经常见到两位大人，如能做到这一点，在下平生之愿足矣！"

王崇古说："阁下这次充当了蒙明双方重启茶马互市的天使。将双方的互市建好后，不仅在互市期间会经常见面，阁下也可以经常来大明走走看看，像走亲戚一样到我和方大人这里住上一段，我二人亦会去蒙古观看大草原风光，看望蒙古朋友。"把汉那吉连连说好，并一连说了三遍"一定！"

把汉那吉一行启程从大同返回蒙古时，方逢时派五百名明军骑兵，从大同护送至边关。到了长城，把汉那吉站在长城上，转身向南拜了三拜，并迟迟不肯离去。陪同出使蒙古的汉使鲍崇德劝道："指挥使，在下相信，阁下不久的将来，必会再次踏上来大明的路程，今日回蒙古，是为了来日回大明。"把汉那吉听了鲍崇德这句话，才恋恋不舍地走下了长城。

把汉那吉受大明皇帝封为高官并衣锦还乡的消息，早已传遍了开化城和整个土默特蒙古。阿勒坦汗偕三娘子，在剌布克台吉、都剌、威静宰桑等人陪同下，出开化城三十里前往迎接。阿勒坦汗和把汉那吉祖孙见面后，抱在一起痛哭，哭了一会儿，二人又一齐大笑起来。

鲍崇德的再次前来，更使阿勒坦汗等人欢欣不已。都剌和鲍崇德在马上并肩前行，一路叙谈，一直回到开化城，二人还没说够。

当晚，阿勒坦汗在开化城边的草地上举行篝火晚会，蒙汉兄弟像久别的亲人，说着，笑着，唱着，跳着，谁也不肯离去。

由于已经胜似一家亲，没用正式的会谈场合，鲍崇德便将大明朝廷及王崇古、方逢时两位大人邀请阿勒坦汗前往大明受封、会谈的意见，向阿勒坦汗作了转达。阿勒坦汗甚是高兴，他对鲍崇德说："如不是想让阁下在大草原好好住上几天，本汗恨不得现在就启程前往大明。"

鲍崇德说："来日方长，待双方将封贡互市诸事都确定之后，在下可再来大草原住上两个月，好好享受一下这里美丽的风光。"

阿勒坦汗大喜道："那我们明日便启程如何？"

鲍崇德说："其他事都没问题，只有押解那几个祸国乱政的白莲教者，需好好布置一下，免得路上出现纰漏。"

阿勒坦汗哈哈大笑说："阁下上次走后，本汗便每人给他们做了一台结实的花轿，把他们都一一请了进去，怕是他们再有本事也难于逃走！"

鲍崇德也高兴地说："那我们明日便启程，早一天将互市大事厘定，双方就会早一天过上安稳和幸福的日子。"

阿勒坦汗说："好哇，阁下说到本汗心头上啦！阁下少坐，本汗去布置一下便来。"说罢，连跑带颠地出屋去了。

第二天一早，阿勒坦汗亲自到驿馆来陪鲍崇德吃饭。然后，阿勒坦汗带着十多个部落首领，在驿馆门前等候着鲍崇德，准备上路前往大明。鲍崇德上马后，阿勒坦汗用手指了指不远处一排独马拉的双轮车，对鲍崇德说："阁下请看，本汗为这些乱国邪教的头目准备的花轿如何？"

鲍崇德看时，一连九辆马车，每辆车上都有一个粗壮结实的木笼，每个木笼中都囚禁着一个白莲教的首领。没等鲍崇德说话，只听最前面那辆木笼囚车的人，用沙哑的声音喊道："格根，你这个忘恩负义的鞑子，我等为你卖命二十年，为你修建城池，你却最终把我们卖啦！"

前来送行的把汉那吉说："祖汗，干脆把这个赵全的舌头割下来算啦！"

阿勒坦汗说："给天朝送去的恶人，不能不会说话呀，让他叫吧，没有几天叫头啦！"然后，阿勒坦汗与前来送行的剌布克台吉、把汉那吉、都剌、三娘子等人辞别，与威静宰桑及众部落首领，陪着鲍崇德，押着木笼囚车，离开开化城，向南驰去。

二

阿勒坦汗到达长城边墙时，宣大总督王崇古、大同巡抚方逢时，亲率一千明军前往迎接。阿勒坦汗和王崇古、方逢时手拉着手，不停地摇着，激动地诉说着、欢笑着。王崇古和方逢时与威静宰桑及土默特蒙古诸部落首领逐一见面，欢迎他们的到来。然后，王崇古让明军二十位军士将赵全等九个囚犯接过手来，单独押解前行，他和方逢时及一千明军，陪护着阿勒坦汗一行向大同驰进。

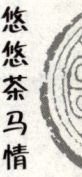

悠悠茶马情

到了大同，王崇古和方逢时将阿勒坦汗一行安排到前不久把汉那吉住过的深宅大院里，但大院又经过了重新布置，愈显豪华典雅。阿勒坦汗甚是高兴，连连赞叹汉人的建筑文明和居家幸福。王崇古、方逢时每日都轮流宴请他们，请他们品尝种种风格的美食，阿勒坦汗甚是感激。

这日，王崇古、方逢时一起来到阿勒坦汗暂居的府上对他说，阿勒坦汗到达大同的消息已报至朝廷，朝廷请阿勒坦汗入京朝见皇帝，并履行乞封、册封等程式，然后举行会谈，双方共同议定日后互市大计。阿勒坦汗高兴得像个孩子，他哈哈大笑之后，突然严肃起来对王崇古和方逢时说："本汗虽然已经六十多岁，可还没拜过皇帝，不知这朝见圣上时都应该怎么办，如果做不好，惹圣上生气或见笑，本汗岂不是罪过吗，两位大人可要好好教教本汗哪！"

王崇古连忙说："可汗放心，这其一，当今圣上甚是爱护臣僚，没有什么挑剔。其二，本督让鲍崇德阁下陪可汗进京，他学问渊博，精通礼仪，让他在路上给可汗多讲讲也就是啦。"

阿勒坦汗听了，连忙作揖说："总督大人的恩德，本汗终生不忘！"

王崇古说："本督与方大人因回京需有朝廷之命，否则不便离开任所，还望可汗谅解。"

阿勒坦汗连忙说："理解，理解，本汗理解！"

第二天，王崇古、方逢时早早来到阿勒坦汗住地，为他进京而送行。双方正待辞别时，却见朝廷一位官差匆匆赶来，见了王崇古连忙下马，似有歉意但又是一副高兴的神情向王崇古点了点头，大声说："圣上有旨，着宣大总督王崇古陪同蒙古朋友进京，以示兄弟友好之情谊！"

没等王崇古有何反应，阿勒坦汗连忙一下跪在地上磕头，嘴里说着："皇恩浩荡，难怪大成孙对皇恩浩荡体验如此深刻呢！"

王崇古说了声"臣遵旨谢恩"后，连忙过来扶起阿勒坦汗，那位朝廷官差也过来伸手搀扶了阿勒坦汗一把。

王崇古和阿勒坦汗与方逢时重新辞别，然后一行人驰马向京城方向跑去。

到了京城，朝廷派礼部尚书潘晟出城迎接，阿勒坦汗与潘晟相见并互相问候后，潘晟说："可汗上马吧。"

可阿勒坦汗却像想起了什么事情，他凝望了前面高大的城墙一会儿，突然回身喊道："来，我们蒙古人都随本汗跪下，向大明京城谢罪！"说完，阿勒坦汗一下跪在地上，一动不动地望着城墙。跟随阿勒坦汗的部落首领见了，也一个一个地赶到阿勒坦汗的身后跪在地上。辛爱黄台吉最后一个跪下，脸上似有不解之情。

阿勒坦汗跪了许久，才慢慢起身，然后他走到王崇古和潘晟二人的中间，大声对众位蒙古部落首领说："你们知道本汗为什么要跪吗，倒不是仅仅城里有皇帝，是因为刚才本汗想起二十年前，那时本汗率大军兵临城下，虽然没有攻城，但对京城周围实施抢掠，给朝廷和汉人兄弟造成了创伤。本汗这一跪，是要向这座皇城，向大明朝，向京师的汉人兄弟谢罪！你们都是我蒙古土默特万户的部落首领，实际上除了本汗的儿子，就是本汗的孙子。今天，本汗要在这皇城脚下对你们说，自今以后，我们蒙古人归附大明，做大明的外邦臣子和顺民，将过去那种无奈时期的野蛮行径，抛到九霄云外，再不让它重演！你们都听到了吗！"众首领齐声回答：听到了！

王崇古和潘晟双双握着阿勒坦汗的手，三人眼里都闪动着泪花。

阿勒坦汗到达京师的第二天，隆庆帝便在皇宫中接见了阿勒坦汗。阿勒坦汗和众首领行君臣跪拜大礼后，隆庆帝亲自上前，将阿勒坦汗和众首领一一扶起，然后给他们一一赐坐。隆庆帝离开他的龙椅，坐到阿勒坦汗和众首领的中间，与他们畅谈。看到皇帝平易近人，善心体贴人的样子，阿勒坦汗甚是感动，几次用手偷偷抹去那无法抑制而流出来的泪水。中午，隆庆帝在皇宫御膳房设宴款待阿勒坦汗一行，阿勒坦汗感动异常，宴前他要下拜感谢皇恩，隆庆帝连忙双手拉住他说："在会见殿中那种场合，跪一次也就是了，再不要跪啦。"然后，隆庆帝拉着阿勒坦汗的手一齐坐在一张桌子上。

第二天，隆庆帝在皇宫举行册封仪式，册封阿勒坦汗和他的随行首领们。仪式上，阿勒坦汗首先向皇帝上表，乞请大明皇帝封赐，并表示自即日起，开始向大明朝廷入贡。阿勒坦汗用蒙古语念了一遍他的乞表后，侍臣又用汉语念了一遍。

隆庆帝让阿勒坦汗平身后，笑盈盈地说："蒙明经过二百年的对立、

悠悠茶马情

封锁后，今日终于再次像兄弟一样走到了一起，朕心甚慰！朕同意并接受阿勒坦汗关于封赐和入贡的请求，愿和蒙古兄弟一道，将双方封贡互市之事做好，造福两族人民，共同富裕和强大两个兄弟民族。为此，朕发布诏书，请宣旨官宣旨。"

宣旨官走上前，展开圣旨宣道："奉天承运，皇帝诏曰：经蒙明双方协商，封阿勒坦汗为顺义王俺答汗，封俺答汗诸将领都督同知、指挥同知、指挥佥事、正千户、副千户有差，名单由吏部另发。将俺答汗所居开化城更名为归化城。钦此！"

阿勒坦汗听了，连忙与众将跪倒，"万岁，万岁，万万岁"的声音在大殿中回荡着。

隆庆帝说："众位爱卿快快平身。朕在此恭贺顺义王阁下及诸位将领。朕要特别说一句的是，顺义王的俺答汗中的俺答二字，是结拜兄弟亲王之意，朕在此祝愿，蒙汉两大民族，自此便是结拜兄弟，让两大民族携手共进，和谐发展，共铸辉煌！也祝双方的会谈顺利成功！"

隆庆帝说完后，万岁的山呼声，再次在大殿中回荡着。

当晚，已成内阁首辅和次辅的高拱、张居正设宴款待俺答汗一行，祝贺他们的受封。两位首辅向俺答汗征求了双方会谈的内容及安排设想。俺答汗见两位首辅知识渊博，见识超群，意志坚定，极具人格魅力。特别是次辅张居正，只有四十岁出头，但意气风发，谈笑风生，让人望而折服，不由地暗暗叹赞。俺答汗见两位首辅对会谈内容及安排想得极为周到而细致，不由得在佩服之余连连表示赞成。

大明一方会谈的首席代表是礼部尚书潘晟。潘晟与俺答汗见面后便成为好友，这几天又一直陪伴左右。因此，双方坐在会谈案桌前，只将各自的想法一说，便立即达成一致。没用半天，会谈便告结束。

由于此时正值隆庆帝时期，双方共同将这次会谈的内容叫作"隆庆和议"。潘晟告诉俺答汗，按照大明朝的规定，双方达成的和议，其内容需经内阁审定，由皇帝批准。俺答汗连连点头。

没过几天，内阁便将审议通过的"隆庆和议"呈报隆庆帝，隆庆帝当天便签发批准。

隆庆和议的内容主要有三个方面：一是明朝封俺答等蒙古首领种种官

职。二是认定俺答每年二月向明廷入贡，每年贡使不越过一百五十人，其中许六十人进京，其余人留在边境等候。所贡之马以五百匹为限，分为上中下三等，按等给予马价。准许贡使以所得马价购买布匹等物。这种所谓入贡，实际上也是一种蒙汉官方之间的贸易交易。三是明朝在宣府镇张家口、大同镇德胜堡等地定期开放互市市场。双方议定，五月初开市，开市之日，鞑靼方可派兵三百人驻于边外，明朝派兵五百人入驻市场，共同维护互市秩序。俺答或其他部族首领到市场监督自己的部属，明朝也派官员到市场管理。互市的主要物资，鞑靼以马匹和毛皮，换取明朝的茶叶、丝绸、布匹、铁锅。

和议批准后，礼部的尚书、左右侍郎、郎中，出面宴请俺答汗一行，庆祝和议的成功制定和实施，同时商议实施的具体事宜。俺答汗及众将参观了元大都旧址，不由得连连感慨。

鉴于隆庆和议批准时，已是五月将过，双方商定，当年的互市还要办，只是将时间推至六月中旬。俺答汗见互市的日子即将来到，一面派快骑回蒙古各地送信，一边与众将赶紧回归化城。

好在蒙明双方早有准备。在俺答汗一行从京师赶到大同时，大同得胜堡的互市开市日只有十天了。一同陪俺答汗回到大同的宣大总督王崇古对俺答汗说：“顺义王莫不如在此歇息数日，待大同互市开市后，巡视一番再走不迟，也好看看有何问题，以便我们共同再弥补并加强。”

俺答汗说：“总督大人言之有理，原来本汗想赶回蒙古好好布置一番，以免出现纰漏，再现二十年前类似本汗焦急所出现的问题，有负大明皇帝的圣意。既然总督大人如此说时，索性就按总督之意，安心在这里好好看看大同互市情况，以便随后我们再一同商议一些更加完善的意见措施。”

王崇古点头说：“由于所定开市时间已临近，虽然我们双方都已有准备，还是未免过于仓促，在开市时不免会存在这样或那样的问题，待开市结束后，我们坐下来好好总结一番，从明年开始，将互市引上健康之路，也就不负圣上和顺义王之意啦。”

俺答汗说：“就按总督大人之命办，本汗在这里可以，但其他十处互市地点的情况怎样，本汗心里还不托底。本汗想将众首领尽快派往各点，

悠悠茶马情

察看各点情况，以免出现问题。"

王崇古说："如此甚好，特别是宣府镇张家口那个点，预计人员会很集中，交易量也会很大，需要认真照应。本督已派人告诉马芳将军，让他好好照应，务必把第一次互市开得圆满。"

俺答汗说："这位马芳将军，武艺高强，善于用兵，但仁义善良，蒙古兵与他打交道多年，既怕他又喜欢他。如今，马芳将军亲自去照应互市，不知会让多少蒙古人感慨呀，本汗真想见见他！"

王崇古笑道："待大同互市结束后，本督陪顺义王到宣府去看看，和马芳将军坐在一起喝上一杯，那时一定会很有意思。"

俺答汗说："好，本汗一定与总督大人去看马芳将军。但既然马芳将军亲自照应互市，本汗也立即派个得力之人，先去与马芳将军见面。"

三

受到王崇古的启发后，俺答汗立即将身边的各部落首领派回他们的本部落，或让他们兼顾附近的互市点，以便使双方商定的十一个互市点都有首领照应。原来隆庆和议共商定双方要在自辽东至嘉峪关的数千里长城沿线，开设十一处互市地点。

将众头领都派走后，只有副军师、已被大明封为指挥同知的威静宰桑留在俺答汗身边。俺答汗对威静宰桑说："虽然各部首领都已派往各互市地点，但本汗还是不太放心，特别是对张家口的这个互市点，本汗更是不放心。阁下有何考虑和主意？"

威静宰桑聪颖，见多识广，见微知著。他知道俺答汗说这个话的意思，是对自己的长子、辛爱黄台吉部首领辛爱黄台吉不放心。威静宰桑早就知道，黄台吉依仗自己武艺高强，只想通过攻略从明朝掠抢物资，而不愿与明朝去搞茶马互市。不仅如此，黄台吉甚至对自己的父汗热衷与明朝和好，搞封贡互市本身，就有意见。这一点，细心的威静宰桑在大明的一行中，已经观察得一清二楚。

想到这里，威静宰桑说："可汗恕在下直言，在下知道可汗是对辛爱黄台吉阁下不放心，是吗？"

俺答汗说："本汗这个长子勇猛有余，智谋不足，从小就愿意与人家比力气，比不过时又很少服气人家。对待与大明搞茶马互市这件事，我蒙古可以说一万个人中有九千九百九十九人都赞成，剩下那个不同意者，就是这个小勇夫。况且他的那个部落，恰恰便驻牧在宣府边外之兴和以北的小白海、马肺山一带。本汗担心，让他去照应互市，很可能发生问题。况大明在张家口互市照应的是马芳将军。黄台吉是马芳手下败将，但他一直对马芳不服气。以往偷袭大明时，躲着马芳，但如果在互市中遇到马芳将军，他那个一副不服气的样子使出来，本汗怕他坏了茶马互市的大事啊！"

威静宰桑说："可汗，这有何难，可汗立即先将一个人派去，可汗的担忧立即便可化有为无！"

俺答汗说："这个人是谁，军师快说！"

威静宰桑笑道："可汗怎么问起在下来啦，这个人和可汗最近啦，除这次来大明她没来外，几乎天天、时时都与可汗在一起。"

俺答汗也立即大笑起来说："军师一定是指三娘子。不错，本汗娶的这位人称三娘子的钟金哈屯，虽然年纪轻轻，但心计超人，点子多、办法多，又善良正直，不管是辈分还是本事，都可以降住黄台吉。军师的意思是本汗立即将钟金哈屯先派往张家口，去照应那里的互市？"

威静宰桑点了点头说："不仅如此，钟金哈屯对蒙汉茶马互市极为热衷，对汉族传统文化极其喜爱，甚至颇有见解和造诣，深受汉人喜欢和爱戴。如果她去负责照应张家口互市，一定会与马芳将军等人处好关系，不要说不会有问题，即便有了问题钟金哈屯也会圆满化解，使张家口的互市得以圆满结束。"

俺答汗也点了点头说："王崇古总督提示本汗，他说张家口的人员规模和交易量，有可能是十一处交易点中最大的，如果这个地方出了问题，那就会给我蒙古造成大影响。如果钟金哈屯能使张家口的互市得以圆满结束，那本汗立即就让她去照应此地。"

威静宰桑说："那可汗就尽快传令吧！"

俺答汗当即唤过自己一位贴身侍人，向他吩咐了一番，要他两天内赶回归化城，向钟金哈屯传达汗命，限她在张家口互市开市前赶到张家口，

悠悠茶马情

认真照应好互市，确保张家口互市的圆满成功。那侍人听后，紧了紧宽襟长袍，骑上马便向归化城驰去。

四

三娘子自俺答汗前往大明，便算着日子在估摸着双方推进茶马互市的进度。但有时想着想着，却会因想不明白而苦恼起来。除两次见到过明朝官员鲍崇德外，三娘子再没见过其他汉人官员，她这一段一直在听着王崇古、方逢时的大名，心里对他们充满敬仰，也听到了大明内阁和当今皇帝如何好。因此，三娘子在想象时，会突然想到某个人会说什么、做什么，当想不出这个人是什么模样，能说出什么话时，便会中止了她的想象，陷入苦恼。

这日，她去拜访宰格兼军师都剌。她对都剌说："你说那大明朝最后是谁定事，是内阁说了算，还是皇帝说了算？"

都剌说："当然是皇帝说了算，但也分什么事，在下是指大事要由皇帝说了算。"

三娘子说："那你说王崇古总督给皇帝上疏，皇帝能直接定下来怎么与我蒙古茶马互市吗？"

都剌笑道："哈屯看来是真把茶马互市之事想进去了。据在下所知，在大明朝，皇帝接到大臣的奏疏后，要先批给内阁或哪个部，由他们提出行与不行的意见，或怎么去办，然后由皇帝最后决定。"

三娘子说："我就怕这样，这样办起事来，那该多慢哪！"

都剌又笑道："慢也没办法，官家决定事项，都是这样。如果仅仅是皇帝批给内阁或哪个部，他们提出意见报皇帝批准，中间不再有什么反复和曲折，那就算快和顺利的啦。如果有反复和曲折，那还不知道能怎么样呢！"

三娘子听了，似乎又陷入了想象之中。都剌连忙说："哈屯不必忧虑，鲍崇德两次来我蒙古，第一次是王崇古总督故意等可汗回来后才让他来的，来的目的是征求我们是否重走茶马互市之路。依在下之见，这么大的事，王总督肯定是征得内阁或皇帝同意后才这么做的。第二次来，那已是皇帝有话了，让王总督去与我蒙古落实，王总督才让鲍崇德送回大成台吉，请可汗去大明朝。因此，在下以为，这次，蒙汉双方茶马互市之事，肯定不会再有问题啦。"

三娘子听到这里笑了起来说："军师知道，其实我早就觉得大成台吉投降大明，就是双方茶马互市的机会来了，可汗也明明是大明请过去的，但就是想着想着，就又想进牛角尖里面去啦。"说完，自己又格格地笑了起来。

都剌点了点头说："哈屯能如此用心，也是可汗和我蒙古牧民的福气啊！"

这日，三娘子又来找都剌说："我估摸着，可汗与大明大概已经将茶马互市之事定完了，这个可汗，你说他也不派个人回来告诉我们一声，让我们想起来没完。"

都剌点点头说："刚才在下还和剌布克台吉阁下议论，我二人也都觉得应该差不多啦。"

三娘子说："再有这样的事，说什么我也得去，不然在家能急死人。"

二人正说到这里，把汉那吉高兴地走进了都剌的屋子，看到三娘子在这，连忙施了一礼，然后说："我刚刚接到扯力克代祖汗捎给我的信，说茶马互市已大功告成，自辽东到嘉峪关一共开办十一处互市点，而且再有十天，就要开市啦。我要立即赶回大成台吉部，去照应一下牧民参加互市情况，特向军师和祖母告辞。"

三娘子一听，连与把汉那吉告辞都忘了，她连忙对都剌说："军师，我要到大同去找可汗，去问问情况，正好与可汗一起看看大同的互市情况。"

都剌与把汉那吉打了个招呼，然后对三娘子说："哈屯少安毋躁，可汗既然已将各部落首领都派回来照应各地的互市，我料他必定还会有其他考虑，哈屯再等等看，如果再过两天还没有消息，在下派出人去，到大同找到可汗，可汗同意后我们再行动不迟。"

三娘子听了点点头说："好，那我就再等两天。两天以后再没有消息，我直接去大同找可汗。"说完，告辞而去。

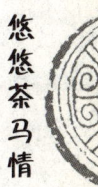

悠悠茶马情

第二天，三娘子起床后，与乳母一起逗了一会儿不他失礼。不他失礼已经三岁，也已经当了三年瓦剌蒙古的领主，但一直在母亲三娘子的身边抚养着。三娘子逗完不他失礼后，正要起身出宫，只见俺答汗的侍人回宫，向三娘子述说了俺答汗让她前往张家口照应互市的情况。

当下，三娘子又兴奋又稍感紧张。她稍平静了一会儿，立即将自己的两位侍女叫来。看到俺答汗的侍人还在一边侍候，三娘子先对他说："你快去吃饭，然后换一匹马，等一会儿本哈屯出发时，你随行一段，路上和我说说可汗大明之行的情况及大同情况，然后你再返回大同。"那侍人答应一声后，施礼而去。

三娘子立即让两位侍女哈格、满格准备马匹和行礼，一个时辰后出发。哈格、满格都是十六七岁的草原女子，伶俐秀美，自幼练就了骑射本领。二人听说要前往宣府，都高兴地跳了起来，不一会儿便将三娘子的马匹、行礼准备好了，她们自己也找出了新衣和佩饰，各自身佩刀剑弓箭，并将马鞍套上了新罩。三娘子看了高兴地说："怎么像要将你们嫁出去的模样啊！"哈格比满格大将近一岁，她故意装出哀求的样子说："如果有可心后生，哈屯给我们娶过来，可别把我们嫁出去好吗？"三娘子刮了一下她的鼻子说："想得美！"三人都咯咯笑起来。

都剌听说三娘子要去张家口照应互市开市，也连连道贺，并立即与剌布克台吉给三娘子拨了一百名军士作为护卫，三娘子推辞不用。都剌说："可汗哈屯远行，在下如不配好护卫军士，岂不是失职吗！"但三娘子坚持只带五十人，剌布克台吉和都剌只得遵从。

三娘子跨上马后，立即让那侍人与自己并驾齐驱，一边走一边介绍俺答汗大明之行的情况和在大同等待互市开市的情况。虽然马儿跑得不快，但那侍人介绍完后，三娘子一行人也驰出五六十里。三娘子在马上大笑了好几次。

那侍人向三娘子介绍完情况后，辞别三娘子，转而南行，而三娘子打马驰奔，一直向东方驰去。只用了三天，便从归化城到达张家口。此时，离张家口互市开市还有三四天。

到达张家口安顿下以后，三娘子对陪同的辛爱黄台吉说："阁下立即联系大明宣府总兵马芳，本哈屯要见见他。"

辛爱黄台吉比三娘子大二十多岁，又在与明朝入贡互市上，同俺答汗和三娘子有分歧，但三娘子毕竟是父汗的小妾，不能怠慢。听了三娘子命令式的话后，黄台吉说："遵命。"然后抬腿出去了。

马芳此时已任宣府总兵四五年了。自俺答汗率三个儿子与他比武后，蒙古兵对宣府的滋扰和攻略大为减少，但黄台吉还时而偷袭，特别是趁马芳偶尔不在宣府时，发动进攻，抢掠到需要的物资后便率兵离去。有两次，马芳因朝廷召往京城述职考功，便在边墙内放置了许多铁锅等物，黄台吉倒也知趣，将铁锅等物掠走后，便不再深入内地滋扰，而是率军退去。因此，马芳与黄台吉恩恩怨怨，好像一对冤家兄弟，哭不得笑不得。

自把汉那吉投降大明后，辛爱黄台吉对宣府一带的滋扰和攻略真的停止了。王崇古和方逢时提出，趁把汉那吉投降大明的时机，重启双方互市，停止对立、封锁，马芳也甚是赞成，还派人到辛爱黄台吉的驻牧地兴和，通报并力促此事，但黄台吉一言不发，然后让人将马芳派去的人劝走。马芳得知后哈哈大笑。隆庆和议的消息传到马芳耳朵里后，马芳特意捎信给王崇古，要求担任大明一方的监督人员，王崇古一口答应，并派人专程前往宣府，要求马芳要好好照应互市，借机与蒙古兄弟化解多年的恩怨。

这日，马芳刚刚与前不久任宣府巡抚的吴兑商议完互市监理的相关事项，参将前来告诉马芳，说辛爱黄台吉差人来送信，说俺答汗的夫人三娘子请求前来拜见。马芳听了，对参将说："阁下告诉黄台吉的人，就说本总兵和新任宣府巡抚吴大人，热烈欢迎三娘子前来。"参将听了，点了点头并对吴兑微笑了一下，转身出去了。

马芳抓住要走又留下的吴兑说："大人听说过这位三娘子了吗，我听说此人虽然年轻，但甚是热衷蒙汉友好和互市，我料想她这个时候来到宣府，一定是俺答汗的一番用心。"

吴兑在出任宣府巡抚之前，任兵部主事多年，最近朝廷考虑到张家口即将开通互市，为了经理好这个重要互市地点，特将他越格提拔为右佥都御史，巡抚宣府。吴兑在兵部时就知道三娘子，且虽未谋面，但多有好感。听了马芳的话，吴兑重新坐下说："总兵大人是说俺答汗不放心他儿子辛爱黄台吉，因此派三娘子来照应互市的？"

悠悠茶马情

马芳点点头说："不错，在土默特蒙古部落中，唯有这位黄台吉对互市不甚热心，而留恋他那种野蛮的抢掠，且不太听他父汗的话。我想可汗一定是怕他闹出乱子或出现纰漏，才把这位三娘子派过来。"

吴兑说："听说这位三娘子不但热衷蒙汉友好和互市，且对汉文化很是精通，虽然年轻，却是位可敬之人。"

马芳说："所以，巡抚大人留下来，我二人一起见见她，与她建立个联系，也好共同将张家口的互市办好。"

吴兑说："深谢总兵大人如此用心。"

二人在总兵府中等了不到半个时辰，参将又来报告，说三娘子在黄台吉和两个侍女的陪同下，已经来到总兵府门前。马芳听了，拉着吴兑往门外去迎接。

二人出了大门看时，只见眼前站着四个人，三女一男。那个男人就是与马芳打打杀杀、恩恩怨怨十数年的辛爱黄台吉。那两个侍女，马芳也一眼就看出来了。剩下那位女人，马芳看时，只见她修长的身材，丰满的乳胸，白里透着粉红的脸庞，柳叶眉，丹凤眼，一张极为适称的嘴在微笑中露出了洁白整齐的牙齿。头戴翠花围顶的固姑帽，身穿宽襟短袖乳白色长袍，脚踏红色牛皮靴。端庄稳重，光彩照人，彬彬有礼，极为友好。

参将和黄台吉分别将马芳、吴兑和三娘子相互作了介绍后，马芳连忙说："欢迎顺义王夫人前来做客，请！"并礼貌地打了个手势。

只见三娘子止步说道："马芳将军在十年前小女子刚认识可汗时，便听他说到了将军的大名和英勇仁德，当时我的父帅和我说，日后如见到将军，一定要给他磕个头。今日，小女子有幸拜见将军，我要兑现我对父帅的承诺，请将军受我一拜！"说完，双膝跪在马芳面前，深深地磕了一个头。

马芳想不到三娘子会如此重礼重义，他不知所措地连忙双手搀起三娘子，声音都有些颤动地说："让顺义王并可汗夫人跪在在下面前，岂不是要折煞在下吗！"

三娘子站起身来又说："小女子也是代表蒙古人感恩马将军。"

马芳使劲点了点头，然后又使劲摇了摇头。三娘子看时，马芳的双眼被泪水所模糊着。

不知过了多久，马芳说："今日让可汗夫人这一跪，马芳这一生就是为蒙古兄弟死了，也甘心情愿啦！"三娘子听了，转过身去擦泪，许久才转过身来。

吴兑也被三娘子这种深情所感染，但许久才回过神来，他连忙打趣说："什么叫兄弟情，这就叫兄弟情，是兄弟之间长达百年的悠悠茶马情！"

马芳既无法控制自己的感动，又觉得有些不好意思和难为情，听了吴兑的话，他也连忙说："吴大人不愧为进士出身，这悠悠茶马情五个字，说得太好啦！如今，茶马互市终于得以开办，以后就让我们蒙汉两个兄弟民族，来尽情地展示这种茶马情！"

三娘子激动地说："将军放心，小女子会把两位大人的话当成一生的行动去实现的！"

五

三娘子在马芳的总兵府向马芳、吴兑请教了许多问题后，吴兑提议说："互市场所等问题，我们一同到现场看看，一边看一边说，岂不是会更好吗！"

马芳看了看三娘子，三娘子点点头，马芳说："好，那我们陪夫人一边看，一边说。"说着众人一起出了总兵府，骑上马向张家口走去。

众人径直来到张家口堡下，马芳自愿地给三娘子当起了解说员。他指着眼前这座雄伟的城堡说："张家口堡是本朝宣德四年开始修筑的，至今已经一百四十多年了，它只是边墙沿线的一个军事防御城堡。"

吴兑插话说："大明朝将长城叫作边墙，夫人知道吧？"

三娘子点了点头。马芳接着说："对，本朝上下都把长城叫作边墙。由于城堡北面，有东太平山与西太平山相对，两山相距如巨口，附近又有汉族张姓人家居住，因此，城堡建成后，便以张家口堡命名。今日我们之所以叫张家口，而不再加这个'堡'字，是因为前不久蒙明双方形成的隆庆和议中，都将互市之地叫作'口'，如宣府互市之地叫张家口，大同互市之地有三处，分别叫得胜口、新平口、守口，都将堡字省掉，或将堡字

悠悠茶马情

换成口字。"三娘子听了，又点了点头。

马芳继续说："这座张家口堡，周长四里零十三步，城高三丈二尺。城堡开东、南两个门，东门叫永镇门，南门叫承恩门。成化十六年，展筑关厢。嘉靖八年，守备章珍开筑小北门。"

介绍看过张家口堡后，马芳和吴兑又陪三娘子来到已选定的互市交易地点。马芳告诉三娘子，这里叫元宝山，并说之所以将互市地点放在这里，是由于这里邻近蒙古大草原，水草丰美，易于放牧，且离张家口最近。三娘子拍马驰上高坡向远望了望说："真是个好地方啊，有山有水，便于马匹的运送和管理，既能满足茶马互市交易的施展，又能保证天朝边境的安宁。"马芳听了，带着敬佩的目光，向三娘子点了点头。

从元宝山回到张家口堡，三娘子勒马驻足于堡前，久久地凝视着城堡高大的城墙，然后又放眼向西边望去，望着东西太平山。马芳、吴兑不知三娘子在想什么，只是在她的身后勒马伫立着。突然，三娘子回过头来对马芳和吴兑说："两位大人，小女子有个想法，不知可否？"

马芳说："夫人请讲，若需我和吴大人做什么，只管告诉我们。"

三娘子微笑着点了点头，然后凝重地说："这张家口堡是大明天朝为防止我鞑靼南下滋扰攻略而建，一百多年来，它见证的，都是蒙汉双方的进攻、防守、对立、封锁。小女子在想，从今以后，这座雄伟的城堡应该见证另一种情形，这就是茶马互市，蒙汉情长。"马芳听三娘子动情地说出这些话，禁不住地拍起手来。吴兑也从内心敬佩这位年轻而有见识且民族情意深重的少夫人，他也随着马芳情不自禁地拍起了手。

三娘子凝重的神情依旧说："只有这样，我们才能对得起大明天朝，特别是英勇而仁义的马芳将军，还有像王崇古、方逢时两位大人那样的好人。"

马芳连忙说："夫人快别再说我这个老头子啦，让我无地自容啦！"

三娘子说："为了让这座雄伟的城堡见证新的事物，加之张家口又是大明京师北部塞外的门户，是通往大草原的咽喉要道，所以小女子想给它起个新名，不知马芳将军允许否？"

马芳连忙说："夫人请讲，在下洗耳恭听。"

三娘子又说："在我们土默特之南、大明大同右卫的西北，有个杀胡口。听说此口原叫杀虎口，蒙明分裂后，鞑靼、瓦剌部落便以此作为南侵大明的出入口，天朝也时而出兵，从此地出入对蒙古作战，这样就有了这个杀胡口的名字。小女子是想，将张家口叫成东口，而将杀胡口叫成西口，从此忘掉伤害蒙汉两个民族那些不痛快之事。不知马将军和吴大人以为如何？"

吴兑说："夫人不愧为才女，有了东口、西口这个名称后，开展茶马互市交易会更方便啦。"

马芳高兴地说："吴大人做首诗，来纪念夫人又给我们张家口起了个新名吧！"

吴兑连忙说："作诗可不是在下的特长，听说方逢时大人善于作诗，等在下让他给做一首。"

三娘子说："那小女子从今以后便将张家口改口叫东口啦！"众人都欢笑起来。

回到宣府总兵府，马芳和吴兑二人共同设宴，款待三娘子。三娘子视马芳和吴兑为师长，马芳和吴兑则与三娘子情同兄妹，互致祝愿，双方一直叙至天黑，马芳和吴兑才派出数人将三娘子等人送回营帐。

悠悠茶马情

第十章　盛东口浓浓茶马情

一

人们期待已久的茶马互市喜日，终于来到了。

张家口茶马互市开市这一天，天还没亮，汉人和蒙古人便都开始忙碌起来。三娘子在两位侍女哈格、满格、辛爱黄台吉及五十位军士的护卫下，早早来到张家口堡的城墙之下，迎接一同前往天宝山主持茶马互市开业的大明宣府总兵马芳和巡抚吴兑。城堡的城墙之上，插上了红、绿、黄、蓝等各色彩旗，在晨风轻轻地吹拂中，不停地摆动着，仿佛是在向蒙古兄弟招手。在城门把门的明军军士，一改岿然不动的岗哨之规，两位戎装规整的军士，轮流跑过来给三娘子施礼，向她致意。连鸟儿都打破了城堡附近向来严肃沉静的气氛，不停地在空中嬉戏着和欢叫着。

马芳和吴兑在一队护卫军士的护卫下，准时出城门来到口外，与已经等候在那里的三娘子相见并互致问候。然后，马芳和吴兑与三娘子并肩而行，双方的军士像一家人一样，并作一队，跟在三位首领的后面，向口外元宝山一带行去。

此时的元宝山一带，早已是蒙汉两族人员和马匹及各种交易物资的海洋。只见许多蒙古人和汉人聚在一起，在说着笑着。有个蒙古人还拿着装酒的羊皮壶，在让着旁边两个汉人喝酒。

吴兑看到这种交融的场面禁不住地说："缺少锣鼓啊！"

马芳说："蒙古兄弟说，怕锣鼓响起时惊着那些怕响的马匹，所以没安排锣鼓。"

吴兑连忙又不好意思地说："见谅。"

马芳、吴兑和三娘子登上一个高台，这时蒙汉许多人都欢呼起来。

马芳看了看吴兑和三娘子说："开始吧？"

二人不约而同地点了点头。只见马芳用他洪亮的嗓子喊道："蒙古族和汉族的兄弟们，张家口茶马互市现在开业啦！"人们一齐欢呼起来，欢呼声在山间回荡着。马芳说："先让大明宣府巡抚吴大人说几句话。"人们又是一阵欢呼声。

吴兑向人群拱了拱手说："今天，张家口茶马互市终于开业啦，本巡抚和马芳总兵向所有前来交易的蒙汉兄弟致意啦！祝你们一帆风顺，互市大吉！有什么事，官府会全力帮助你们，你们只管找巡抚！"

马芳见吴兑这么快讲完了，又大声说："再请鞑靼顺义王俺答汗夫人，我们敬重的三娘子说几句话！"人们再次欢呼起来。

只见三娘子向人们行了个礼，然后用银铃般的声音说道："我们蒙古人还是老规矩，先敬天敬地敬大明皇帝！"说着，带头跪倒在地说，"拜长生天！"然后拜了三拜。接着她又说，"拜大地神灵！"然后又是三拜。最后三娘子又说道，"拜大明皇帝！"她照样还是拜了三拜。

她站起身来又说道："我要代可汗说的，就一句话，大明朝对蒙古人天高地厚，我们要知恩图报，永远与汉人做兄弟，好不好？"人群中响起了蒙古人用蒙古语和汉语回答的声音。三娘子摆了摆手，向人群致意。

三娘子讲完后，互市交易便开始了。马芳和吴兑从高台上走下来，来到交易的蒙汉人群汉人一侧。三娘子与马芳、吴兑一同走下高台后，没有走向蒙古人一侧，也一同走入汉人一侧。三娘子与汉人微笑着打着招呼，然后给他们讲起识别好马的常识。马芳和吴兑一看，二人不约而同地向蒙古人一侧走去，给他们讲起如何识别好茶、好丝绸、好布匹和好铁锅的常识。

由于按隆庆和议双方的约定，这次互市双方交易的物资，蒙古人除了马匹就是毛皮，而汉人一方就是四大样：茶叶、丝绸、布匹、铁锅。由于气氛友好，彼此很少讨价还价，几句话后便成交，因此交易速度很快，一天下来，便有许多蒙古牧民将自己的马匹和毛皮全部出手，换回了自己

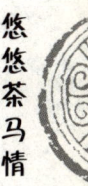

悠悠茶马情

需要的生活物资。但三娘子看到，尽管一天之内双方在不停地成效，但交易出去的马匹和毛皮还不到十分之一，蒙古人漫山遍野的马匹没看出少多少。于是，三娘子连忙找到汉人一方，与马芳和吴兑手下的官员表示，原定两日的交易期是无法完成交易的，请求明朝一方准予延长交易期限。

此时马芳与吴兑因为有事，已经先回府衙了。接到属下的报告后，二人连夜商议起来。马芳说："五月开市，市期两天，这是隆庆和议规定的。由于和议之后，便已是五月将过，朝廷将开市日延至六月，但却没说市期是否延长，你我将市期延长，该不会有违朝廷旨意吧？"

吴兑说："在下认为，市期是由双方交易量来决定，而不能之前先定下来。眼下遇到这种情况，只能延长市期，别无选择。"

马芳说："阁下说得对，我也这样想，但朝廷已有规定，市期只准两日，你我虽出于好心和需要，便将市期延长，大概也有擅为之嫌。"

吴兑说："那就迅速派出快骑前往京师，向礼部请示就是。"

马芳说："好，就以你我二人的名义，派人去礼部请示。"

吴兑说："宣府虽然离京师很近，但也将近三百里，看来前去之人只能利用夜间赶路啦。"

马芳说："是在下思考不周，这来回六百里的路，应由在下去跑。"

吴兑说："阁下要亲自进京？"

马芳说："派个别人去，到了京城找礼部大人们，搞不好还要耽误时间，在下人脸熟，找大人们也方便，否则这来回六百里路，再加请示朝廷，而给我们的时间，只有今天一夜、明日一天和明天一夜，如果明天夜里赶不回来，后天的事就没法办了。"

吴兑说："大人已经五十有五，一天两夜要驰奔六百里，身体恐怕受不了啊，要去也只能是在下去，也不能让大人受此颠簸。"

马芳笑道："在下从小被掳到蒙古，一边给人放羊，一边练武，逃回来后，带兵与蒙古兵在这漫山遍野周旋了大半辈子，身体像头牛一样壮，虽然往六十岁奔的人啦，但这点事算不了什么。阁下明天和三娘子预测一下，看互市究竟需要多少天，在下明天到礼部时再向大人们说个活话，以便灵活处置。"

吴兑说："大人的敬业精神让小弟感动啊！"

马芳说："三娘子前日那一跪，已让在下什么都豁上啦，这余生只要能为蒙明互市做点事，在下死不足惜！"

吴兑叹了一声说："大人需选两个年轻军士陪护，还要选好马匹。"

马芳说："阁下不必惦记，肯定误不了事。"

二人正一起往外走，参将匆匆迎面而来，他向马芳、吴兑报告，说礼部有信使前来，要立即面见二人。吴兑说了句："该不会是想到一块去了吧！"

待见到那信使时，那信使还在擦汗呢，他拿出一封信交给马芳，还说礼部尚书潘晟一定让他向马芳、吴兑二人道歉，因为虑事不周。马芳急切地打开信看时，见潘晟在信中说，已请示过内阁，如市期两日不够，可自由延长。

马芳拉着那信使不停说："谢谢礼部，谢谢潘大人，谢谢阁下！"

第二天，马芳又与吴兑拉着那信使一道，与三娘子认真查看并预测了互市需要的时间，并嘱咐那信使，让他告诉潘尚书，张家口互市需延长至半个月。

三娘子见疑问已解，互市进展顺利，牧民们都很满意，便每日一边察看互市情况，一边征求蒙古牧民和部落人员对今后互市的意见。牧民们见他们的可汗哈屯如此体贴关心牧民，便把想到的事都向三娘子说了。三娘子怕忘记或遗漏，让哈格、满格二人每人拿着一个记事簿，将磨好的墨汁装进一个带盖的瓷杯里，用鹅毛翅当笔，不停地记录着牧民的意见。连续三天，差不多将参加互市的蒙古人都征求了一遍意见。

晚上，三娘子同两位侍女认真归拢了所征询的意见，此时一个新的想法又在她心中产生了。

第二天，她开始到汉人堆里，把蒙古人的想法告诉汉人们，听汉人们对这些问题的看法和解决的意见。汉人们见眼前这位蒙古可汗的夫人，竟如此和善、谦恭和美丽，都与她热情地答话，把心里话说给她，还为她积极出主意。有些汉人还热情邀请三娘子到他们的家乡去做客。每当与汉人交谈完，三娘子都要记下他们的姓名和家乡地点，然后施礼相别。一晃也是三天，三娘子也将参加互市的汉人都请教了一遍。

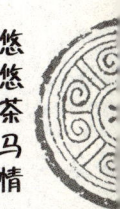

悠悠茶马情

二

由于大同互市是分布在得胜口、新平、守口三个点上，只用了三五天，互市便结束了。此时，俺答汗已得到张家口的互市需半个月的消息。互市结束的当天，俺答汗便辞别了王崇古、方逢时，前往张家口互市察看情况。王崇古、方逢时二人一直将俺答汗送出边外，双方才恋恋不舍地分手。

俺答汗到达张家口时，这里的互市还在进行着。听说俺答汗亲自来到张家口，宣府总兵马芳和巡抚吴兑立即前往俺答汗的营帐拜访，并邀请他前往宣府镇居住。俺答汗拉着马芳的手说："本汗这些年经常在思念将军，敬佩将军的仁德，感恩将军当年的救命之恩。这次从大同前来张家口，除看看这里的互市情况外，重要的便是来看看将军。"

马芳说："在下也感恩可汗，是可汗孜孜不倦地一直寻求蒙明双方友好并互市，为蒙汉两族兄弟结束边境战乱奠定了基础，可汗的品德让在下敬佩。"

吴兑说起前些天三娘子下拜使马芳感动不已之事。俺答汗点头说："本汗的这位哈屯懂事，这一跪跪得好啊，不仅是兑现他父帅当年的嘱咐，不论从当年救过本汗的命，以及这些年善待蒙古人哪个方面说，这一跪都是应该的。"

马芳和吴兑邀请俺答汗前往宣府镇做客，俺答汗说："钟金哈屯去过了，就算代本汗去了，因此本汗就不去了，也不到那边去住了，但二位大人到了本汗的营帐，可要在这里吃上一顿饭，算是我们一家人相聚一次，二位不会推辞吧？"

马芳看了看吴兑，然后说："好，在哪边不重要，能和可汗坐在一起共叙情谊，这才是最重要的。"众人都笑了起来。

第二天，马芳和吴兑陪俺答汗和三娘子巡视互市市场。三娘子对俺答汗说："为妻已给张家口起了个新名叫东口，可汗没有意见吧？"

俺答汗说："那西口是哪里？"

三娘子说："可汗这一辈都在蒙古与大明之间的边墙出出进进，不会想不出西口是哪里吧？"

俺答汗立即说："杀胡口？"几个人都笑了起来。俺答汗又说："这东口的互市比大同之处的规模都大多啦，看来此处日后应当成为重点。"

三娘子说："可汗说得对，这里位置好，地形地势也好，日后肯定是个重点，为妻这些天征求并请教了蒙汉兄弟的意见看法，已经有了许多新想法，并已与两位大人说了，他们都很支持。"

马芳说："是啊，夫人真是聪明勤快，所想所做让人敬佩，如果朝廷同意，会使东口的互市更好地发展起来。"

俺答汗说："好，那我们一起向朝廷报告。"

东口的互市正如马芳、吴兑和三娘子预测的一样，整整进行了十四天才结束。俺答汗和三娘子都觉得有许多事要回归化城商议，于是互市结束的第二天，便辞别马芳和吴兑，返回归化城。上路的第一天，三娘子便一边走，一边在马上向俺答汗述说了要把东口的互市交易做大做细做长的想法。俺答汗听了点头说："哈屯的想法真是太好啦，为夫完全同意，但这不取决于你我，而主要取决于大明朝廷，我们还需进京向朝廷报告啊！"

三娘子说："夫汗晚几天回归化城可以吧？"

看到俺答汗疑问的样子，三娘子接着说："为妻是想，为妻跟夫汗再前往大同，向王崇古总督报告一下这个想法，看王崇古总督是否支持，因为他的意见对朝廷是否同意至关重要。"

俺答汗点头说："哈屯说得对，那为夫就和你经过大同再回归化城。"

三娘子说："正好为妻也认识一下王崇古、方逢时两位大人，牢记这两位蒙古的大恩人。"

于是，夫妻二人与随从们直奔大同镇而去。

到了大同，随从威静宰桑前往总督府通报求见总督大人。总督府的府役们见俺答汗再次前来，便热情接待了威静宰桑，并告诉他，王崇古、方逢时两位大人几天前一同进京去了。

原来，俺答汗离开大同的第二天，王崇古和方逢时便同时接到进职的圣旨，当日，二人便一起进京去了。因为对隆庆和议有功，皇帝封王崇古为兵部尚书兼副都御史，并加太子少保，荫一子为锦衣卫世袭正千户，同时赏银五十两，大红丝蟒衣一袭。方逢时升兵部右侍郎兼右佥都御史，荫

悠悠茶马情

·161·

一子为锦衣卫世袭百户，同时赏银五十两，大红丝飞鱼衣一袭。

威静宰桑还告诉俺答汗和三娘子，听府衙说，就在方逢时进京刚走两个时辰，他的老家嘉鱼捎来书信，说方逢时的老母故去。估计方逢时此时已在回湖北的路上。

俺答汗说："虽然没见到两位大人，但我们应该高兴，既为两位大人高升而高兴，也为他们在朝廷会继续为蒙汉互市做事而高兴。"

三娘子说："只是方大人丧母之痛，我们无法分担啦。"看到俺答汗和威静宰桑也一副心情沉重的样子，三娘子又说："回到归化城，我亲手设个祭祀案台，为老人家烧上一炷香吧。"

回到归化城第二天，俺答汗便召集各部落首领议事。各部落先报告了本地茶马互市的开市情况和部众交易收获情况，然后俺答汗给众首领作训示，他说："虽然经过了二十年的打打杀杀，但我土默特万户乃至蒙古右翼，终于与大明和解通商互市，前不久，我们一同在大明京师受皇帝恩封，本汗和诸位都已成为大明皇朝驾下的王和诸官。接着，又在自辽东至嘉峪关数万里的长城沿线上，开办了十一处茶马互市。这次互市，不仅我土默特蒙古受益，而且整个右翼都受益，过几天，袄儿都司和永谢布两个万户的可汗还要来拜访本汗，感谢我土默特为他们提供了交易机会。听各部落说的情况，这次互市情况极为理想，我们赶去的马匹全部出手，换回了牧民们需要和企盼的东西。本汗先后参加了大同和东口的互市，那副热烈劲真让人感动。众首领们都说，牧民们有了他们想得到的生活用品，心一下子静下来了，再也没有人要去抢去夺啦，本汗听到这些话，从心眼里高兴啊！感动高兴之余，本汗在想着许多事情，或者说本汗还要去做有利于我土默特和右翼蒙古的许多事情。但要做这些事情，离不开持续保持与大明通商互市这个前提。因此，本汗要与各首领说的，是这样几句话：我们要世世代代与大明友好下去。我们已与大明约定，我们的首领今后的官职由大明朝廷封定。这就是说，大明已经是我们的主子和老子啦，面对主子和老子，我们每个首领都要当忠臣良将，再不能像以前那样去抢去夺。这一点诸位必须牢牢记住。下一步，我们还要向大明朝廷报告，请求将马市开得更活更细更方便牧民，首领们耐心等待着就行，不必先操心，把你们的精力都用到放养更多更优良的好马上。至于下步本汗要做的事情，本汗还要与诸位商议，找到你们再说。"

这些本是俺答汗儿孙的首领们，见老头子既满意又踌躇满志，也一个个欢天喜地离去。

部落首领议事的第二天，俺答汗又立即召集他的得力助手们议事，商议这一段他构思要做之事。俺答汗说："这一两个月中，本汗经历我一生中的剧变，期盼了三十多年的茶马互市终于定局，并开出了一个好头。如今，大明再不是那个权臣首辅和仙道皇帝的时代，代之以勤俭持国、礼仪待邦的皇帝和精明肯干、善于治国的首辅主导国家的时代。我们的每个人，都经过了大明朝的封官，通过封贡互市已奠定了双方永远友好下去的基础。经过这一次互市，各部落的牧民已基本解决了生活的必需品。只要这样长期坚持下去，不仅蒙明双方会持续太平，而且我蒙古会越来越富庶，牧民的生活会越来越安定。在这种情况下，我们这些当万户汗的人该干些什么呢！不瞒各位说，在当今的土蛮汗还没出任蒙古大汗时，本汗曾一度想向蒙古大汗之位发起冲刺，但时过二十年，更主要的是当今的蒙古大汗土蛮汗，已经继任大汗十三四年了，但才只有三十三四岁。本汗认为，土蛮汗是在我祖达延汗后，号令最为严明、政绩最为卓著的蒙古大汗。所以，在他手下，本汗甘居万户汗，决不会再有非分之想。但本汗不会做那种庸碌无为的万户汗，因此本汗想到了万户汗应该干点什么。干什么呢，本汗想在富邦富民的基础上，建城建庙，兴盛佛教，收拢人心，以成大德。详细情况本汗今天先不去说，今天只想和诸位商议一件事，这便是本汗想重修归化城。诸位有无疑异？"

剌布克台吉说："小弟一听，便觉得汗兄想得对，因此小弟非常赞成汗兄的意见。眼下我们居住的这座已被大明朝廷更名为归化城的城池，虽然也不错，但却是出自赵全那些白莲教徒之手，小弟经常想起来，觉得我们似乎住在死人窟里，特别是近日传来赵全等人已被大明朝斩首的消息，小弟更是时时恶心，再不愿住这座城里。"都剌、威静宰桑、三娘子，都点头赞成。

俺答汗说："好，今天我们议出个这样的结果就够了，等本汗再与各位详细商议。我们今天要立即议定的，是有关茶马互市的事，详细情况由钟金哈屯向诸位说一说。"

　　三娘子向几个老头笑了笑说："小女子奉可汗之命前往张家口即东口照应茶马互市期间，亲眼看到互市那种热烈的场面和马芳、吴兑两位大人的热心，深受感动。在照应互市之余，小女子用了六七天时间，征求了我蒙古一方人员对办好茶马互市的意见，然后带着这些意见，请教了大明一方的人士，听取了他们的指教，之后，小女子又征求了马芳、吴兑两位大人的意见，得到了他们的支持。于是，小女子萌生了一个想法，这便是我想前往大明京师去朝廷进贡一次，顺便将这些想法向朝廷作以报告，请朝廷予以支持批准。都是些什么想法呢，说来很简单，就是除了隆庆和议确定的每年五月开市的官办互市外，再允许开办民间互市，民间互市可以分为定期和不定期两种，以便形成月市、小市，使互市一年四季，什么时候都有。对互市的物资，我蒙古除马匹、毛皮之外，再增加牛、羊、驼、驴等牲畜和其他鬃尾畜产品，以及我蒙古大草原上的鹿茸、麝香、羚羊角等药材。汉人方面，除了茶叶、丝绸、布匹、铁锅之外，再增加棉花、针线索、改机、梳篦、糖果、梭布、獭皮及其他制品。这些都是小女子向蒙汉兄弟征求意见时，他们说的。汉人丝绸产家说，大明江南不仅一个地方产丝绸，而是许多地方都产，叫法和品种也不一样，如南京的罗缎，苏州的绸缎，潞州的绸，泽州的帕，临清的布帛、绒线，等等。"三娘子说到这里，还翻开了她的记事簿，在不断地翻看着。

　　俺答汗和剌布克台吉、都剌、威静宰桑听了，都频频点头，表示赞成。俺答汗看了看其他人说："本汗看，钟金哈屯说的这些事都是好事，只要大明朝廷同意，也都可以办到，我们就不必再议了，哈屯好好准备一下，就前往大明京师朝贡就是啦。"其他人都赞成。

　　俺答汗说："好，回头本汗再与哈屯将一些具体事商定一下就是，以便尽快成行。"

三

　　经过短暂时间的准备，三娘子很快准备好了前往大明朝贡的事宜。这日，她对俺答汗说："为妻前往大明朝贡，所贡礼物为良马五百匹，所带人员为部分部落首领。除此之外，为妻还有些小小的想法，不知夫汗以为可否？”

望着美丽的妻子，俺答汗说："小宝贝有何想法尽管说，为夫都会支持你。"

三娘子拽着俺答汗的胡子说："谁用你支持，我是拿不定主意，怕这么办不妥，才让你帮着把关。"

俺答汗顺势搂住三娘子说："说吧，只要不让我的小宝贝为难，什么事我都答应。"

三娘子使劲一拽俺答汗的胡子说："不是我为难，我是怕人家为难。"

看到俺答汗认真的样子，三娘子松开俺答汗的胡子说："为妻此行准备走东口，顺便看看并答谢一下马芳、吴兑两位大人，我想每人送给他们一匹西域宝马，但怕他们为难。还有，到了京城，我想去拜访王崇古、方逢时两位大人，也谢谢他们对我们蒙古的恩情，但也不知道应该给他们带什么礼物？"

俺答汗说："如果不给他们找麻烦，别说一人送一匹良马，就是每人送十匹，我老头子都愿意。但现在的大明朝已不是那时权臣首辅和神道皇帝的时候啦。这位隆庆帝甚是勤廉，听说他继位后，立即将嘉靖时兴起的一切斋醮罢掉，大减营建，躬行节俭，宫中一年便省百万巨资。对待臣下，他不但关心备至，同时也严以要求，对贪渎行为概不客气。为夫前往京城时，原想给圣上和大臣们带点西域宝石，后来想到这些都没敢带。如今哈屯如果给大人们送宝马，一旦给人家讨个受贿之名，那我们的罪就大啦。当年，仇鸾大将军明明什么东西也没接受我们的，严嵩老贼偏偏诬陷他说接受了我的重金贿赂，被诬陷至死。如今虽不是那个时候了，但送重礼之事万万行不得。"

三娘子点点头说："那也不能空手去看大人们，总该带点礼物才是。"

俺答汗说："带点牛肉干、奶酪、马奶酒之类的东西，该不会出格吧。"

三娘子听了，又拽了一下俺答汗的胡子说："汉字的'夫'字是天出头，这才叫夫！"

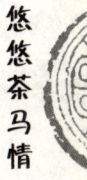

悠悠茶马情

俺答汗说："在小宝贝面前，只怕我这个天出头的本事越来越小啦。"然后自己大笑起来。

三娘子与几位首领很快到达东口，宣府总兵马芳和巡抚吴兑设宴款待三娘子一行。三娘子亲手给二人送上牛肉干、奶酪、马奶酒等物，并再次致谢。第二天，三娘子告别了马芳、吴兑，率随从经东口前往京师，并说待从京师回来时，继续走东口，与两位大人共商兴盛东口事宜。

到了京师，礼部尚书潘晟亲率仪制司、词祭司、主客司、精膳司四司郎中，接待三娘子一行，并与户部尚书张守直、兵部尚书王崇古一起，代表朝廷接受了三娘子进贡的五百匹马，同时请求内阁赏赐三娘子大量金银、绸缎和锦衣等物，并对三娘子所提兴盛东口茶马互市事项予以答复。三娘子见所提事项件件都有答复，再三表示感谢。当晚，王崇古与夫人设家宴，欢迎远道而来的朋友。三娘子送上牛肉干、奶酪、马奶酒，王夫人则送给客人每人一套精美的小孩衣帽。双方欢聚一堂，畅叙情谊，共同展望茶马互市的前景。王崇古还对兴盛东口茶马互市提了一些好意见，三娘子一一记下。

由于方逢时南归奔丧尚未回还，三娘子请王崇古转达俺答汗的问候，王崇古也代表方逢时表示谢意。

第二天，三娘子放了首领们一天假，并将朝廷赏赐的金银全部分给了他们，准予他们到京城繁华之处购物，她自己关在屋里连想带记，对东口茶马互市下步拟办事宜，一一都加以思考。

回到东口后，三娘子让随行首领们各自回还本部落，她和哈格、满格三人共住辛爱黄台吉为她们提供的一所暖帐，然后去找马芳、吴兑两位大人，与他们共商兴盛东口茶马互市事宜。此时，朝廷已同意三娘子所提兴盛张家口茶马互市的意见情况，由礼部来文通报到马芳、吴兑二人手中。吴兑告诉三娘子，为了表彰马芳十数年护卫宣府的功劳和对东口茶马互市做出的成绩，朝廷已加升马芳为兵部侍郎之衔，三娘子连连恭贺。

三人坐下后，三娘子便向马芳、吴兑述说了她向朝廷报告兴盛东口茶马互市的情况，以及朝廷的答复意见。三娘子说："礼部尚书潘大人，和户部尚书张大人，兵部尚书王大人，既热心又高效，小女子报告的这些情况，他们很快报告了内阁，并得到批准。小女子这些天别提多高兴啦，现在的任务就是请两位大人一起指点双方去落实。"

马芳高兴地说："我和吴大人昨日接到朝廷这份情况通报，连夜商议了落实的意见和办法，就等夫人前来拍板啦！"

三娘子说："这又增添了小女子的一份兴奋之情啊！那我就说说具体的情况，两位大人予以指点。说来也简单，且互市期间小女子已向两位大人大致说过了。一是除每年五月开市的官办互市外，再增加民间开办的互市，包括定期和不定期两种，以便形成月市、小市，使互市在一年四季中，月月、日日都有。二是互市的物资，不再限于隆庆和议规定的那些，蒙古除马匹、毛皮之外，再增加牛、羊、驼、驴等牲畜和其他鬃尾畜产品，还有大草原盛产的鹿茸、麝香、羚羊角等药材。天朝除茶叶、丝绸、布匹、铁锅之外，其他蒙古没有或缺少的东西，都列入交易范围。小女子一开始提出再增加棉花、针线索、改机、梳篦、糖果、梭布、獭皮及其他制品，潘晟等大人又增加了纸张、书籍、漆器等，到了内阁，干脆允许只要蒙古没有或缺少的东西，都列入交易范围。此外，小女子提出，丝绸不要限于一种，将天朝出产的所有丝、绸、缎、帕、帛、绒等等，都列入交易范围，朝廷全部予以恩准。"说到这里，三娘子那白里透红的脸蛋上，透出了无限的喜悦。

吴兑说："夫人这一行，收获真是太大啦，这样做起来，这东口漫山遍野，都会成为互市的市场啦。"

三娘子说："潘大人说，日后的月市也好，小市也好，继续在元宝山西沟一带，地点不变。"

马芳说："元宝山一带空间广阔，月市、小市开办起来后，可以将具体地点与五月份的集中互市分开，并使其固定化。"三娘子和吴兑都点头赞成。

三娘子又说："小女子想了一下，下步要把民间的互市开办起来，使月市、小市样样齐全，一年四季什么时候都有，且将交易物资范围扩大起来，使想要什么就能交易到什么，眼下面临的最大问题和困难，就是如何把商家和物资都调动过来。蒙古方面好办，由可汗向各部落下令就行，蒙古牧民只要听到这个消息，马上就会赶着他们的马匹和牛、羊、驼、驴及其他交换物，从各部落涌来。汉人兄弟可能就难了，因为商家遍布各地，

悠悠茶马情

· 167 ·

把他们找来可能就困难啦。"三娘子说到这里，那美丽的脸庞上又浮现出了忧思。

吴兑点了点头说："夫人言之有理，如果官家不出面，单凭民间去组织，的确会很困难。但只要组织起来就好办啦，只是开头难哪。"

三娘子听了，点了点头，叹了口气。

马芳听三娘子说到汉人商人难组织时，便陷入了沉思。他一动不动地坐在那里，呆呆地看着墙上的一幅骏马画图。三娘子和吴兑见马芳很少有这种发呆的情况，便静静地等待着他。

突然，马芳站起身来，一把握住吴兑的手说："吴大人，你说如果我辞官为民，然后我去召集组织那些各地商人，这不违背民办的规矩吧？"

三娘子一听，连忙说："大人，不行小女子再进京去找潘大人和王崇古大人，让他们帮助想办法，大人绝不可有这样的想法！"

吴兑也说："办法总会有的，大不了明年五月茶马互市开市时，再向各地来的汉人说，由他们再去组织或帮助通知他们附近的商家，大人不可起此念头。"

马芳激动过后很快冷静下来说："我是个普通的农家子弟，小时候被鞑靼人掳至蒙古后，蒙古人没杀我，并让我牧羊，使我有了练习骑射的机会，并练成一身武艺。后来因为救过俺答汗，便在可汗左右侍候，可汗待我也不薄。回到大明后，与蒙古人对抗了三十年，虽然互为敌人，但我一直对蒙古兄弟充满了感情，不忍杀戮。如今，在可汗和我大明朝的努力下，双方实现了友好互市，使两个民族重新成为兄弟，我这心里，比任何人都高兴！看到互市时蒙古兄弟换到他们需要的东西那份高兴劲，我当时就已经下定决心，这后半生就为蒙古兄弟服务啦。现在，恰好需要有人张罗民办互市这些诸多的事务，我想来想去，我辞官后去充任这个角色，最为合适。况我已是奔六十岁的人啦，离致仕的年头已经不远啦。现在辞官，一心去为茶马互市做事，还能做它十年二十年，这样一来可以报答皇恩，二来可以遂了后半生为蒙古兄弟服务的心愿啦！"

三娘子听着马芳的话，两颗泪珠不觉地流到了细嫩的香腮上，听完后，她擦了一下泪水又说："大人，不可这样，蒙古人欠你的情太多啦！"

马芳说："兄弟之间，不存在谁欠谁的情。就是欠了谁的情，也是兄弟情。我心已决，现在就进京去向吏部申请辞官，并请他们准许我去为东口茶马互市尽情！"说着，站起身来便往外走。走了几步又回头说："吴大人好好陪夫人在东口和宣府看看，我力争尽快回来，回来后，我给夫人一个立即启动民市的回答！"说完，头也不回，上马便向京城驰去。

三娘子一句话也说不出来，她望着驰向远方的马芳的背影，再次双膝跪了下去。

四

到了京城后，马芳先到兵部去找老上司王崇古。王崇古听了马芳要辞官为民后，专门为东口茶马互市尽责的想法后，很是感动。王崇古在出任宣大总督的几年中，很是了解这位有勇有谋的总兵官，知道他亲自来京找朝廷，绝不是一时心血潮所致。他思索了一会儿后对马芳说："难得阁下有如此心境，我大明如多几个像阁下这样的官员，何愁蒙古不与我大明再成一统！我支持阁下这个举动，愿阁下能以你的热心、敬业和才干，将张家口茶马互市做得有声有色，成效卓著，成为边墙沿线诸多互市的模范。但阁下在宣府边防效力三十年，一直做至总兵官，如今自愿辞官去为蒙明友好大业做贡献，不能亏待了阁下，我想朝廷也不会亏待阁下。阁下可回驿馆歇息，我即刻便去吏部和内阁，向诸位大人报告，请求他们公正对待此事。"马芳听了王崇古的话，也很是感动，深深施了一礼，便回驿馆等待去了。

王崇古出了兵部才想起来，吏部尚书眼下还是由内阁首辅高拱兼任。于是，他径直向内阁办公房走去。到了内阁，恰好高拱正和张居正正在一起商议事情。二人一听王崇古求见，便让侍官快请。

听王崇古说了马芳的情况后，张居正先说话了："马芳在宣府一带抵御蒙古三十年，功勋卓著，如今转这么大的弯子，去做这样的善举，难能可贵呀！本人意见：其一，尊重个人选择，朝廷要予以支持并倡导；其二，辞官后保留其兵部侍郎的待遇，薪俸在兵部领取。"

高拱听了说："本首辅同意叔大阁下的意见，崇古阁下转达本首辅和

悠悠茶马情

叔大阁下对马芳阁下的敬意，让他不必在京等，回头本尚书派员去宣府给他办理请辞手续并报圣上签批。"

王崇古见这么快便将事情办妥了，深深向两位首辅施了一礼，转身出了内阁。然后，径直向驿馆走去。

马芳见王崇古这么快便给了自己答复，连连感谢。王崇古说："如今朝廷面貌风气一新，都是因为有一位有为奋发的君王啊！"

没等马芳说话，王崇古又说："刚才我从内阁出来后，本想直接去礼部，再为阁下衔接一下下步的事情，后来一想，礼部的积极性比我都高，还是阁下直接去与他们面谈吧。"

马芳说："好，下官这就去礼部。"说着，两人一齐走出了驿馆。

礼部两位郎中共同接待了马芳，他们听马芳述说了情况后，站起身来向马芳表示敬意。然后，他们表示，民办也离不开官家的支持，并让马芳将情况向礼部行一份文书，然后部议后，下发各布政使司，请求他们的支持。马芳告诉他们，文书需待数天后再送来，并以宣府巡抚的名义呈送，那两位郎中回答说，礼部随时做好服务。马芳再三感谢。

回到东口后，马芳向三娘子和吴兑述说了京师一行的情况，三娘子甚是高兴和感动，连连向京师方向作揖。吴兑当即唤来执笔之人，三人一同商议了一会儿后，那执笔之人便去撰写文报去了。

第二天，文报呈至吴兑手上，吴兑征得马芳和三娘子同意后，派专人前往京师报送去了。

过了几天，前往礼部报送文书的人回来说，礼部官员嘱咐，东口的民市筹备事宜，现在就可以着手做了，他们预计，两个月内，各布政使司都会上报情况，力争大年过后就让月市、小市开业。此时，吏部官员也来到宣府，为马芳办理了免职报批手续。

马芳对三娘子说："夫人请回蒙古吧，在下现在无官一身轻，以后就可以专心致志地配合夫人准备开办民市事宜啦。礼部转来各布政使司报送参加东口民市互市的商家名单后，在下立即派人去归化城报告夫人。蒙古牧民参加民市互市的人员和交易牲畜，也需有个通知和准备的时间。"

三娘子感激地说："两位大人和大明朝廷对蒙古的关心，蒙古人世世代代都会铭记。小女子回到蒙古后，会向可汗认真报告这一段的情况，并让每个蒙古人都知道。同时，我蒙古会尽快做好参加民市互市的准备，小女子会将相关情况定期前来报告两位大人的。"

马芳说："在下已是平民一个，大人今后再不要称在下为大人啦，只称老马便是，在下也会自觉地做一个为互市出力的识途老马。"三娘子怀着无比崇敬的心情，叫了一声：老马。

三娘子启程回蒙古前，宣府巡抚吴兑前往送行，并赠她八宝冠、百凤云衣等礼物。三娘子泪眼汪汪，恋恋不舍地辞别了吴兑和马芳等人，驰回了归化城。

回到归化城，三娘子向俺答汗、剌布克台吉和两位军师详细述说了京师朝贡和朝廷支持开办民市情况，以及马芳辞官专为茶马互市服务等情况。俺答汗听完大声说："我们蒙古人，忘了什么事都行，就是不能忘了大明天朝对我们的这份情啊！"

第二天，三娘子便征得俺答汗同意，让附近几个部落准备大量牛肉干、奶酪、马奶酒，以便她在民市开市时，对东口这片充满浓浓茶马情的大地，有点略表感激之情的微薄礼物。

马芳自三娘子走后，天天在西沟元宝山一带，给月市、小市选地方，平整场地，用木头埋设桩子，搭设架子。还准备了许多草料，垛在那里，以备冬季交易时大雪覆盖草地，牲畜临时吃嚼。开始时，他的两个护兵帮着他干，后来总兵府的军士们轮流帮他干。几个月下来，在长长的沟侧，开出了一条交易长街，足有数里，几个后生还找来木板，用浓浓的墨汁写上铁锅交易处、茶叶交易处、糖果交易处等等，立于数里长的交易长街上，以便使各种物资有个指定的交易位置，避免届时出现乱象。

这日，已是冬月时节，宣府巡抚吴兑亲自来到马芳劳作的现场，告诉他说，礼部已经将各布政使司可以前来参加民间互市交易的商家名单和参市物资明细转来，并问什么时候让商家到达东口。马芳看时，见十三个布政使司中大多数都有商家参市，足有数百家，物资也应有尽有，不仅三娘子提的那些样样俱全，原来没想到的包括文房四宝、珠宝玉石等，也列入了明细。

马芳说："大人冒着寒冷这么远前来，让在下过意不去，再有此事，大人派个人来通知一声就是啦。"

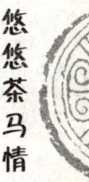

悠悠茶马情

吴兑看着身穿布衣、脸上皱纹明显增多，稍显疲惫的马芳说："兄长为茶马互市竟能付出如此身心，小弟这算得了什么呢！再说小弟也需看看现场，看民市开市前还需小弟做点什么。"

马芳说："现在可以说万事俱备，只差开市啦。三娘子前天还派人来说，蒙古方面已经做好了准备，只待日期确定后，牧民们便会上路前来赶市啦。照现在这种情况，在下认为两个月后开市应该没有问题，大人以为如何？"

吴兑点点头说："那就定于雨水或惊蛰之日开市吧。"

马芳想了想说："考虑到江南较远的地方前来东口的时间，加之必须过了大年才能启程，还是稍晚一点为好，毕竟是刚开市，还是把时间给的宽裕些吧。"

吴兑说："好，那就定在谷雨时节。"

马芳说："好，谷雨时节。"

吴兑说："小弟回府后，立即行文给礼部，让他们通知所有参市商家，谷雨时节到达东口。"

马芳说："那就有劳大人啦！"

吴兑说："兄长有事需小弟做时，让人捎个信来。"说完，上马回府去了。

吴兑走后，马芳立即将专门与三娘子联络的人员派走，告诉她东口茶马互市的民市开市日，定于明春的谷雨时节。

第十一章　富邦左俺答成大德

一

　　转眼到了大年。过了初一到十五，元宵过后龙抬头。龙抬头之日，春分也已过去。接着便是清明，清明过后便是谷雨。谷雨时分，东口大地已是草青树绿，遍地生机。由三娘子发起、大明朝廷积极支持的民间茶马互市，即将在朝廷认定的地点西沟元宝山一带开市了。

　　三娘子在两位侍女哈格、满格的陪护下，与几位土默特万户首领，还有鄂尔多斯、永谢布万户的五六位部落首领，提前五六天前便到达东口。她先看望了马芳，拜访了宣府巡抚吴兑，然后察看了西沟元宝山民市场地。当看到马芳打造的交易长街上矗立的木桩、木架，平整的物资摊位等，三娘子不由得向马芳暗暗地点了点头，对这位甘愿奉献的老马表示敬意。

　　民市开市的头天晚上，三娘子在西沟举行篝火晚会，邀请宣府巡抚吴兑和马芳等人作客，蒙汉双方前来参市的人员欢聚在草地上，品尝着三娘子带来的牛肉干，奶酪和马奶酒，几家汉人商家也献出他们携带用作交易的糖果等物，让蒙古朋友品尝。三娘子和侍女哈格、满格，拉着那些部落首领在草地上跳起了蒙古舞蹈，不知是谁还拉起了蒙古浑雄悠扬的马头琴。其他蒙古人见他们的可汗哈屯带头起舞，纷纷加入到舞蹈大军中去。一些汉人也被三娘子等人拉进舞场，跟着蒙古人的节奏跳了起来。民市尚未开业，蒙汉兄弟已被浓浓的茶马情所感染。

悠悠茶马情

第二天，阳光明媚，空气清新。一大早，参市的人们便从四面八方向交易长街聚集过来。由于有了木牌标志，汉人商家都很快找到了自己的摊位。同一物资的不同商家，相互客客气气地在谦让着摆放自家的物品。已经驻足等待交易的蒙古兄弟，主动走过去帮助搬抬。

马芳头天晚上参加完三娘子举行的篝火晚会后，便和几个帮忙的汉人后生在附近搭设的草屋中过了一夜。因此，从第一个进入长街的商家，一直到最后进入的商家，都受到了他的欢迎和指点。不管是蒙古人还是汉人，凡是前来参加互市的，都早已听说东口互市上，有一位总兵官主动辞官为互市操劳，因此人们见了面都在相互议论着或打听着马芳，当得知眼前之人就是马芳时，人们都恭恭敬敬向他施礼致意。

三娘子就住在附近搭设的军帐里面，因此一大早便随着第一波参市的蒙古人来到了交易长街，在离马芳不远处与人们谈笑着。

马芳与三娘子事前商定，由于是民市开业，因此就不劳吴兑前来出席开业仪式了，而且开业时，也不搞任何仪式，只是由马芳和三娘子共同宣布开市即可。

看看时辰已到，且交易长街早已人头攒动，马芳和三娘子双双走上长街居中处的一处高台，二人一齐大声喊道："蒙汉兄弟们，东口民间茶马互市，现在开业！"人们欢呼了一会儿后，便进入交易之中。

马芳带着几个汉人后生，三娘子带着两位侍女，在一起稍作商议后，便开始逐个摊位察看走访起来。他们一来是察看商家都带来了什么交易物资，并向他们致谢，二来是询问他们是何种长期打算，即日后是参加月市，还是参加小市，抑或两者都参加，并询问有什么困难，需要如何帮助。两天下来后，马芳和三娘子分别掌握了汉人和蒙古人的情况，并多次坐在一起，商议解决商家提出的问题。

经过五六天的交易，剩下近三十家还可继续交易，其余大部商家由于交易物资都已出手，只能待下个月，或下两个月、下三个月后再次前来参加交易。于是，马芳和三娘子与这些商家逐一落实再次前来的时间和可以运来的物资情况，并将他们暂时列入月市互市者。剩下近三十家货源充足或有后方运力跟随的商家，马芳和三娘子将他们列入小市互市行列，并为他们长期住在东口，采取了一些吃、住等方面的方便措施。

看看大部分汉人商家已结束了自己的交易，马芳和三娘子再次坐下来，商议一些比较重要的大事及解决办法。虽然存在问题很多，但马芳和三娘子都找到了解决的办法和措施，但还有两件事，二人商议，只能向宣府巡抚吴兑报告，请求官府帮助解决了。

吴兑虽然没有参加这次民市互市，但每天的情况他都及时准确地掌握到手，特别是听说汉人商家所带物资应有尽有，且极受蒙古兄弟喜爱时，他很是高兴。当得知马芳和三娘子有重要事情请求帮助解决时，他立即将巡抚府衙中负责户、工、礼事务的官员们召至一起，共同听马芳和三娘子述说情况。

吴兑首先祝贺双方第一轮民市交易成功，然后对马芳和三娘子说，有什么事需巡抚府帮助解决，一定不遗余力。马芳说："在下与夫人想来想去，觉得还有两件事必须由大人出面协调才能解决，因此特向大人报告。其一，为了加强蒙古方面对入市马匹和其它牲畜的管理，维持马市秩序，拟成立一个专职机构，但这样的事情需官家同意才行。其二，汉人们交易到手的马匹和其它牲畜，多数人需要再将牲畜卖出去，以便换成银两，继续维持他们生产交易物资及运输所用，否则，就再无本钱所用。虽然将牲畜赶至他们的家乡，比在北方卖得价更高一点，但长途驱赶牲畜多有不便，因此，大多数人期望在原地变卖牲畜。在下与夫人征求了这些商家的意见，他们都期望官家能在东口一带开市设一个汉人马市，以便方便他们的牲畜出手。"

三娘子说："蒙古人又给大人添麻烦啦。"

吴兑说："夫人快别这样说，为蒙古兄弟服务，正是在下应该做的。"他站起身来想了想又与手下几位官员简单议了几句，然后说："兄长和夫人能否等上几日，适才兄长所说两件事，小弟都有想法，但小弟需向户部作以报告，小弟这个巡抚可能做不了这样的主。"

马芳和三娘子都知道吴兑一定有好办法，也会得到诸部的支持，因此再三感谢而去。

过了不到十天，吴兑亲至小市，对马芳和三娘子说："兄长和夫人提出的两件事，已有了解决的办法。关于成立一个管理入市马匹和其它牲畜的专职机构问题，户部意见这个机构为蒙古方面的机构，人员为蒙古人出

悠悠茶马情

任，但人员的薪俸由我大明支付。夫人可为此机构起个名字，另外看设几人为好。然后，此机构便可立即设立起来办差。"三娘子听了，再次激动起来。她自言自语地说："感谢二字已经太无力啦，小女子不知再说什么啦！"

吴兑接着说："关于汉人交易到手的马匹和其它牲畜变现为银两问题，户部深为同情和支持，并赋予本巡抚以裁决权。小弟拟采取两个办法来解决此事，一是我宣府设立一个马市，在茶马互市上交易到手的马匹和其它牲畜，可到此处再与内地人交易。为了不使我宣府马匹过多而压了牲畜的价码，本巡抚拟再与顺天府、保定府、河间府等地联络，吸引他们那里的人前往宣府买马和其它牲畜。二是更进一步，让买马人持银两直接到互市现场，与交易人做买卖。如果交易人认为价码合适，可从蒙古兄弟手上换到马匹和其它牲畜后，当时就转手卖出去，换成银两。"

马芳听了，握住吴兑的手说："大人为茶马互市服务，可谓是精心而为，让我等感动啊！"

吴兑说："兄长连官都辞了，小弟这样算得了什么呢！"

吴兑和马芳说话间，三娘子已将管理马市的机构名称想出来了，她对吴兑和马芳说："管理机构问题，小女子想了一下，可以叫'兀剌赤'。'兀剌赤'在蒙古语中是维护马市秩序的专职人员之意，但专职人员合起来不就是个管理机构吗！至于设多少人，小女子认为多则五人，少至三人便可。"马芳点头赞成。

吴兑说："好，那就叫兀剌赤，人员先按五人来定。夫人选好人后，将他们的名字告诉在下，以便为他们支付薪俸。"三娘子深深地点了点头。

在吴兑的关怀帮助和马芳、三娘子的直接努力下，东口的茶马互市由小市又迎来第二个月市、第三个月市，同时隆庆和议规定的官方主办的每年一度的茶马互市也隆重开市。官方互市后，民办的月市和小市便一直接下来，再无断档之日。自此，以土默特蒙古为核心，蒙古右翼为主体，包括青海、甘肃及阿尔泰山一带的瓦剌部落，都纷纷慕名而至。汉人所生产的，在其他互市地点见不到的物资，在东口都能换到手，而且月市、小市的规模越来越大，蒙古人越来越多，在春、秋两季气候好时，天天都好像官方主办的大市一样，人山人海，东口的名声已经传遍了整个蒙古。

远在察哈尔驻牧的蒙古大汗土蛮汗，也很快得知了俺答汗与明朝茶马互市的重大进展。这日，土蛮汗对察哈尔万户阿穆岱洪台吉、喀尔喀万户卫征苏巴海说："阿勒坦汗这一段与明朝打得火热，成绩不小，听说那个东口的茶马互市已经声震整个蒙古，连瓦剌部落的人都不远千里之遥前往东口赶市。本汗之意，我等扮作普通蒙古人，前往东口走上一遭，察看一下情况，如何？"

阿穆岱洪台吉和卫征苏巴海也早已听说俺答汗在东口与明朝的茶马互市搞得如火如茶，心里早就痒痒着想去看看，但碍于蒙古大汗驻牧左翼，不好背着大汗前往。今见大汗提出要前往，二人异口同声表示同意，并各让自己的部下准备了数百匹好马，名义上是为大汗着想，而实际上都想换些自己需要的东西回来。

土蛮汗与两位万户汗秘密到东口赶市的消息事先谁也不知道，一直到土蛮汗等人用他们数百匹好马，将东口月市、小市几乎所有汉人摊位的物资全部换走后，有人才知道是蒙古左翼两位万户汗陪蒙古大汗前来。

一直在东口操持茶马互市没回蒙古的三娘子，听说土蛮汗亲自前来东口巡视并大量交易物资，连忙派人回归化城向俺答汗报告情况。

俺答汗自认定要在有生之年，在富邦富民的基础上建城建庙，兴盛佛教，收拢人心，以成大德之后，便一心在归化城坐镇修筑新的城池，这几年哪里也没去。唯有大明隆庆皇帝突然病逝，俺答汗听说后想进京吊唁，但朝廷传来隆庆帝遗旨，不准任何外官进京吊唁，以免影响国家事务正常进行而没能成行。得知土蛮汗已亲临东口，俺答汗对刺布克台吉说："小弟在家继续坐镇，务要将新城善始善终地建好，如今土蛮汗亲临东口，为兄如不去查看一次，会让别人说为兄太傲慢啦。"

刺布克台吉说："兄长自东口民市兴起后一次也没去，虽有钟金哈屯在那里张罗，兄长不去也的确说不过去。"

于是，俺答汗率都刺和威静宰桑两位军师，上路启程向东口前行。

俺答汗在家坐镇这几年全然不觉，但一上路，便不断地遇到或是前往东口，或是从东口已交易返回的各路蒙古人。他们得知眼前是土默特万户汗，便纷纷跪下给俺答汗磕头，不停地赞颂茶马互市给蒙古人带来的好处

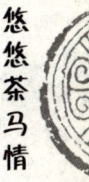

悠悠茶马情

· 177 ·

和方便，赞颂俺答汗的恩德。俺答汗很是吃惊和感动，一路上不断地与各路蒙古人交谈，并不知不觉来到了东口。

到了东口后，看到日日都在不停地交易的互市场面，俺答汗握着马芳和吴兑的手说："这日日不停地互市场面，使千万蒙古人自此走上安稳的生活之路，也使我右翼蒙古成了蒙古中的富庶和安逸之地啊！"

吴兑说："可汗顺势而为，数十年坚持不懈，终与我朝达成隆庆和议，造就了这蒙古兄弟安逸生活之基础，可谓功德无量，形似佛界的高僧大德呀！"吴兑知道俺答汗正在蒙古兴盛佛教，便说了一句以佛教为指之语。

俺答汗听了大喜道："吴大人说这话本汗高兴，本汗的确正在想做个大德之人。"哈哈大笑一阵后，俺答汗又说，"吴大人，明日本汗做东请大人和马将军吃一次酒，大人不会推辞吧？"

吴兑说："在下深谢可汗相请盛意，只是明日有位远方之客要来察看东口互市，我们相聚可否推迟一日？"

不等俺答汗说话，马芳连忙说："让穆大人也一同认识一下可汗，岂不更好！"

吴兑看俺答汗时，俺答汗说："既是来察看东口互市情况，说明我们是一家人，如吴大人认为可以，我们便请这位大人一同饮酒相聚，岂不更有意思！"

吴兑说："可汗愿意时，在下更是乐见其成。"

第二天，吴兑和马芳陪着一位远道而来的客人，骑马前往俺答汗的宿营之地相聚。俺答汗与三娘子在侍女哈格、满格的陪护下，前往张家口堡城墙下迎接。

吴兑向俺答汗和三娘子介绍了客人。原来吴兑要接待的客人叫穆文熙、字敬甫，东明人，嘉靖四十一年进士，此时正任广东布政使司参议，后来官至广东副使。俺答汗见穆文熙一副文人风采，连连夸赞。穆文熙见俺答汗和三娘子这对老夫少妻如此恩爱，也连连夸赞。一行人先前往交易长街，俺答汗和三娘子、吴兑和马芳陪穆文熙仔细考察了茶马互市，并交流了广东可以提供东口互市物资与蒙古需求情况。

考察结束后，穆文熙甚是高兴，望着长长的交易长街，看着身着华丽汉装，满身珠光宝气的三娘子和两位像绿叶衬映红花一样的侍女，穆文熙不禁诗兴大发，在马上吟诵了一首《东口互市见闻》诗："少小胡姬学汉装，满身貂锦压明珰。金鞭娇踏桃花马，共逐单于入市场。"吟罢大笑，众人皆扬鞭驰向俺答营帐而去。

<h2 style="text-align:center">二</h2>

俺答汗在东口住了几天后，留下威静宰桑和兀剌赤的后生们，坐镇东口，照应互市，他偕三娘子和都剌，回到归化城。

三娘子因东口民办互市兴起后，一直坐镇东口，但她对重修归化城之事，也甚是惦记。因此，回到归化城后，她立即让侍人带她去察看新建城池情况。俺答汗说："我的宝贝啊，你就不能稍微歇上一歇，待我老头子歇过劲来陪你一起去！"

三娘子看到稍显疲惫的俺答汗说："可汗好好歇歇吧，为妻不去看看，心里实在憋不住啦！"

俺答汗说："也好，你先去看看新修建的归化城，明天为夫再陪你去看一个这几年修建的另一处重要城庙。"

三娘子走到俺答汗面前，拽起他的胡子说："真能干，这两年没少干！"

在侍人和几位军士的陪护下，三娘子来到了尚在建筑的新的归化城。

俺答汗新建的归化城，即今呼和浩特市的旧城。它北枕巍峨起伏的阴山山脉大青山，可通北部丰美的草原，南临波涛滚滚的黄河水，与鄂尔多斯高原隔水相望，东连连绵起伏的蛮汗山，西连河套，为西进甘宁之门户。这里，位于黄河、大黑河冲积而成的平原，土地肥沃，地势平坦，灌溉便利，因此称为敕勒川丰州滩。

三娘子看时，城池恢宏雄伟，金碧辉煌。侍人介绍说，城池是俺答汗下令模仿元大都的样式而建，有八座楼和琉璃金銮殿。三娘子一边点头数着八座金楼，一边打量着高达三丈的砖墙。从城的南门进入，又从城的北门出来，三娘子目测了一下，见城的周长足有二里许。

回到俺答汗身边后，俺答汗问道："宝贝对这座新归化城有何评价

悠悠茶马情

呀？"

三娘子说："很好，又不够好。"

俺答汗说："宝贝真是有你的独特见解，快说说，怎么个好，怎么个不够好！"

三娘子说："八座金楼像八个金铃穿在一起，且各具特色，很好。但城的周长只二里许，稍显小气，因此又不够好。"

俺答汗听了连连点头说："宝贝的确眼光独特，当初修建时，还觉得很大气，基本建成后再看时，是觉得有些小气，但也只能这样啦。"

三娘子说："过些年如有可能，也再让她大气起来。"

俺答汗说："如何能让她大气起来呢？"

三娘子说："可在这八座金楼之外，再建一座外城，使其规模宏伟些，这样，这座新的归化城便完满啦。"俺答汗听了，连连点头赞成。

后来，在俺答汗病逝的前夕，俺答汗和三娘子又扩建归化城，修筑了一座规模宏伟的外城。

重新修建的归化城由青砖砌成，远远望去，一片青色，当时蒙古人民给她起了一个美丽的名字，叫库库和屯，并译为呼和浩特，汉意为青色之城。后来崇祯五年时，清太宗皇太极战败蒙古最后一位大汗林丹汗，追到归化城时，纵火烧城，将归化城烧毁。清朝征服蒙古后，归化城在废墟上得以重建。

三娘子看完新建的归化城后，第二天，俺答汗又陪她去看几乎与新建归化城同时建筑的美岱召。

美岱召位于今包头市土默特右旗美岱召镇。她背靠大青山，前临土默川，黄河在其南面流过。俺答汗和三娘子出了丰州滩，向西驰奔了一个多时辰，才来到美岱召。美岱召此时已完全落成，正在吸引西藏喇嘛教活佛来此弘法。但此时美岱召还被叫作弘法寺。直到万历十一年时，西藏僧界特派麦达力活佛来蒙古掌教，因麦达力活佛曾在弘法寺坐床并为弥勒佛像主持开光仪式，人们才称弘法寺为麦达力召即美岱召。万历末年，美岱召又被叫作灵觉寺，清乾隆帝还曾赐名寿灵寺，但美岱召一直深入人心，被叫到现在。

看到占地宽阔、兼有城堡、寺院、官邸、私宅诸功能于一身，且为汉藏风格结合一体的这个雄伟的建筑群，三娘子点点头说："夫汗这几年的确向佛界靠近了一大步，看来只等成为大德之人啦！"

俺答汗说："为夫这些年看，在这蒙汉分裂，全蒙古又极不统一的时候，要想拢住人心，只有让人们崇佛向佛，这样才能将蒙古人统治好，形成一体。如今，大明为我们提供了物资条件，而土蛮汗的统治又使我们甘为万户汗，不是正应该做点称雄右翼，拢住右翼蒙古人的事情吗！"

三娘子望着已经很显苍老的丈夫，敬佩地点点头说："可汗既有雄心，又审时度势，既善于驭人，又善于居人之下，一生虽为万户汗，但蒙古大汗当为不及呀！"

俺答汗笑着说："本汗老来得了夫人这样的贤内，让本汗能在余生中成此大德之业，也是本汗的福分呀！"

三娘子又娇嗔地说："还不到说这样话的时候，可汗要做的事情多着呢！"

俺答汗说："待乌思藏活佛来了以后，我们要做的事会更多起来。"

三娘子说："为妻日后在照应东口等地的茶马互市之余，力争多来这座弘法寺，一方面多受活佛教诲，使觉悟更灵捷，一方面多与蒙古信教之众接触切磋，日后成个女佛。还有，为妻日后死了，就将骨灰放在这里。"

俺答汗说："好啊，这座城寺殿堂极多，哈屯想把骨灰放在哪里都行。"

三娘子看了俺答汗这两年建的新归化城和美岱召后，很是兴奋，一连多少天，她都在用心思考着尽快将新归化城竣工和利用美岱召开展弘法事宜。很快，新归化城在年末全部竣工，过了大年，三娘子亲自组织和指挥，让俺答汗及小汗廷的万户首脑们，都迁进了这座新的城池。然后，三娘子又亲自指挥蒙汉民众，将白莲教徒牵头建的旧城拆毁。

吸引西藏佛教活佛来弘法寺弘法传教之事，开始颇为曲折，西藏僧界虽派过几个活佛前来，但俺答汗和三娘子都是不甚满意，来过的活佛都很快又离开美岱召。俺答汗对三娘子说："看来蒙古在乌思藏佛教中地位还不行啊，我们仅有金碧辉煌的弘法寺，还无法引来他们高僧大德级的活佛呀！"

悠悠茶马情

三娘子说："那夫汗有何对策？"

俺答汗："看来为夫需亲往乌思藏，拜访藏传佛教的顶级喇嘛，在与其相互认可的情况下，才能请到真佛，取到真经啊！"

三娘子点头说："夫汗不愧为夫汗，真个是审时度势的夫汗。但夫汗认为只要夫汗前往乌思藏，就能请到真佛吗？"

俺答汗摇了摇头说："没那么容易，但三年后即可。哈屯以为如何？"

三娘子深深地点了点头，然后说："恰好威静宰桑已从东口回来，为妻去请那几位过来，仔细商议一下我们这三年都干些什么，以及怎么干！"

俺答汗也深深地点了点头说："知我者，哈屯也！"

三

新归化城金楼琉璃金銮殿里，俺答汗和三娘子正与可汗首辅剌布克台吉、军师都剌、副军师威静宰桑等人，在商议着躬行三载、强大右翼、提高地位、重塑蒙藏关系这样一个重大议题。俺答汗稍作引导后，两位军师便侃侃而谈，提出了自己的想法，剌布克台吉对二位军师的意见作了一番评说，然后请三娘子和俺答汗定夺。

看到俺答汗殷切的目光，三娘子说："可汗首辅和两位军师说得都很好，为妻同意他们说的意见。我认为，我们这三年就是要做好三件事：其一，继续与大明搞好茶马互市，让我土默特蒙古乃至右翼蒙古及更大范围的蒙古人，过上更安稳的生活，积攒下更雄厚的家底，也使可汗在全蒙古树立更高的威望。其二，以归化城为依托，兴盛商业贸易。如今，归化城已是远近闻名的蒙古城，不仅在鞑靼、瓦剌最为知名，而且在大明也逐渐为人所知。从现在起，我们要借与大明茶马互市的商机，吸引大明各地汉人来这里卖货，同时吸引所有蒙古人来这里买货，使归化城成为一个天下最大的商业城，建起成数百的商号。买卖大了，不但归化城的名气会越来越大，我们也会收取更多的赋税用以富国兴邦。其三，通过各种途径和办法，加强与右翼的其他两个万户的交往，使蒙古右翼三个万户像一家人一样，形成强大合力，以便日后以一人之声面对藏传佛教。眼下，我土默特万户汗在右翼蒙古中已有很高威望，实际上已是右翼的盟主，但这种盟主地位还要极大地加以强化。强化的途径和办法，除了友好地走动、联姻以外，重要的是通过前两项措施，使袄儿都司和永谢布两个万户的蒙古人从中受到实惠，以便更加凝聚他们的人心。"

俺答汗点点头说："诸位说的的确都很好，本汗不去重复啦，今后三年要做的三件事，就按哈屯刚才归拢的去做，本汗一字不改啦。三年都见到成效后，我们就进军青海和乌思藏，真正将藏传佛教引到大草原。"其他人都点头。

俺答汗又说："如何将三件事一一干起来，还是多少分分工为好。与大明继续搞好茶马互市，以及吸引大明各地汉人来归化城做买卖，由钟金哈屯全面负责。兴盛归化城的商贸，吸引方方面面蒙古人来这里与汉人买卖，由都剌阁下兼理。加强与右翼其他两个万户的交往和联系，由威静宰桑阁下负责。本汗和小弟剌布克台吉都是六十多的人啦，精力越来越不行啦，但这三件事中的大事，我二人争取都出面。此外，我二人重点研究一下藏传佛教进入蒙古的一些事情，确保三年后藏传佛教顺利进入右翼蒙古。"

三娘子、都剌、威静宰桑领命。

三娘子在归化城做了一些准备后，然后启程回东口，准备进一步推进双方的茶马互市，并与明朝商议，引进大明各地商人，进入归化城，在那里兴盛商贸。

三娘子启程前，俺答汗对她说："辛爱黄台吉这一段几乎连我们的面都不见了，他是对我们与大明打得火热有意见，堵死了他生来好斗、好抢的嗜好。哈屯此次前往东口，还需防备他再犯老毛病，兴兵抢劫大明，破坏了双边关系。"

三娘子说："为妻也是这样看法，但如何去防止他再去抢劫？"

俺答汗说："为夫已经想过了，只有哈屯手上握着一支重兵，辛爱才会有所收敛。因此，哈屯前往东口时，便将为夫专为你准备的一支三万精骑带上，作为对黄台吉的震慑。但哈屯到了东口后，要立即与大明边官说清楚，免得引起明军的误会。"

悠悠茶马情

三娘子深情地拥吻着俺答汗说："夫汗真是夫汗！"

自此，三娘子、都剌、威静宰桑等人，都按照俺答汗与众人共同商议确定的任务、目标，在踏踏实实地干着，俺答汗请真佛、取真经的条件，正在一点一点地成熟起来。

元朝对中原失去统治后，曾兴盛一时的藏传佛教萨迦派，即红教，便随之衰落下去，甚至几近绝迹。该教派的一部分僧侣跟随元朝统治者迁居蒙古草原，在蒙古故都和林，沿用国师称号，管理寺院。但与元朝时期相比，红教势力已日益消沉下去，与之相对应的，古老的萨满教已在蒙古恢复了往昔的统治地位。

当初，元朝吐蕃喇嘛红教派领袖八思巴，被忽必烈大帝尊为国师，并命其制蒙古新字，后来升号帝师、大宝法王，红教自此在元朝兴起。忽必烈即帝位时，违反蒙古固有的汗位继承制，曾遭到蒙古黄金家族的抵制，特别是蒙哥汗指定摄政的幼弟阿里不哥，与忽必烈之间展开了激烈的争斗。为了确保自己的统治，镇压反对势力，忽必烈大帝废除了忽里勒台汗位推举制，确立汗位世袭制。由于藏传佛教红教的佛学理论可以为自己正名，忽必烈因此尊红教为国教。北元时期，阿里不哥的后裔也速迭儿弑杀忽必烈后裔脱古思帖木儿，即大汗之后，恢复了萨满统治地位。此外，红教在元朝时的传播只局限于蒙古统治阶级上层，蒙古普通牧民绝大多数并未接触到红教。

达延汗在位期间，对蒙古宗教也作了相应的改革，他将萨满教的"天命思想"与成吉思汗黄金家族紧密联系，以宗教理论阐明黄金家族的正统性，从而将古老的萨满教"天命思想"运用到封建世袭制上，自此形成成吉思汗黄金家族后裔达延汗的嫡长子孙继承汗位的体制。

俺答汗在出任土默特万户汗后，随着自己经营的成功，已成为右翼蒙古实际上的盟主。在他兵临大明京师并逼迫明朝同意双方互市后，他曾跃跃欲试争夺蒙古大汗之位，但是，俺答汗清楚地知道，蒙古人心目中的正统观念是无法逾越的，萨满教的"天赋汗权"更是无法撼动。土蛮汗出任蒙古大汗后，俺答汗已甘心做他治下的万户汗，但用藏传佛教重新代替萨满教，已在俺答汗的心目中根深蒂固和不可动摇。不为谋取大汗之位，只为拢住人心，成就大德之业，已经成为俺答汗追求的人生目标。

隆庆和议后，俺答汗曾向明朝请求佛经和僧侣，明朝也认为利用宗教的力量柔服蒙古，不失为良策，因此明朝曾全力满足俺答汗请求经典和僧人的要求，赶制佛经颁送蒙古，并屡遣僧人前来蒙古讲经传法。但所布讲的经典教义显得陈旧，俺答汗不满足。

俺答汗在与明朝对峙彷徨的二十年中，曾在出征青海瓦剌部途中，击败一支土伯特即西藏商队，拯救了千余名喇嘛。明朝所布讲的经典教义俺答汗不满意后，曾邀请素有"额齐格喇嘛"，即蒙古藏传佛教之父之称的格鲁派高僧阿兴喇嘛前来归化城与俺答汗会晤。虽然后来几次派僧前来弘法寺讲法俺答汗还是不满意，但俺答汗一直没有动摇，并要再积三年之势，拜访藏传佛教的顶级喇嘛，以便真正请到真佛，取到真经。因为俺答汗知道，如今藏传佛教格鲁派，即黄教，已经有了一位开始被称为"活佛"的大师索南嘉措。

藏传佛教格鲁派即黄教，其创始人宗喀巴，名罗桑札巴，湟中人。因湟中藏族称为宗喀，故名宗喀巴。宗喀巴幼年入藏学习红教教义，并有论著传世。后来，宗喀巴实行宗教改革，创建格鲁派，规定喇嘛不得娶妻，严守戒律，制定学经次第，严密寺院组织。宗喀巴活了一百岁，死后他的两大弟子实行"转世相承法"，即一直传承至今的达赖和班禅，并逐渐成为西藏的执政教派，陆续建立哲蚌、色拉、扎什仑布等寺。索南嘉措大师便是宗喀巴两大弟子传承下来的教派之一。

俺答汗与众人商议完三年要做的大事后，首先派义子达云恰为首的特使，携带大量贵重礼物，前往西藏参拜索南嘉措。索南嘉措正式向达云恰宣布，他和俺答汗分别是八思巴和忽必烈的化身。

达云恰回到归化城后，俺答汗决定，在青海湖畔专门兴建规模宏大、建筑华丽的黄教寺院察卜恰勒庙，以便迎接索南嘉措。明朝皇帝万历帝朱翊钧为此下旨资助建筑材料，并赐寺院名为"仰华寺"。

四

看看三年目标已经如期达到，甚至是超额完成，特别是蒙明双方的茶马互市，交易额逐年增加，明朝各地商人前往归化城做买卖，以及慕名前

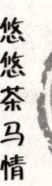

悠悠茶马情

往土默特投奔俺答汗的汉人，此时已有十万之众。俺答汗见此情形，决定请索南嘉措大师前往青海湖畔的仰华寺，在那里与他会晤，然后共商藏传佛教第二次入蒙大计。

万历五年秋，俺答汗和三娘子率领蒙古右翼其他两个万户汗、鄂尔多斯万户的库图克台彻辰洪台吉、永谢布万户的巴尔虎彻辰岱青，还有三个万户的其他重要首领，包括万户汗的助手数十人，率领十万大军，借走明朝甘肃境内的便道，从永昌城往西，经过新城堡、洪水堡、花寨堡、曹古堡、大马营堡等地到达扁都口。经过一年的行进，于第二年五月抵达青海。

在俺答汗从归化城出发前，便先派出数个使团，前往西藏迎接索南嘉措一行。俺答汗到达青海湖的第三天，索南嘉措也到达了青海湖。

万历六年五月十五日，俺答汗和索南嘉措在仰华寺举行会晤，并举行了有蒙古、藏、汉等各族人众多达十万人参加的法会。蒙藏僧俗统治者握手言欢，互赠尊号。索南嘉措活佛尊俺答汗为"转千金轮咱克喇瓦尔第彻辰汗"，尊号与忽必烈大帝相同，意思是睿智贤明转轮王。俺答汗尊索南嘉措活佛为"圣识一切瓦齐尔达赖喇嘛"，意思是法海无边伟大的上师。这便是蒙藏合璧的黄教僧侣最高称谓、至今一直沿袭的"达赖喇嘛"的由来。索南嘉措活佛往上追称两世，自称三世达赖喇嘛。

与萨满教"天命思想""天赋汗权"相对应，索南嘉措活佛宣布佛教"转世论"和"佛授转轮王权"于俺答汗，即俺答汗是转轮王成吉思汗、忽必烈汗的转世，他的转世是佛的旨意。索南嘉措活佛以宗教形式使俺答汗非嫡长的汗位继承合理合法了。

仰华寺大会使俺答汗甚是满意和高兴，他与三世达赖喇嘛约定，自此次大会始，藏传佛教黄教开始在蒙古传播，但为了深入蒙古人心，他还要在归化城再建一座黄教寺院，并铸造一尊巨大的银佛，待银佛落成时，请三世达赖喇嘛专程前往归化城，为银佛举行开光法会。

此时，三世达赖喇嘛经过与俺答汗的会晤，不仅得知河西、青海广大区域和生活在这里的今日的蒙古、藏、汉、维吾尔、土、撒拉、裕固、东乡等民族的先民，都已归附俺答汗，而且亲眼看到了俺答汗与大明王朝的亲密关系，以及依托大明王朝使蒙古人走向富裕安定的现实和在全蒙古中的地位。因此，三世达赖喇嘛一口答应，届时一定亲自前往归化城，为日后落成的银佛举行法会。三世达赖喇嘛还答应，他到归化城后，会前往俺答汗亲自建造的弘法寺去住上几天，同时送派一位有威望、掌握经典教义深刻全面的活佛，前往那里开光弘法。

俺答汗甚是高兴，与三世达赖喇嘛分手后，当即派快骑快速赶回归化城，提前准备拟建寺院及银佛的材料，待他回到归化城之日，便是寺院开工之时。

由于准备充分，有明朝的大力支持，人力物力财力雄厚，加之俺答汗和三娘子的重视和驭人、调度有方，建于归化城的这座藏传佛教寺院，很快便落成。这便是当今内蒙古呼和浩特市玉泉区南部的大昭寺。落成不久，明朝万历皇帝赐名"弘慈寺"。

大昭寺是呼和浩特兴建最早的寺院，也是蒙古地区仅晚于美岱召的蒙古人皈依黄教初期所建的大型寺院之一。大昭寺建筑考究，大殿是常见的藏汉式喇嘛庙形制，其余部分则是依照传统中式庙宇的式样而建。大殿内供奉的那尊释迦牟尼佛像，便是由尼泊尔工匠制作，全身由三万两纯银铸成。因此，大昭寺又有银佛寺之称。在银佛的两边，分别是藏传佛教黄教创始人宗喀巴和三世达赖喇嘛的铜像。

三世达赖喇嘛应邀如期来到了大昭寺。看到大昭寺考究的建筑，他连连称赞，特别是看到大殿内那尊银铸释迦牟尼佛像时，更是赞叹不已。他对俺答汗说："彻辰汗铸造的这尊银佛，在藏传佛教史上，必定流芳百世，传为美谈，也必定让所有蒙古人归附彻辰汗。"

俺答汗说："本汗年纪大啦，仔细回味这一生，之所以能在兴盛佛教上有所成就，归根到底，是大明天朝成就了本汗。本汗自新建归化城、建造弘法寺和这座大昭寺，无一不是大明天朝的支持所致。达赖喇嘛法海无边，天朝则是皇恩浩荡啊！"

三世达赖喇嘛点头说："三世达赖喇嘛与彻辰汗相比，虽然年纪轻轻，但天朝皇恩浩荡这种体会太深啦。不用说远的，彻辰汗前年在仰华寺的大会上，尊我为'圣识一切瓦齐尔达赖喇嘛'之事传到京城后，大明皇帝还要再封我，听说不久便要让我进京册封。我也经常想，如果没有天朝皇权对我们的认可和支持，的确难有造就啊！"

悠悠茶马情

按照俺答汗选定的良辰吉日，三世达赖喇嘛在大昭寺为银佛举行了隆重的开光法会。蒙古左翼察哈尔万户的阿穆岱洪台吉，作为土蛮汗的代表前来参加开光法会，并邀请三世达赖喇嘛前往蒙古大汗汗帐做客。喀尔喀万户阿巴岱汗也专程赶到归化城拜见三世达赖喇嘛，三世达赖喇嘛向他传授了佛教要旨。阿巴岱汗领受佛教要旨，迎经典而归，烧毁翁衮像，下令修建黄教寺院。后来，阿巴岱汗为三世达赖喇嘛所赠佛像兴建了"额尔德尼昭"，这是喀尔喀蒙古兴建的第一座黄教寺院。

三世达赖喇嘛兑现了他的承诺，亲自前往美岱召住了几天，然后将著名高僧满珠锡里呼图克图，作为自己的代理人长驻蒙古，成为蒙藏僧俗领袖之间联系的特使。在所有拟做之事都圆满做完之后，三世达赖喇嘛在众僧的护卫下，长途跋涉返回了西藏哲蚌寺。

三世达赖喇嘛此次东来，进一步助推了藏传佛教黄教在蒙古的传播。万历十四年，三世达赖应俺答汗之子僧格都隆邀请，前往哈喇慎部弘扬黄教。随行者有藏族及蒙古族喇嘛，其中大部分在该地定居下来，使哈喇慎成为黄教发展的另一个中心。按照三世达赖喇嘛的指令，僧侣们翻译了种种藏文经典。为了准确表达藏语音节，哈喇慎部著名译师阿玉喜固锡，于万历十六年创造蒙古文《阿里嘎里字目》，并创办了一所译师学堂，培养了大批本民族僧侣翻译人才。万历二十八年，三世达赖喇嘛在哈喇慎部圆寂。次年，根据三世达赖喇嘛的遗愿，立俺答汗曾孙云丹嘉措为他的"转世灵童"，成为四世达赖喇嘛。云丹嘉措作为蒙古黄金家族出身的黄教领袖，不仅密切了蒙藏僧俗领袖之间的关系，巩固了双方的联盟，并且为黄教在蒙古各地的迅速传播大开方便之门。

在瓦剌蒙古，黄教也大受欢迎。瓦剌蒙古每个贵族家庭，都派一子出家为僧，并入藏到黄教的三大寺院之一札什仑布寺研修佛经。

自仰华寺大会俺答汗引黄教入蒙后，在不到半个世纪的时间内，藏传佛教黄教以它改革后全新的姿态，迅速征服了蒙古诸部，致使蒙古寺宇林立，僧众遍地。俺答汗作为始作俑者，永远确立了他的大德地位。

第十二章　稳大局钟金享永祀

一

　　三世达赖喇嘛前来为大昭寺银佛举行隆重的开光法会，以及在归化城接待蒙古左、右翼万户汗们的拜访，俺答汗每场活动都不落，一直忙前忙后并陪伴在三世达赖喇嘛的身边。待三世达赖喇嘛圆满结束此次东行上路返回西藏后，俺答汗却病倒了。但由于此时各地的蒙古佛教徒像雨后春笋般地发展，且都来大昭寺朝拜银佛，并都要求看一看为藏传佛教在蒙古传播立下功勋，特别是将索南嘉措活佛尊为三世达赖喇嘛，同时也被三世达赖喇嘛尊为忽必烈大帝相同尊号的俺答汗。病床上的俺答汗得知这种情况后，让人将自己扶上四轮车，天天在大昭寺接见佛教徒们，满足教徒们看一眼的愿望。看到教徒们像拜佛一样朝拜自己，俺答汗甚是过意不去，还要经常给众人还礼和答话。如此一来，虽然坐在车上，也是异常劳累，十几天下来后，俺答汗病情更加严重了。

　　三娘子见状，说服了俺答汗，让他静卧于榻，安心养病。可俺答汗又想起了当年三娘子提出的要修筑一座规模宏大的外城之事，便催促三娘子尽快筹备归化城的扩建事宜。三娘子劝俺答汗安心养病，俺答汗却说："为夫自我感觉，似乎这次得病不会再痊愈啦，但一时又死不了，不能这么白白耗走光阴，还是应该抓紧时间做点事才对。哈屯就答应为夫的要求，尽快扩建归化城吧，否则为夫死不瞑目。"

　　三娘子见俺答汗说出这样的话，只好答应。其实，三娘子原来就想，

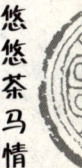

悠悠茶马情

待三世达赖喇嘛离开归化城后，便立即修建外城。因此，外城如何修建及材料的筹备，她早已做好了准备。

说干就干，三娘子依托雄厚的人力物力财力，很快使修筑归化城的外城工程动工兴建。躺在病榻上的俺答汗听说后，几乎每日都要坐上四轮车前往现场察看，工匠们看了，人人干劲倍增。三娘子见俺答汗的病情虽然没有急剧恶化，但还是日见衰弱，便硬是劝俺答汗卧床静养，自己每日都陪伴在他的身边，和三世达赖喇嘛长驻蒙古的代理人满珠锡里呼图克图一起，精心地为俺答汗治疗和调养着。但俺答汗的病情一点不见好转，并继续恶化着，甚至有时出现昏迷。

这日，一直在现场督造外城修筑的副军师威静宰桑，进可汗宫报告，说外城修筑工程已经完工，请三娘子对下步该如何动作提出意见。此时俺答汗已昏迷数日，尽管威静宰桑是小声在向三娘子报告外城完工情况，但一直昏迷的俺答汗却突然苏醒过来。他向一直守在自己身边的三娘子、都剌、满珠锡里呼图克图和几位部落首领笑了笑，又对威静宰桑说："阁下辛苦啦，外城工程浩大，竟如此快地修筑完毕，真让本汗高兴啊！"

众人见俺答汗好似病愈如初，不禁都高兴地笑了起来。都剌却连忙让众人安静下来，然后对俺答汗说："除了剌布克台吉阁下亦在患病之中，其余人都在这里，可汗有什么吩咐，快训示吧。"

三娘子看到都剌这个表现，似乎也明白了什么，她连忙上前将俺答汗扶起来，让他坐着，若无其事地说："是啊，今天外城修筑工程已竣工，众人都等着夫汗训示呢。"

俺答汗向众人笑了笑说："本汗这一生，因为有诸位辅助，有钟金哈屯二十年相伴，成功地做了两件事情：一是费尽周折与大明王朝实现了茶马互市，使我土默特乃至蒙古右翼，直至河西、青海等新治地的蒙古人，过上了安稳富裕的日子；二是引进了藏传佛教，使生活富裕的蒙古人又找到了心灵上的慰藉。《陀罗尼经》的流传，使蒙古民众相信此经文能够抵御魔鬼和灾难，确保来世幸福。此教相信轮回转世，众生皆可成佛，它可以使人相信，受苦受难是因为前世的罪孽造成的，只有按照'十善福'的要求修行，才能改变厄运，来世成佛。它不分人的高低贵贱，在佛面前人人平等，这样就提高了那些下层人的地位。它所主张的这一切，不仅可以解脱下层人对当下的不满、苦闷和空虚心理，而且对贵族同样起作用。它还将萨满教对天、火、土地、河流的崇拜加以改造，使之融合到了佛教之中。总之，好处多多，诸位日后要多多加以体会。"

看到俺答汗的嘴有些发干，三娘子给他喝了一口水，俺答汗接着说："做成这两件事，本汗这一生无怨无悔啦。我死之后，钟金哈屯要将本汗做的这两件事继续做下去，诸位要支持她。今后，不管遇到什么风浪，有一点不能动摇，这就是要忠于大明天朝，诸位务必切记！"

说到这里，俺答汗似乎已经很疲惫。他闭目养神瞬间，然后再次睁大眼睛说："本汗说的话，你们都记住了吗？"

都剌一看，连忙带头跪在地上说："可汗放心，我等都记住啦！"其他人也一齐跪了下去，说道：记住啦！

俺答汗听了，闭上眼睛再次昏迷过去。当晚，俺答汗逝去，享年七十五岁。

第二天一早，刺布克台吉也逝去。

三娘子与都剌和威静宰桑稍作商议，然后命丙兔台吉和大成台吉二人率三万蒙古军，驻守归化城外，以防动乱不测。然后，让都剌和威静宰桑二人亲自主笔，给明朝撰文，报告俺答汗病逝的消息。呈文写完后，三娘子又让威静宰桑作为特使，带着呈文和进贡的白马九匹、镀金撒袋一副、角弓一张、雕翎箭十五支，前往大明京师报信。

明朝在隆庆五年与俺答汗达成隆庆和议的第二年，隆庆帝突然中风病倒，随着这个信号而来的是宫廷与内阁各派力量，围绕着掌印太监与首辅的职位，展开了激烈的争斗。最终，隆庆帝将年仅十岁的儿子朱翊钧和大明江山，托付给了内阁首辅高拱和次辅张居正、高仪。当年六月，朱翊钧继位，改明年为万历元年，大明朝自此开始了皇帝在位时间最长的万历朝。

隆庆帝病逝不久，张居正利用高拱和秉笔太监冯保之间的矛盾，以"揽权擅政，夺威福自专"为罪状，限令高拱回籍闲位，将高拱的内阁首辅拱掉，自己当上了内阁首辅。张居正是明朝少有的能臣，他当上首辅后，便立即进行了大刀阔斧的改革，他整饬吏治，加强边防，改革漕运，丈量土地，行"一条鞭法"，加强内阁和六部事权，裁减冗官等，朝政为

悠悠茶马情

之一新。张居正与商鞅、王安石并称为中国封建社会最具盛名的三大改革家，他权倾朝野，独断朝纲，在大明朝颓败之际，临危变制，厉行改革，不愧为国之重臣。

　　三娘子派出的报信特使到达大明时，张居正还是内阁首辅，且在首辅位上已经十年。当下张居正立即做出批示，让时任兵部尚书的方逢时作为特使，率兵部、礼部、户部多位侍郎和郎中，携带赏赐三娘子的五彩绉丝衣两袭、彩缎六表里、木棉布二十匹等厚礼，前往归化城祭吊俺答汗。方逢时出发前，张居正与他叙谈了多时，对俺答汗逝世后蒙明关系的方方面面，都做了明确的交代。

　　方逢时率众人在威静宰桑等人的陪同下，连夜赶路，很快便到达归化城。三娘子率各部落首领，出归化城三十里迎接。当看到方逢时前来，且一路风尘，三娘子甚是感动，连称大人。方逢时挽着三娘子的胳膊，连连问候，亲如兄妹。方逢时隆庆和议后接任王崇古出任宣大总督时，三娘子在东口与他相处甚好。

　　方逢时率使团先以汉人的方式祭吊了俺答汗，然后又随三娘子以蒙古族的方式祭吊了俺答汗，三娘子和蒙古各万户及其首领都深为感动。随后，方逢时逐一与前来祭吊俺答汗的左、右翼蒙古万户汗见面，表达大明朝对蒙古的友好和关心，以及作为兄弟邻邦永远睦邻友好的愿望。之后，方逢时参观了归化城，了解了俺答汗引入藏传佛教的情况，对土默特蒙古取得的成就表示敬意。

　　祭吊完俺答汗后，三娘子与方逢时举行了长时间友好的会谈，双方回顾历史，畅叙当今友好的双边形势，展望今后美好的前景。三娘子向大明使团转述了俺答汗临终对大明天朝的感激之情和永远忠顺于天朝的愿望和要求，表示土默特蒙古会继承俺答汗的遗志，永远忠于天朝，世世代代做结拜兄弟。同时，乞请天朝继续关心茶马互市，为蒙古牧民提供更多更好的交易物资。方逢时转达了万历皇帝、张居正首辅对三娘子及蒙古首领和民众的问候，以及大明会继续支持帮助蒙古进一步走向富裕之路的意旨，并表示大明会继续关心双方茶马互市的发展，愿为蒙古兄弟提供越来越多越好的交易物资。

　　双方会谈后，三娘子又单独与方逢时述说了俺答汗继位之人的想法，并表现出了忧心忡忡的情绪。方逢时早有所料，他向三娘子认真转达了朝廷的意见，并期望三娘子顾全大局，妥善处理，不使蒙古局势出现动荡起伏。三娘子泪眼汪汪，但她向方逢时表示，无论自己遭遇何种委屈，忠于并顺从天朝的意志不会动摇。方逢时对三娘子的处境深表同情，并赞赏她忠顺朝廷的意志。方逢时还嘱咐三娘子，遇有大事难事时，尽快报知朝廷，朝廷既会认真维护蒙古的利益和蒙古人的秩序，也会做好她的后盾，替她排忧解难。三娘子一面表示感谢，一面点头领命。

方逢时见已完成出使之命，便返回大明复命去了。

二

三娘子十岁时被其父嫁与俺答汗，十五岁正式与俺答汗结为夫妻，她天生丽质，聪慧过人，且饱读诗书、能文能武、胸襟开阔、通达事务，深受俺答汗的宠爱和器重，也深受蒙古民众的喜爱和拥戴。俺答汗逝世前明确地交代，自己死后汗权由她来行使。加之俺答汗死后的善后事宜处理得井井有条，一丝不乱，三娘子此时的威望更是达到了如日中天的程度。许多蒙古人都在议论，愿意接受三娘子像元朝时皇后摄政那样，由她来长期行使土默特万户汗的职权。三娘子精通经史，她不愿意去破坏蒙古人的规矩，以免形成局势的动荡。但她也难以接受眼前的现实，这就是按照达延汗留下的规矩，由嫡长子继任汗位的规定。因为俺答汗的嫡长子，正是三娘子最无好感的辛爱黄台吉。

辛爱黄台吉不仅以英勇善战著称，而且与当下的蒙古大汗土蛮汗关系极为密切。隆庆和议后，在俺答汗和三娘子巨大压力及跟随三娘子在宣府一带屯驻的三万精骑的威慑下，辛爱黄台吉再不敢兴兵抢掠大明，但他对俺答汗和三娘子与明朝打得火热，断了自己掠抢嗜好的后路极为不满。因此，近几年来他已经离开自己的部落，长年居住于其辽东兀良哈夫人的驻牧地，好几年也不见俺答汗和三娘子的面，俺答汗病重期间，他都没回归化城。直到俺答汗病逝后，他才在接任万户汗想法的驱使下，来到归化城。

辛爱黄台吉乃好色之人，这次回归化城奔丧期间，看到三娘子不仅将

诸事都摆布得条条是道，而且接人待物落落大方、矜持有度，特别是她那种成熟美，更是令人倾倒，使辛爱黄台吉拘魂摄魄。

处理完父汗的善后，明朝使臣也离开了归化城，辛爱黄台吉立即宣布，自己继任三世达赖喇嘛尊称父汗的彻辰汗和大明册封的顺义王两个尊衔，出任土默特万户汗。由于有蒙古旧制，尽管有人希望三娘子摄政，而不希望辛爱黄台吉继承汗位，但当辛爱黄台吉自任为汗时，谁也无可奈何，只能服服帖帖听令。

三娘子尽管已答应了大明使臣方逢时的劝告和嘱咐，但当辛爱黄台吉真的成为土默特万户的可汗，她还是接受不了。这日，三娘子经过一夜的踌躇，第二天一早，便率俺答汗在世时赐给她自卫并震慑辛爱黄台吉的三万精骑，前往东口屯驻去了。

方逢时出使蒙古回到京师后，立即将三娘子在辛爱黄台吉继位问题上的不快，向张居正作了报告。此时，由于方逢时已到了致仕年龄，因此张居正向方逢时交代，不管他何时致仕，在致仕前都要及时向接任他的新任兵部尚书，将此事交代清楚，以便事发后果断加以处置。这日，恰好是方逢时致仕卸任和新任兵部尚书吴兑上任交接之日，从东口传来三娘子从归化城率军出走东口的消息。

新任兵部尚书吴兑对方逢时说："老尚书，你定吧，三娘子的事是你接着管完，还是由在下接手去管？"

方逢时说："首辅大人对在下有明确的交代，一定要在致仕时向接任兵部尚书的大人将此事交代清楚，如今恰恰处于向阁下交待的时候，阁下说怎么办，在下就怎么办！"

吴兑和方逢时都知道，彼此都是蒙明双方茶马互市的积极支持者，并都做出了重要贡献，也都愿意继续为茶马互市做贡献，特别是对茶马互市及蒙明双方友好做出巨大贡献的三娘子，更是愿意帮助她关爱她。因此，吴兑听了方逢时的话，也不作回答，拉起方逢时便向内阁办公房走去。

张居正听了吴兑和方逢时说的情况后，立即指示，差右佥都御史兼兵部右侍郎郑洛前往东口，代表朝廷劝说三娘子，维护大局，然后继续封辛爱黄台吉为第二任顺义王。辞别张居正后，吴兑连忙差人前往蒙明边境通知郑洛去了。

郑洛字禹秀，嘉靖三十五年进士，授登州府推官，万历二年，转任右佥都御史兼兵部右侍郎。万历七年始，奉命沿偏关至雁门防线修筑屯堡。后来郑洛被封为兵部尚书。

当下郑洛接到朝廷通知后，立即从雁门前往东口，去劝说三娘子。

三娘子到了东口后，恰好马芳刚刚去世。马芳的家人告诉三娘子，马芳得知俺答汗病逝的消息后，不胜悲痛，接连三天泪水不干，接着便病倒了，没过多久，竟溘然长逝。三娘子听后，再一次双膝跪在地上。马芳出殡这日，三娘子痛哭了一场，然后自己也病倒了。

郑洛得知三娘子病倒的消息，没有直接去找三娘子，而是托人连夜回京城买了长白山百年人参和蜂蜜等滋补品，然后才登门去看望三娘子。三娘子得知郑洛的情况和使命后，又见郑洛买来的近似贡品一样珍贵的礼物，不禁连连感谢。

辛爱皇台吉改名后为乞庆哈，他偶有闲心，便惦记再去掠抢明朝。有一次他对三娘子说："老头子在世时，非要与明朝和好，搞什么茶马互市，让我们蒙古人用宝马良驹去换汉人的东西，你说麻烦不麻烦，哪有本汗大军前去，掠抢一番，想要什么就抢什么，来得多快，那有多快乐！明天本汗再去掠抢一次如何？"

三娘子看到乞庆哈那副愚蛮的样子，真是感到又可气又可怜，她柔和而坚定地说："这么多年来，天朝对我蒙古甚厚，蒙古人只要岁通贡市，就可以坐享全利，要什么有什么，毫无后顾之忧可言。在这种情况下，哪个蒙古人还肯为可汗冒矢石，出万死去抢掠，还不知道能不能掠到什么，是不是这样啊！"接着，三娘子又举了各部落蒙古人衣食无忧，一心向佛，不再行野蛮的许多事例。乞庆哈听了，叹了口气，信服地点了点头，从此再也不提兴兵掠抢之事了。

三

乞庆哈只当了四年土默特万户汗，便因贪恋美色过早死去。按照惯例，乞庆哈的长子扯力克应继任万户汗位，但三娘子对扯力克的人品和能力，都不认可。于是三娘子将彻辰汗用以调兵遣将的兵符及顺义王与明朝

悠悠茶马情

朝廷茶马互市贸易的专用玉印握在自己手中，准备交给自己的儿子不他失礼，让他继任土默特万户汗位。

不他失礼此时正是成熟的年华，虽然他自降生后便被俺答汗任命为瓦剌部的领主，但实际上一直没有亲临瓦剌部驻牧并驱使那里的蒙古人，而是一直跟随在父母身边。俺答汗病逝后，不他失礼在三娘子身边进步很快，在乞庆哈任土默特万户汗期间，他帮助母亲三娘子处理土默特蒙古乃至右翼蒙古内部事务，显示出了出色的才华和能力，深得三娘子的器重。雄心勃勃的不他失礼也希望母亲能将万户汗位传给自己。这也是导致三娘子不支持扯力克继任万户汗位的一个原因。

扯力克虽然不像他的父亲乞庆哈那样勇武莽撞和好色，但做事经常欠考虑，对与明朝之间的茶马互市的重要性认识不足，时时表现为与明朝在相关问题上的潜在冲突性。

看到三娘子对自己继任万户汗位不积极，扯力克在乞庆哈逝去不久，便宣布继任彻辰汗和第三代顺义王，执掌土默特万户军事行政大权。三娘子见扯力克如此霸气，便率领自己的人马离开归化城，前往东口，筑城别居。

在三娘子代乞庆哈行使土默特万户汗的四年之中，蒙明双方的茶马互市有了更大的发展，不但长城各口交易广泛，而且交易量持续增长，双方关系进一步融洽，四年中，双方几乎没有什么摩擦，出现一点小情况或者一些苗头性的东西，三娘子都主动出面化解。每年蒙古入贡，大明朝廷都是例行公事，双方彼此都是极为顺畅，皇帝和内阁，包括诸部都无操心之处。

乞庆哈病逝时，明朝派兵部尚书郑洛为使臣前往祭吊。郑洛回到京师后，向内阁述说了三娘子面临四年前相同处境的情况，并建议内阁予以高度关注。此时，张居正已病逝，大明朝廷经历了严重的动荡。在张居正当权时受到打击和冷落的官员，纷纷乘机上疏弹劾张居正。不久，与张居正关系密切的司礼监掌印太监冯保被贬，两个月后死去，万历皇帝下令抄了他的家。次年初，万历帝又下诏追夺张居正的官秩，并命太监张诚等率人籍没其家财。自此，张居正推行的"万历新政"夭折，大明朝急剧衰落，积重难返，回天乏术。张居正死后，张四维为内阁首辅。张四维谨小慎微，他见张居正死后朝官兴起的否定万历新政的猛烈之势，遂在任首辅不到一年的时候，以丁忧为借口致仕辞官。兵部尚书吴兑也被御史魏允贞劾其附高拱、张居正而去职。

张四维丁伏辞官后，申时行为首辅。申时行字汝默，苏州人氏，嘉靖进士，授修撰，以文字受知张居正。万历六年，任左侍郎兼东阁大学士，入预机务。不久进礼部尚书兼文渊阁大学士，再进少傅兼太子太傅、吏部尚书、建极殿大学士。申时行为官唯图自保，无所建树，但却在对待三娘子的问题上，办了一件让后人称道之事。

得到郑洛的情况报告后，申时行当即让郑洛继续跟踪三娘子与扯力克的情况。过了一段，为了让郑洛更好地方便监听蒙古情况，申时行让郑洛出任宣大总督，务要处理好蒙明双边的关系，保持茶马互市不受影响。

一晃两年过去了，郑洛在这两年中多次调和三娘子与扯力克之间的关系，并将情况不断地向申时行报告。申时行在前几次听到郑洛报告的情况后，都没有说话。后来有一次，他对郑洛说："阁下该对扯力克来点硬的啦！"

于是，郑洛前往归化城面见扯力克。扯力克见郑洛再次前来，便对郑洛说："天朝只要说动钟金哈屯交出王印和兵符，本汗可以和她和解。"

郑洛回到京师将情况报告内阁首辅申时行后，申时行赞扬了郑洛。郑洛建议朝廷册封扯力克为第三代顺义王，申时行说："这是自然，扯力克理所当然应成为第三代顺义王。本首辅是在想，三娘子实在是难能可贵呀，因此，朝廷是否也应该册封一下她呢？"

郑洛一听，立即说道："应该，太应该啦！从三代顺义王看，三娘子在蒙古归附大明问题上，都是起了重要和关键作用，特别是第二代、第三代顺义王对大明的归顺，三娘子是起了关键性作用的。依下官之见，不但应该对三娘子册封，还应该重赏！"

申时行用手指着郑洛说："与本首辅想法一样！好，我们就来个对三娘子封赏并行！"

第二天，申时行再次召郑洛到内阁对他说："圣上已经恩准，册封三娘子为一品忠顺夫人，赏金、银、丝、缎、棉若干。本首辅已向圣上报告，还由阁下作为御史，前往归化城宣诏封赏，如何？"

郑洛说："谢首辅大人举荐，谢圣上信任！"

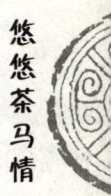

悠悠茶马情

四

三娘子得知大明天朝册封自己为一品忠顺夫人，跪在地上连喊万岁。她向天朝跪誓道：蒙明友好，坚定不移，茶马互市，生存相依，今生今世，唯此为要，忠顺天朝，直至身死！

郑洛离开归化城不久，三娘子又亲自前往京师，向大明进贡了五百匹良马并向朝廷谢恩，内阁首辅申时行与兵、礼、户三部尚书设宴款待了三娘子。

三娘子回到归化城后，传来牙答汉和洪卖两个土默特小部落出兵掠夺明朝边关助马堡和偏头关的消息。三娘子问扯力克说："这两个小部落出兵掠夺大明之事，可汗可曾知道？"

扯力克说："知道。"

三娘子生气地说："既然知道，为什么不予以制止？"

扯力克说："他们出兵前并未报告，本汗得知时，两个部落已掠夺归还啦！"

三娘子又说："那可汗为什么不予以严惩？"

扯力克看到三娘子那美丽而又威严的表情，说不出话来。三娘子说："像牙答汉和洪卖这样的人，如果我们不严惩他们，他们就会以为我们在纵容他们掠夺大明，很快便会有第二次、第三次出兵掠夺，因此一定要尽快予以严惩，以儆效尤。夫汗说我们应怎么个惩戒法？"

扯力克又羞愧又窝火，但他平静地对三娘子说："但凭哈屯处置。"

三娘子说："好，那就撤掉牙答汉和洪卖二人部落首领之职，让他们的儿子继位。"扯力克听了，望着三娘子点了点头。

将牙答汉和洪卖二人的部落首领之职撤掉之后，整个土默特蒙古的大小部落，再也没人敢出兵掠夺明朝边关了。

扯力克通过这件事情，已经领略到了三娘子的厉害及威严，自此他不再思量进取，也不愿处理政事，将大小事务都交给了三娘子去处理。

三娘子发现了扯力克这种情绪后，多次劝他振作起来，当一个既能忠顺大明王朝，又能振兴土默特蒙古的出色万户汗。扯力克面对能力远远超过自己，办事洒脱利落，威望在己之上，又是风韵犹存的蒙古美人，只是顺服地点头，但行动上并不完全响应。

这日，三娘子对扯力克说：“我需陪可汗前往一次青海，可汗可曾愿意？”

扯力克说：“只要哈屯在我身边，到哪里都愿意。只是不知哈屯要去处理何事？”

三娘子说：“蒙古左翼喀尔喀万户汗舒哈克卓力克图前不久前来我土默特访问，可汗不觉得他有何目的吗？”

扯力克说：“他虽未说得很清楚，但他是想进青海，在瓦剌蒙古领地建立领地。”

三娘子说：“不错，舒哈克卓力克图前来我土默特造访，目的就是要西进青海建立领地，因为早在俺答汗时，我土默特便已进军青海，在那里开辟了新的领地。如今，不仅俺答汗已逝世，最早驻牧青海的丙兔台吉也已病逝，连我蒙古右翼颇有影响的袄儿都司万户汗库图克台彻辰洪台吉也已病逝。我料定，舒哈克卓力克图一定是看到了我右翼蒙古势力有所减弱，想趁此机会向青海伸手。这内中我想到了几点值得担忧之处：其一，舒哈克卓力克图此次前来造访可汗，很可能有蒙古大汗土蛮汗的用意在里面。其二，左翼蒙古进青海，很可能与我右翼蒙古起干戈，至少会造成矛盾。其三，更为可怕的是引起蒙古与大明之间的冲突，对双方的茶马互市造成直接的影响。”

扯力克听了，连连点头说：“哈屯所言，句句都是实情，的确值得担忧。”

三娘子说：“既然可汗也感到担忧，那我们就尽快前往青海，酌情消除这些值得担忧之事。”扯力克点头。

三娘子只用了一天时间，将土默特万户的内部事务和茶马互市事宜，向不他失礼、都剌、威静宰桑等人作了交代，然后率扯力克及其二弟兀鲁部首领那木儿台吉、三弟王吉剌部首领青把都补儿哈兔台吉、五弟布喀勒斯部首领松木儿台吉等人，启程前往青海。

蒙古左翼喀尔喀万户汗舒哈克卓力克图在访问了扯力克后，果然不久便率军西进，到达青海后，便和土默特万户的部落首领火落赤一道，组织

悠悠茶马情

了一支联军，攻打瓦剌蒙古，第二年，舒哈克卓力克图从嘉峪关外回到青海。

此时，火落赤等人为了迎接扯力克和三娘子，正在西宁附近的捏工川之地着手建筑寺庙。火落赤的侄儿抄胡儿率领部众砍伐了粗达需十余人才能将树身合围的树木达一万余棵，用作建筑寺庙。

蒙古左翼进军青海和火落赤在捏工川建筑寺庙这两件事，立即引起明朝陕西总督梅友松和总兵赵可怀的警惕和干预。因当时的陕西包括今陕西大部、宁夏、甘肃和青海青海湖以西地区，因此陕西总督和总兵出面干预。结果，蒙古左、右翼联军大败明朝守军，掠夺了明朝大量牲畜和其他财物。此时，驻牧青海的巴尔虎部首领瓦剌他卜能，因为进入南山向番族征敛赋税，也和明军发生了冲突，西宁守将被瓦剌他卜能杀死。

此时，恰好扯力克和三娘子率蒙古大军到达察卜齐雅勒庙。火落赤等人知道三娘子一向忠顺明朝，因此他们只将与明朝发生冲突的事情，悄悄向扯力克作了报告，对三娘子则隐瞒不露。扯力克虽然也训斥了火落赤等人几句，但对蒙古与明朝的冲突，采取了暧昧实则是默认的态度。但这样的事情要长时间瞒住三娘子，是不可能的。没过几天，三娘子的两位侍女哈格、满格便将情况如实向三娘子作了报告。

三娘子不听则已，她得知火落赤等人竟敢联络左翼蒙古大肆抢掠明朝，特别是扯力克对此事竟瞒着自己，立即柳眉倒竖，凤眼圆睁。她指着扯力克说："你还是大明册封的顺义王吗，你还是俺答汗的子孙吗！"

扯力克自知理屈，但还是争辩说，明朝在这次事件中也有毛病。三娘子说："不是说天朝有什么举动我们都不能说，作为臣邦我们可以向天朝提建议、反映情况，且天朝希望我们提建议并反映情况，但无论如何不能动辄兴兵抢掠，伤了双方的心。特别是作为万户汗，绝不能心怀一己之私，来纵容这种恶习，挑起事端！难道为妻说得不对吗！"

看到三娘子那种大动肝火的样子和义正词严的表情，扯力克低下头说："对不起哈屯，还请哈屯谅解这一次。"

三娘子柔情地说："可汗有决心来纠正这次过错吗？"

扯力克说："但凭忠顺哈屯裁定！"

三娘子说："好，我们蒙古立即给天朝上疏，承认错误，停止寺庙的建筑，同时撤出青海、甘肃等地，可汗以为如何？"

扯力克踌躇了许久说："承认错误，停止寺庙建筑，这些都使得，但撤出青海、甘肃等地，恐怕不合适吧，要撤也只能将新近占领的地方撤出，祖汗在世时占领的地方，不能轻易撤出。"

三娘子说："普天之下，莫非王土，如今你我都是大明天朝册封的王和一品忠顺哈屯，既然天朝大军已经至此，我们只有乖乖退却的份，哪里还有哪些该退，哪些不该退之理！"扯力克听了，无话可说。

三娘子一面给明朝起草奏疏，一面准备大军退出青海和甘肃等地。但喀尔喀万户汗舒哈克卓力克图表示，他的军队不能退出青海、甘肃，并且告诉扯力克和三娘子，蒙古左翼出兵西进，是经过蒙古大汗土蛮汗同意的。

三娘子不愿意将右翼蒙古军队撤走，单独留下左翼蒙古军队与大明作对，给大明带来麻烦，也为右翼蒙古与大明的关系增加变数和阴影，因此，她拉着扯力克，多次拜会舒哈克卓力克图，以便将左翼蒙古劝退。

正在此时，侍人报告说明朝大臣郑洛求见扯力克和三娘子。三娘子听了高兴地说："郑洛大人至此，看来左翼蒙古不撤也得撤啦！"扯力克点头赞成。

原来，甘肃、青海两地的事件对明朝震动很大，朝廷立即罢免了梅支松的陕西总督职务，以宣大总督郑洛代替梅支松经略陕西。

郑洛拜会了扯力克和三娘子，对三娘子撤出甘肃、青海的做法大加赞扬，同时对左翼蒙古采取了强硬的对策，他下令明朝军队堵塞蒙古人西行的道路，只准蒙古人东返，不许西进甘肃和青海。加之右翼蒙古带头撤出了青海、甘肃等地，左翼蒙古最后也被迫撤出。一场与明朝更大规模的冲突，在三娘子的努力下，最终得以避免，蒙明关系有惊无险，双方茶马互市也顺利得以持续。

经过这一次软硬交涉，火落赤等率领部众撤离莽剌川和捏工川，移牧于祁连山南麓的野牛川一带。驻牧于昌宁湖附近的鄂尔多斯万户的首领青把都儿、把汉喇叭、超胡儿等，东迁至镇番卫，即今甘肃民勤县以东。至此，蒙古各部在青海、甘肃等地的势力大大削弱。直至数十年后，蒙古势力才再次在青海、甘肃恢复起来。

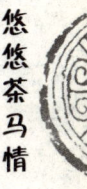

悠悠茶马情

五

经过从青海、甘肃撤军这场妥协之争，扯力克逢事完全依从三娘子，并更加不思进取，不理政事，万户汗职权范围内的大小事情，都交由三娘子处理。三娘子则时时以忠顺二字来衡量约束自己，处处以维护蒙明友好大局出发，年年或亲自前往或遣使前往大明入贡，日日都在关注着茶马互市的进展情况。就这样，一直顺利度过了二十年。

万历三十五年，扯力克病逝。此时，三娘子已经五十八岁，但她仍然一直在孜孜不倦地为蒙明友好和茶马互市健康持续开展而操劳着。扯力克病逝时，其长子晃兔台吉已经故去，其长孙卜石兔当时驻牧青海。卜石兔得知祖父的死讯，立即从青海返回土默特，准备即彻辰汗和顺义王位。但此时不他失礼之子素囊台吉发难，他依仗自己是三娘子的亲孙子，要同卜石兔争夺土默特万户的汗位。三娘子多次与素囊台吉申明，告诉他"世代相传为王，以长部落归心"是俺答汗生前与大明王朝达成的约定，谁也不能违背，劝他放弃争夺汗位的打算。后来，三娘子毅然将扯力克的兵符，坐骑和顺义王印，交给了卜石兔。为此，素囊台吉多次咒骂奶奶三娘子，怨恨自己没有继承土默特万户汗位。

万历四十一年，六十四岁的三娘子因病逝世。消息传至明朝，明朝遣礼部尚书为使前往蒙古，给予三娘子赐祭七坛的隆重祭礼，表示了深切的哀悼和特殊的礼遇。

为了纪念这位为茶马互市做出历史性贡献的伟大蒙古女性，宣府人民专门在来远堡修建了一座三娘子庙，供前来参加茶马互市的蒙汉人民瞻仰。

隆庆和议开创的蒙汉之间的茶马互市局面，一直延续到明朝末期。清朝思想家、史学家魏源曾评价说："高拱、张居正、王崇古张弛驾驭，因势推移，不独明塞息五十年之烽燧，且为本朝开二百年之太平。"

自元朝灭亡，北元肇始起，由于蒙汉两个伟大民族的暂时分裂和各自的需要，彼此之间的茶马互市和由于这种互市所产生的茶马真情，便开始在两个民族之间酝酿着、激荡着和闪烁着，并在隆庆和议前偶尔地喷发着，隆庆和议真正实现了蒙汉之间的茶马互市，并持续到明末。大清肇始，在被称为东口的张家口，由于其独特的地理位置和历史渊源，茶马互市通过张库大道，一直将蒙汉之间的物资交流和情谊交往延伸到更远的地方，且这种交流和交往一直持续到中国共产党开创的新中国。如此算来，茶马互市则存在或持续了长达六百年，可谓"悠悠"者也。

有感于此，作者再填《满江红》词一首，以抒情怀：

茶马互市，说不尽、情深蒙汉。恰便似，结拜兄弟，相依相伴。农耕诗书笔和墨，游牧骑射弓与箭。互融合、短处得弥补，朝夕盼。

求汉邦，遭拒见。为生计，掠夺战。越长城、黎民百姓劫难。一生忠顺三娘子，半世追求俺答汗。隆庆和，悠悠茶马情，除边患。

悠悠茶马情